HEYNE <

Das Buch

Russland im Jahr 2028: Ein neues Mittelalter hat begonnen, es regieren Informationstechnologie, Massenarmut und Willkür. In einem gewaltigen Stimmenchor führt Sorokin den Leser durch die dunklen Seitengassen des Lebens in einem utopischen Russland, das er dem heutigen wie einen Zerrspiegel vorhält.
Wir lernen Hofnarren, Henker, Zwangsarbeiter, Bettler und Dissidenten kennen. Der Alltag ist geprägt von Angst und körperlicher Züchtigung, versüßt wird er höchstens mit den fabrikmäßig hergestellten Zuckerkremln, die mal als Devotionalie, mal als Ersatzbefriedigung fürs Volk dienen: ein Trost, den man lutschen kann. Sorokins große Vision zeigt uns eine Welt, in der die finstersten Albträume des heutigen Russlands Wirklichkeit geworden sind.

Der Autor

Vladimir Sorokin, geboren 1955, gilt als der bedeutendste zeitgenössische Schriftsteller Russlands. Er wurde bekannt mit Werken wie *LJOD. Das Eis* und *Der Tag des Opritschniks.* Sorokin ist einer der schärfsten Kritiker der politischen Eliten Russlands und sieht sich regelmäßig heftigen Angriffen regimetreuer Gruppen ausgesetzt.

Lieferbare Titel

Der Tag des Opritschniks

VLADIMIR SOROKIN

DER ZUCKERKREML

Aus dem Russischen von
Andreas Tretner

WILHELM HEYNE VERLAG
MÜNCHEN

Titel der Originalausgabe:
SACHARNYI KREML

FSC
www.fsc.org
MIX
Papier aus verantwortungsvollen Quellen
FSC® C014496

Verlagsgruppe Random House FSC-DEU-0100
Das für dieses Buch verwendete FSC-zertifizierte Papier
München Super liefert Arctic Paper Mochenwangen GmbH.

Vollständige deutsche Taschenbuchausgabe 10/2012

Printed in Germany 2012
Umschlaggestaltung: Nele Schütz Design unter Verwendung eines
Motivs von © shutterstock/Atlaspix
Druck und Bindung: GGP Media GmbH, Pößneck
ISBN: 978-3-453-40690-2

www.heyne.de

Russland, Kuss in Eiseskälte!
Nachts sind alle Wege blau

Velimir Chlebnikow

Aber – bei dieser Ruhe, die ich theile und bewundere, welche Unordnung! welche Gewaltthätigkeit! welche trügerische Sicherheit!

Astolphe de Custine,
Russland im Jahre 1839

INHALT

9 Marfuschas Freude
35 Die Wanderbettler
47 Der Schürhaken
72 Der Traum
79 Essenfassen
102 Petruschka
116 Die Kneipe
131 Die Schlange
147 Der Brief
161 Die Fabrik
170 Kino
184 Underground
200 Das Freudenhaus
213 Chljupino
227 Ungnade

MARFUSCHAS FREUDE

Durch das von Reif überzogene Fenster stach ein kalter Sonnenstrahl – der kleinen Marfuscha gerade in die Nase. Sie klappte die Augen auf und nieste. Dass dieser Sonnenstrahl Marfuscha ausgerechnet jetzt wecken musste! Da sie doch gerade wieder von dem blauen Zauberwald geträumt hatte und von den wieselflinken Zottelgeistern darinnen, die hinter den blauen Bäumen hervorblinkerten, mit ihren Feuerzungen züngelten und Leuchtzeichen an die Rinde der Bäume malten, Hieroglyphen aus alter, uralter Zeit, so verschnörkelt und verzwickt, dass kein Chinese sie kannte; sie waren der Schlüssel zu großen, gar schrecklichen *Geheimnissen* ... Von solch einem Traum bleibt einem das Herz stehen, und trotzdem träumt man ihn gern.

Marfuscha strampelte die Decke ab und räkelte sich, schaute auf das lebende Bild an der Wand. Und während sie dem Recken Ilja Muromez auf seinem langmähnigen Falben Siwka-Burka beim Springen zusah, fiel es ihr ein: Heute war Sonntag, der letzte Sonntag im Weihnachtsfestkreis. Weihnachten war noch nicht ganz vorbei, wie schön! Die Schule fing zum Glück erst morgen wieder an.

Eine Woche hatte Marfuscha Ferien gehabt. Eine ganze Woche, ohne dass früh um sieben der weiche Wecker geblubbert, die Großmutter sie boshaft an den Beinen gezogen, der Vater herumgemault, die Mutter sie angetrieben und der Ranzen mit der schlauen Maschine die Schultern nach unten gezogen hatte.

Gähnend stieg Marfuscha aus dem Bett. Pochte an die hölzerne Trennwand neben sich.

»Mama?«

Keine Antwort.

»Ma-a-a-ma!«

Nun hörte sie Mama in ihrem Bett hinter der Wand sich herumdrehen. »Was ist?«

»Nix.«

»Nix? Dann schlaf weiter, du Knalltüte ...«

Aber Marfuscha hatte keine Lust mehr zu schlafen. Sie sah auf das vereiste, sonnenüberflutete Fenster – und jetzt, da ihr wieder einfiel, *was* das heute für ein Sonntag war, hüpfte sie ein paarmal in die Luft und klatschte in die Hände: »Juhu! Das Geschenk!«

Die Sonnenkringel hatten sie darauf gebracht, die Eisblumen an der Scheibe: »Heute gibt's ein Geschenk! Ein schönes Geschenk!« Marfuscha juchzte vor Freude. Bekam alsdann einen Schreck.

»Wie spät mag es sein?!«

So flink fegte sie nach drüben, auf die andere Seite der Trennwand, dass ihre aufgelösten Haare und die Nachthemdzipfel um die Wette flatterten, sah nach der Uhr: erst halb zehn. »Gott sei Dank!«, seufzte sie und schlug in Richtung der Ikonen ein Kreuz.

Beschert wurde erst am Abend. Am letzten Weihnachtssonntagabend, Punkt sechs!

»Wieso bist du schon wach?«, fragte Mama unwirsch und stützte sich auf.

Neben ihr lag der Vater und wälzte sich schnaufend, ohne aufzuwachen, auf die andere Seite. Spät erst war er gestern vom Markt am Miusser Platz heimgekehrt, wo er seine geschnitzten Zigarrenetuis feilbot, und hatte noch die halbe Nacht auf dem Stechbeitel herumgehämmert. Er bastelte an einer Wiege, denn Marfuscha würde bald ein Brüderchen bekommen …

Dagegen war die Großmutter auf dem Ofen sofort wach, fing an zu husten, zu röcheln und zu spucken. »Heilige Muttergottes, sei uns gnädig und vergib uns«, brummelte sie. Und als Marfuscha ihr unter die Augen trat, wurde sie gleich angezischt: »Was lässt du kleines Biest deinen Vater nicht schlafen?«

Auch Großvater in seiner Ecke, hinter der anderen Wand, fing zu husten an. Marfuscha verzog sich auf die Toilette. Bloß weg von der Großmutter, damit die sie nicht noch an den Haaren zog. Die Großmutter war gemein. Der Großvater war gütig und gesprächig. Mama war ernst, aber gut. Der Vater hielt meistens den Mund und hatte immer schlechte Laune. Damit war Marfuschas Familie komplett.

Marfuscha verrichtete ihr kleines Bedürfnis, wusch sich das Gesicht und blickte in den Spiegel. Sie gefiel sich: das Gesicht rein und weiß, ohne Sommersprossen, glatte rote Haare, graue Augen wie Mama, eine kleine Nase (keine Stupsnase!) wie Papa, von Großvater die großen Ohren und von Großmutter die schwarzen Brauen. Und mit ihren elf Jahren hatte Marfuscha schon einiges auf dem Kasten: Sie war gut in der Schule, konnte mit der schlauen Maschine umgehen, schrieb blind auf der Tastatur, wusste etliche chinesische Wörter, ging der Mama zur Hand, konnte Kreuzstich und Perlenstickerei, sang in der Kirche mit, hatte keine Mühe, die Gebete auswendig herzusagen. Pelmeni kneten, Fußboden wischen, Wäsche waschen – alles kein Problem für Marfuscha.

Sie zog ihre gelbrote Drachenzahnbürste aus dem Becher und erweckte sie zum Leben, füllte Zahnelixier ein, schob sie sich in den Mund. Der kleine Drache spritzte *Minzfein* auf die Zunge und machte sich fauchend über ihre Zähne her. Derweil brachte Marfuscha den Flechtkamm in Stellung, der ihr, zuverlässig sein Werk verrichtend, surrend durch die roten Haare fuhr. Was hatte Marfuscha für hübsches Haar! Lang, glatt und seidig. Da fuhr der Kamm doch mit Freuden hindurch. Unten angekommen, kehrte er zum Scheitel zurück und begann, ihr die Zöpfe zu flechten. Indes hatte Marfuscha die Drachenbürste ausgespuckt, gespült und in den Becher zurückgestellt. Noch einmal zwinkerte ihr der Zahnputzdrache mit seinem Feuerauge zu, ehe er bis zum nächsten Morgen erstarrte.

Da rief es auch schon aus der Küche: »Marfuscha, stell den Samowar auf!«

Das war die Großmutter, die dort rastlos herumfuhrwerkte.

»Gleich, Großmutter!«, rief Marfuscha zurück und trieb ihren chinesischen Kamm zur Eile: »Kuai-yi-diar!«*

Der Kamm surrte lauter, geschwinder glitten die weichen Zinken durch ihr rotes Haar. Marfuscha suchte eine orangene Schleife aus sowie ein Paar Schmuckkirschen und wartete, bis der Kamm sein Werk vollendet hatte; dann huschte sie hinter die Trennwand, wo die Küche war.

Auch für den großen, anderthalb Eimer fassenden Samowar kam Marfuscha sich nicht zu klein vor. Sie füllte ihn mit Wasser, entzündete ein Stück Birkenrinde und warf es in den schwarzen Schlund. Obenauf kamen Kienäpfel, die hatten sie mit der Klasse auf einem Ausflug nach Serebrjany Bor gesammelt. Drei Säcke Kienäpfel in einer Woche, sie ganz allein! Das war für die Eltern eine große Hilfe und für Mütterchen Moskau ebenso.

Im Samowar fing es zu prasseln an. Marfuscha warf

* (chin.) Schnell, schnell!

eine Handvoll Birkenspäne auf die Kienäpfel und setzte das Rohrknie auf, das andere Ende kam in das Loch in der Wand. Dahinter war der Schornstein: der große, für das ganze Hochhaus mit seinen sechzehn Etagen. Bald summte der Samowar fröhlich vor sich hin, die Kienäpfel knackten.

Die Großmutter, auch nicht faul, hatte gleich nach dem Morgengebet den Ofen zu heizen begonnen. So war es in Moskau jetzt Sitte: dass frühmorgens der russische Ofen geheizt und mittags das Essen auf ihm gekocht ward, ganz wie der Gossudar sein Volk geheißen hatte. Das war für Russland eine große Hilfe und Ersparnis an kostbarem Erdgas. Marfuscha sah gerne zu, wie die Holzscheite im Ofen brannten. Aber heute hatte sie dafür keine Zeit. Heute war ein besonderer Tag.

Marfuscha ging in ihr Eckchen, zog sich an, sprach geschwinde ein Gebet und verneigte sich vor dem lebenden Bildnis des Gossudaren an der Wand: »Heil Euch, Wassili Nikolajewitsch!«

Der Staatslenker lächelte ihr zu, seine blauen Augen blickten freundlich: »Guten Tag, Marfuscha!«

Mit einer Berührung der rechten Hand weckte Marfuscha ihre schlaue Maschine. »Grüß dich, schlaue Maschine!«

Ein blaues Aufleuchten war die Antwort und ein schnelles Blinken: »Grüß dich, Marfuscha!«

Marfuschas Finger klapperten über die Tasten, sie ging ins *Russnetz* und riss vom *Baum der Lehre* Blatt für Blatt die Schulnachrichten:

Weihnachtsgottesdienst für die Schüler der Kirchgemeindeschulen!
Nationaler Wettstreit um die schönste Eisplastik von unseres Gossudaren edlem Silberschimmel Budimir!

Skiwettlauf mit chinesischen Robotern!
Rodeln an den Sperlingsbergen!
Schüleraufgebot an der 62. Schule!

Marfuscha blätterte die letzte Seite auf:

Die Schüler der Kirchgemeindeschule Nr. 62 haben beschlossen, dem Ziegelwerk Bolschewo auch zum Fest von Christi Geburt ihre patriotische Unterstützung bei der Erfüllung des staatlichen Programms »Große Russische Mauer« angedeihen zu lassen.

Marfuscha wollte gerade in ihr persönliches Briefkästchen wechseln, da blies ihr der Großvater seinen Tabakatem ins Genick:

»Guten Morgen, Springinsfeld! Was gibt's Neues in der Welt?«

»Die Schüler kneten auch zu Weihnachten Ziegel!«

»Da schau an!« Staunend schüttelte der Großvater den Kopf und starrte auf die Leuchtblase. »Das sind ja richtige Helden. So kriegen wir die Mauer bis Ostern fertig gebaut!«

Dabei piekte er Marfuscha scherzhaft den Finger in die Seite. Marfuscha lachte, der Großvater schmunzelte in seinen grauen Schnauzbart. Marfuscha hatte einen Großvater, der lieb und gut war und allzeit zum Plaudern aufgelegt. Er hatte ja auch schon so viel erlebt: erst die Roten Wirren, dann die Weißen Wirren, dann die Grauen Wirren ... Drum konnte er der Enkelin eine Menge über Russland erzählen: wie seinerzeit Nikolai Platonowitsch, was der selige Vater des Gossudaren gewesen, die Mauern des Kreml weiß anstreichen und das Mausoleum mit der Mumie vom roten Aufwiegler kurzerhand abreißen ließ, und wie eines Tages auf dem Roten Platz die russischen

Menschen alle ihre Auslandspässe verbrannten, und wie das alte Russland wiedergeboren wurde, und von der wackeren Garde der Opritschniki, die den inneren Feinden den Garaus machte, und von des Gossudaren und seiner Gossudarin wunderhübschen Kindern, ihren Zauberpuppen, und vom Silberschimmel Budimir.

»Na, Hummel, dann frag doch mal deine schlaue Maschine, wie viele Ziegel in der Mauer noch fehlen!«, gab der Großvater ihr auf; sein Bart kitzelte sie.

Marfuscha tat es. Die Antwort kam prompt.

»Es sind noch 62 876 543 Ziegelsteine zu setzen, bis die Große Russische Mauer vollendet ist«, sprach die schlaue Maschine.

»Da siehst du es, mein Enkelchen«, sprach der Großvater augenzwinkernd in belehrendem Ton, »wenn jeder Schüler in Russland nur einen einzigen Ziegel aus dem Lehm seines Vaterlands schnitte, dann hätte unser Staatslenker die Mauer im Handumdrehn fertig gebaut und in Russland bräche ein glückliches Leben an.«

Das musste man Marfuscha nicht sagen. Die Mauer wurde und wurde nicht fertig. Zu viele innere und äußere Feinde streuten Sand ins Getriebe. Und dass noch eine Menge Ziegelsteine zu formen und zu brennen waren, bis das große Glück für jedermann ausbrach, das wusste sie auch. Gleichwohl, dachte Marfuscha, die Große Mauer wächst und wächst, sie schottet Russland gegen seine äußeren Feinde ab. (Die inneren werden von den Opritschniki in der Luft zerrissen.) Denn jenseits der Großen Mauer treiben die verdammten Cyberpunks ihr Unwesen, die widerrechtlich unser Gas absaugen wollen, dazu die gleisnerischen Katholiken und die gewissenlosen Protestanten, die übergeschnappten Buddhisten und die bösartigen Moslems sowie allerlei verderbtes, gottloses Gesindel, Satanisten, die auf öffentlichen Plätzen zu verwerflicher Musik zappeln, abgedrehte Fixer, gierige Sodomiten, die sich im Dunkeln gegenseitig den Po aufreißen, tückische Werwölfe, die aus ihrer von Gott gegebenen Gestalt schlüpfen, habsüchtige Plutokraten und schadenstiftende Virtuelle, gnadenlose Technotronen, Sadisten, Faschisten, Mega-Onanisten ... Von Letzteren hatten Marfuschas Freundinnen erzählt: Das seien schamlose Europäer, die sich in Kellergewölben einschließen, Feuertabletten schlucken und mit stählernen Gerätschaften an ihren Piephähnen zwacken. Zweimal schon waren diese Typen Marfuscha im Traum erschienen, fingen sie ab auf finsteren Kellergängen, fuhren ihr mit elektrischen Stahlhaken in die Muschi hinein ... Das war grässlich!

»Marfa, geh Brot kaufen!«

Auch das noch! Sie hatte keine Lust, schon so früh am Morgen aus dem Haus zu gehen, aber es half nichts. Marfuscha zog den Rock an und ihre alte Pelzjacke, aus der sie schon herausgewachsen war, zwängte die Füße in die grauen Filzstiefel, griff sich das Häkeltuch vom Ofen und legte es sich um den Kopf.

Die Großmutter gab ihr einen Silberrubel:

»Hol ein weißes Rundes und ein schwarzes Viertel. Vergiss das Wechselgeld nicht.«

»Und für mich bring Papirossy mit, mein Enkelchen«, sagte der Großvater, sich den Schnurrbart zwirbelnd.

»Die Wohnung ist auch so verräuchert genug«, brummte die Großmutter, während sie Marfuscha das Tuch unterm Kinn verknotete.

Doch der Großvater, die Frohnatur, piekte der Großmutter den Finger in die Seite.

»Oki Doki, mein Schnocki!«

Die Großmutter, bebend vor Empörung, spuckte aus.

»Dass dich der Schinder hole ... alter Bock!«

Da fasste der fröhliche Großvater sie von hinten um die mageren Schultern.

»Lass das Zischen, mein Schlängelein. Sonst zieh ich mir noch deine Rente ins Nasenloch!«

»Das seh ich kommen, Staubsauger!«, schnaufte die Großmutter und wollte ihn wegstoßen, doch der Großvater setzte ihr flink einen dicken Kuss auf die Lippen.

»Ach du dummer grauer Wolf!«, lachte die Großmutter, umarmte ihn und küsste zurück.

Marfuscha ging los.

Der Fahrstuhl durfte an Feiertagen nicht fahren – Anordnung der Stadtverwaltung. Den roten Fäustling gegen die bekrakelten Wände klatschend, lief Marfuscha zu Fuß aus dem achten Stock nach unten. Das Treppenhaus war schmutzig, Müll lag herum, Scheiße in angetrockneten Kringeln, was auch kein Wunder war: Das Haus gehörte ja den Bojaren, und auf die war der Gossudar schon seit sechs Jahren nicht gut zu sprechen. Gottlob hatten Opritschniki die Malaja Bronnaja gekauft, sonst wäre es dort auch so zugegangen wie in der Ostoshenka und der Nikitskaja. Wie die staatsfeindliche Nikitskaja abgefackelt worden war, das wusste sie noch. Über ganz Moskau hatte der Rauch gestanden …

Marfuscha trat aus dem Hauseingang. Draußen lag Schnee und auf ihm das gleißende Licht der lieben Sonne. Die Kinder waren schon im schönsten Spiel: Serjoscha Burakow, Sweta Rogosina, Witka, das »Rüsselchen«, Tomilo, der Junge aus Nummer dreizehn, und dazu irgendwelche räudigen Lumpenkinder vom Sadowoje. Sie spielten Opritschnik und Edelmann, wie die ganze Weihnachtswoche schon: Die Edelleute haben sich aus Schnee ein Landgut gebaut und darin verschanzt, die Opritschniki umzingeln sie und rufen: »Schuld und Sühne!« Die Edelleute kaufen sich mit Eiszapfen frei, solange sie welche haben. Irgendwann sind sie alle, und das Gut wird von den Opritschniki gestürmt. Marfuscha kam eben dazu, wie die Schneebälle flogen und die Opritschniki pfiffen und johlten: »Dran und drauf! Dran und drauf!«

Marfuscha ließ die Schlacht links liegen. Ein Schneeball traf sie in den Rücken.

»He, Marfa, mach doch mit beim Hauen und Stechen!«

Marfuscha blieb stehen. Swetka und Tomilo kamen gerannt, beide mit erhitzten Gesichtern.

»Wo willst du hin?«

»Brot holen, zum Frühstück.«

Der schlitzäugige Tomilo zog den Rotz hoch und sagte: »Hast du schon gehört, auf dem Wspolnoi haben die Jungs unanständige Wörter in den Mund genommen. Welche mit F und mit V!«

»Ach du Schreck!« Marfuscha schüttelte den Kopf. »Und wer hat es gemeldet?«

»Saschka von den Habichten. Er hat Serjoscha angerufen und Serjoscha seinen Vater. Der hat es gleich beim Revier angezeigt.«

»Gut gemacht.«

»Spiel doch mit. Nur eine Runde! Du darfst auch die Fürstin Bobrinskaja sein!«

»Geht nicht. Meine Eltern warten.«

Marfuscha lief los. Ließ den Hof hinter sich, lenkte ihre Schritte zu Choprows Kaufmannsladen. Der war hübsch geschmückt: zwei geputzte Tannenbäume vor dem Eingang, die Schaufenster voll lebender Schneeflöckchen, ein einziges Schillern. Und in einer Ecke der Auslage: Schneewittchen und Großväterchen Frost in einem Schlitten aus Eis! Marfuscha betrat den Laden, das kupferne Glöckchen schellte. Drinnen standen die Leute Schlange – nicht gar zu viele, dreißig vielleicht. Hinter einem alten Mann in chinesischer Wattejacke stellte Marfuscha sich an. Ihre Augen hingen an der Auslage. Da lag hinter Glas beisammen, womit zu handeln anstand: Fleisch mit Knochen und ohne, Enten und Hühner, Kochwurst und Räucherwurst, Frischmilch und Sauermilch, Butter und Margarine, Bonbons der Sorte *Teddy Tolpatsch* und Bonbons der Sorte *Teddy am Nordpol.* Außerdem Wodka und Korn, eine Sorte Zigaretten *(Rodina)* und eine Sorte Papirossy *(Rossija),* Apfelmarmelade und Pflaumenmarmelade, Pfefferkuchen mit Minzgeschmack und ohne, Zwieback mit Rosinen und ohne, klarer Zucker und Würfelzucker, Weizengrütze und Buchweizengrütze, Schwarzbrot und Weißbrot. Obwohl Marfuscha nur Brot und die Papirossy für Großvater kaufen wollte, würde sie sich gedulden müssen, bis sie an der Reihe war. Auf einmal aber hörte sie vom Kopf der Schlange her ein bekanntes Stimmchen:

»Ein halbes Pfund Würfelzucker, einen Laib Schwarzbrot, ein Viertel Roggenbrot und für einen Griwennik Apfelmarmelade.«

Sina Schmerlina aus Aufgang drei. Im Nu stand Marfuscha neben ihr.

»Sina, für mich noch ein Brot und Papirossy.«

Zögernd nahm die schwarzäugige, schwarzhaarige Sina den Rubel von ihr entgegen. Und hinter ihr in der Schlange kam sogleich Unmut auf:

»He, du Hudelhühnchen, kannst du nicht anstehen, wie es sich gehört?«

»Vordrängeln, so weit kommt's noch! Lasst sie ja nicht dazwischen!«

»Wir wollen auch bloß Brot kaufen!«

»Pack dich, durchtriebenes Stück!«

Aber heute stand Choprow persönlich hinterm Ladentisch, und der war kinderlieb.

»Hört auf zu keifen, lasst das Mädel in Ruh! Als hättet ihr es sonst wie eilig! Müsst noch früh genug auf Arbeit morgen!«

Breitschultrig war Choprow, der Herr im Laden, groß und rotbärtig. Gekleidet in eine rote Russenbluse mit Stehkragen und eine Lammfellweste. Mit seinen Pranken reichte er Marfuscha Brot, Papirossy und das Wechselgeld über den Tresen.

»Abflug, Libellchen!«, sprach er und zwinkerte ihr aus kleinen, fettgepolsterten Äuglein zu.

Marfuscha und Sina verließen den Laden. Sinas Familie war arm und vom Unglück verfolgt: Zwar kannte ihr Vater sich prima mit warmen Robotern aus, sprach aber leider dem Branntwein zu. Und die Mama hatte erst recht keine Lust zum Arbeiten. Darum war Sina auch ärmlich angezogen: abgetragene Filzstiefel, geflickte Daunenjacke, die Mütze zwar Fuchspelz, doch alt und schäbig, bestimmt hatte sie die von ihrer großen Schwester Tamara übernommen.

»Gehst du heute mit Tamara zum Roten Platz?«, fragte Marfuscha, während sie die Tüte mit dem Brot bequemer griff. Sina schüttelte den Kopf.

»I wo, die dumme Kuh ist grad in Kolomna, kommt erst mit dem Nachtzug. Ich geh mit Waska.«

Waska war ihr kleiner Bruder. Ach, hatten die's gut, sie kriegten zwei Geschenke! Marfuscha musste sich gedulden, bis Mama ihr ein Brüderchen zur Welt brachte.

Sie waren auf der Malaja Bronnaja gerade einmal zwei Häuser weit gekommen, da trat unversehens Amonja Kiewogorodski aus einer Seitenstraße. Amonja leibhaftig, mit seinem getreuen Elektrohund! Ihm nach eine Horde Leute, die Maulaffen feilhielten. Bis jetzt hatte Marfuscha Amonja, den Gerechten, nur ein einziges Mal zu Gesicht bekommen: als man ihn an Seilen über die Trubnaja hievte, damit er von oben das dräuende Unheil voraussah. Die Gossudarin würde eine zweite Fehlgeburt haben, so seine Prophezeiung, wegen des bösen Blicks von einer Strelitzenwitwe. Mit der war das Volk anschließend hart ins Gericht gegangen – an den Haaren hatte man sie den Platz hinter der Basiliuskathedrale bis zur Moskwa hinuntergeschleift und mit Hakenstangen unters Eis geschoben.

Die Mädchen blieben stehen, um sich den gottgefälligen Narren näher zu besehen. Da kommt er an: abgerissen, bucklig und schmal, froschgleich irgendwie, mit dem elektrischen Hund an der Leine, der auf den Namen Kadé hört. Vor der Brust trägt Amonja ein schweres eisernes Kreuz und um die Schultern Ketten; Eichenholzpfropfen stecken in seinen Ohren, damit er den Krach, den die Leute schlagen, nicht mitanhören muss. Diese Pfropfen, so hat die Großmutter Marfuscha erzählt, lüftet Amonja nur einmal pro Jahr, nämlich am sechsten August, zum Fest der Verklärung des Herrn, um »das Taborlicht flüstern zu hören«. An den Pfropfen liegt es wohl auch, dass Amonja nicht redet, sondern brüllt. So auch jetzt:

»Finster ist's! Kein Weg nicht zu sehen!«

Obgleich die helle Morgensonne scheint, kann Amonja den Weg nicht erkennen. Bleibt stehen. Mit ihm die Meute.

»Leuchte mir! Leuchte!«, brüllt der Gerechte.

Kadé, der Hund, lässt seine blauen Augen blitzen, wirft Licht vor Amonjas Füße. Der, gestützt auf seinen Knotenstock, den großen Kopf tief zur Erde geneigt, schnüffelt am Schnee und schreit:

»Da saugt wer Blut!«

In die Menge um Amonja kommt Bewegung. Besorgte Fragen:

»Wessen Blut ist's, das da fließen soll, Amonetschka?« –

»Wer muss sich in Acht nehmen?« – »Wohin sich verziehen?« – »Wo Kerzen aufstellen?« – »Wem Geschenke ins Haus tragen?«

Amonja schnüffelt am Schnee. Die Menge erstarrt.

»Kleines Übel!«, bellt er.

Die Menge drängt vor, Aufregung entsteht.

»Was für ein Übel, wo? Zeig's uns!«

Amonja reckt sich, schießt wütende Blitze unter seinen Hängebrauen hervor.

»Kleines Übel! Kleines Übel!«

»Zeig es! Zeig uns das Übel!«, fordert die Menge.

Kaufleute und Beamte, Landstreicher und Bettler, Kokser und Trunkenbolde, chinesische Hausierer und tatarische Sbitenschenke, Halbwüchsige und Kinderlein, alle miteinander betteln sie: Zeig uns das Übel, zeig es!

Amonja richtet sich auf, schleudert den Arm hervor: »Hebt mich auf!«

Die Menge ward geschäftig. Man klopfte an die nächstbesten Türen und Fenster, darin Gesichter auftauchten. Derweil entnahmen die vier schweigenden Gesellen des Gerechten ihren Schultersäcken Wickel aus kräftigen Seilen. Im Handumdrehen waren die Seile an den Balkonen angebracht, baumelten aus den Fenstern. Schon war auch ein Verkehrsposten zur Stelle, der die Malaja Bronnaja absperrte: Amonja lässt sich aufheben! Das Gebot war einfach und klar. An welchem Punkt der Stadt auch immer Amonja sich anschickte, ein Übel vorherzusagen, dort hatte sogleich alles Übrige stehen und liegen zu bleiben.

Flugs wurden die Seile um Amonjas Hüften geknotet, sein treuer Hund ging auf die Hinterpfoten, die Menge wich zurück. Die Seile spannten sich, und Amonja wurde vom Erdboden gerissen. Stieg auf.

Die Menge stand reglos. Alles glotzte. Amonja, der Gerechte, schwebte über Moskau. Hoch und immer höher.

Vorbei am zweiten Stock, dem dritten, vierten … fünften! Da ertönte über der Menge der Ruf.

»Ich sehe das kleine Übel!«

Man hörte auf zu ziehen. Amonja Kiewogorodski hing zwischen Himmel und Erde. Unten stand die Menge und tat keinen Mucks. Marfuscha stand der Mund offen. Unverwandt starrte sie auf den hängenden Amonja.

»Strelitzenblut wird fließen!«, verkündete Amonja von hoch droben. »In Samoskworetschje! Am Montag machen die Opritschniki zwei Oberste platt. Den Geringeren wird kein Haar gekrümmt.«

Ein kleines Übel, fürwahr. Erleichtertes Aufatmen in der Menge. Strelitzen waren anscheinend keine darunter. Nur eine Frau im Persianermantel schlug ein Kreuz und strebte eilends davon.

»Lasst mich runter!«, kreischt Amonja und rüttelt an den Leinen.

Er wird zu Boden gelassen, von den Fesseln befreit.

»Schmerzensgeld!«, brüllt er, kaum dass er unten ist.

Viele Hände mit Gaben strecken sich ihm aus der Menge entgegen. Geld ebenso wie Lebensmittel. Die Gesellen und der elektrische Hund helfen beim Einsammeln.

»Ich leide! O-o-oh, ich leide!«, schreit Amonja klagend.

Man bekreuzigt und verneigt sich vor ihm. Auch Marfuscha schlägt das Kreuz und macht einen Diener vor dem Gerechten. Kadés blaue Augen bleiben an der Tüte mit dem Brot und den Papirossy hängen. Einer von Amonjas breitschultrigen Gesellen kommt heran mit seinem Sack, hält ihn wortlos vor Sina und Marfuscha auf. Gehorsam legen die Mädchen hinein, was sie in den Händen haben.

»Ich leide! O-o-oh, wie ich leide!«, jault Amonja zum Gotterbarmen, sodass etliche Umstehende in Tränen ausbrechen.

Der Gerechte zog davon, die Malaja Bronnaja hinunter. Die Menge wälzte sich hinterdrein. Sina und Marfuscha blieben zurück, blickten ihm nach wie gebannt.

Dann ein Pfiff des Verkehrspolizisten, der den Autos, die sich angestaut hatten, freie Fahrt gab. Die Mädchen besannen sich: Es blieb ihnen wohl nichts übrig, als den Laden noch einmal aufzusuchen. Marfuscha hatte achtzig Kopeken von ihrem Rubel übrig, Sina ganze drei.

»Ich muss es meinen Eltern sagen«, überlegte Sina. »Borgst du mir dein Hallofon?«

Sina ihres war wie immer gesperrt.

»Von mir aus.« Marfuscha nahm sich die Fernspreche vom Ohr, reichte sie Sina.

Sina hängte sich das rotbraune Gerät ans Ohrläppchen. »Alkonost, zwei-zwei-neun, vier-sechs-fünf-null-acht«, sagte sie an.

Bei Sina sprachen sie über *Alkonost* fern, was der billigste Dienst war, während Marfuschas Familie *Sirin* benutzte. Und das nicht etwa, weil die Sawarsins so viel wohlhabender gewesen wären als die Schmerlins. Vor einem halben Jahr hatte Marfuschas Vater dem Tischvorsteher der Fernmeldekanzlei für sein Gutshaus einen Ikonenschrein mit dem Erlöser und den Aposteln geschnitzt. Und der Schrein hatte dem Tischvorsteher so gut gefallen, dass er der Familie Sawarsin neun Freimonate bei *Sirin* schaltete.

»Mami, ich hab die ganzen Fressalien dem gerechten Amonja in den Sack gesteckt«, sagte Sina.

»Schön blöd«, kam die Antwort. »Ohne Wodka lässt der Vater dich nicht über die Schwelle.«

»Ich hab nur noch drei Kopeken.«

»Dann sieh zu, wie du damit klarkommst.«

Seufzend gab Sina die Fernspreche zurück.

»Nix zu machen. Da muss ich auf die Puschkinskaja

›Scheiden tut weh‹ singen gehen. Vielleicht kommt was bei rüber. Und wenn's für'n Viertelliter ist.«

»Gott befohlen!«, nickte Marfuscha und trabte zurück zum Laden.

Es war nicht das erste Mal, dass Sina betteln gehen musste. Geld borgen durfte Marfuscha ihr aber nicht.

Inzwischen war die Schlange im Laden noch gewachsen – am Ende der Weihnachtswoche gingen bei allen die Lebensmittel zur Neige. Und wie zum Hohn – kein bekanntes Gesicht in der Schlange. Wohl oder übel musste Marfuscha sich die Beine in den Bauch stehen, bis sie wieder vor dem breitschultrigen Choprow anlangte.

»Ein weißes Rundes und ein schwarzes Viertel, bitte. Und eine Schachtel Papirossy.«

Der Kaufmann kniff die glasigen Äuglein zusammen.

»Nanu, Libellchen? Das hast du doch vorhin erst geholt? Hat's den Deinen nicht zugelangt? Alles aufgegessen und aufgeraucht?«

»Ach nein, Paramon Kusmitsch, ich hab's Amonja, dem Gerechten, gespendet.«

Choprow strich sich den roten Bart.

»Oha. Das ist ja allerhand, Mädel. Eine gottgefällige Tat!«

Und nach kurzem Zögern versenkte er die Hand in der Schachtel mit den Fruchtdrops, reichte Marfuscha ein paar über den Ladentisch.

»Da hast du!«

»Ergebensten Dank.«

Marfuscha steckte die Bonbons ein, ergriff das Brot und die Papirossy – und ab nach Hause. Im Gehen schob sie sich einen Drops in den Mund und lutschte. Hurtig bog sie ab von der Malaja Bronnaja ... Da hörte sie aus der Parterrewohnung im Eckhaus durch die offene Fensterklappe ein großes Wehklagen.

»Au, ich tu's nicht mehr! Ich tu's nie wieder! Au-au!«

Die Rute schwirrte und klatschte vernehmlich. Marfuscha verhielt den Schritt, blieb stehen.

»Au! Ich tu's doch nicht mehr! Auaah!«

Ein Knabe ward bestraft. Die Rute pfiff und patschte auf den nackten Hintern. Bestimmt war es der Vater, der da züchtigte. Was Marfuschas Vater nie tat, höchstens die Mama. Und das auch nur selten, zum Glück. Das letzte Mal geschehen kurz vor Weihnachten, als durch Marfuschas Schusseligkeit zwei Linien kostbares Koks flöten gingen. Mama und Papa hatten sich nach einem schweren Arbeitstag in der Küche niedergelassen und drei Linien Schnee gezogen, Marfuscha wollte gerade den Müll rausbringen und sperrte die Tür weit auf. Dummerweise war die Lüftungsklappe in der Küche offen. Ein Luftzug aus dem Treppenhaus, wo die Fensterscheibe eingeschlagen war – und der ganze schöne Schnee verteilte sich als Staub in die Zimmerecken. Vater und Großvater brüllten wie aus einem Halse. Großmutter zwackte sie schmerzhaft in den Arm. Mama aber, ohne ein Wort zu sagen, legte Marfuscha quer über das Doppelbett und bearbeitete ihren nackten Po mit dem Sprungseil. Marfuscha heulte, während Papa und Opa in der Küche damit beschäftigt waren, den weißen Staub mit feuchtem Finger aus den Ecken zu klauben …

Marfuscha betrat den Hauseingang, da lehnten drei Habenichtse an der Heizung und soffen. Sie hatten eine Zeitung (die *Auferstehung*) ausgebreitet, auf der lag, was sie den Morgen über zusammengetragen hatten. Nun kauten sie und pichelten eine Flasche Schwarzgebrannten. Es waren aber Fremde, keine von hier, wohl nicht einmal Moskauer. Ein Alter, grau wie eine Steppenweihe; ein Jüngerer, schwarz gelockt und kräftig, aber ohne Beine; dazu noch ein Halbstarker. Den Schnaps hatten sie anscheinend bei den Chinesen auf der Puschkinskaja gekauft, das sah man an der weichen Flasche.

»Guten Tag, mein Täubchen, lang sollst du leben«, sagte der Alte freundlich lächelnd.

»Wünsche Gesundheit!«, brummelte Marfuscha und beeilte sich vorbeizukommen.

Sie war schon auf der Treppe, als ihr einfiel, dass sie dem Hausmeister Meldung machen musste. Es gab ja doch solche und solche Bettler. In Nummer fünfzehn hatten sie zum Fest ein paar maskierte Sternsinger eingelassen, die dann in drei Wohnungen mit Gaspistolen umgingen und drei Säcke Krimskrams einheimsten. Besserenfalls würden die hier ins Treppenhaus kacken, schlimmerenfalls etwas klauen.

Also klingelte Marfuscha beim Hausmeister im zweiten Stock. Seine Frau machte auf mit Lockenwickeln auf dem Kopf und einer Papirossa zwischen den Zähnen.

»Was willst du?«

»Unten sind irgendwelche Habenichtse und saufen«, sagte Marfuscha schnell und war auch schon die Treppe hinaufgeflitzt. Auf ihrer Etage angekommen, steckte sie den Kopf durch das kaputte Fenster, um zu sehen, was nun passierte. Und sie musste nicht lange warten, da ward es unten laut. Eine Tür knallte, Gebrüll:

»Autsch! Gottverdammich!«

Der alte Mann stolperte, sich das Hinterteil haltend, aus der Haustür, ihm nach kam der Halbstarke gesprungen, und der Krüppel auf seinen Bügeleisen scharuckelte hinterdrein – verfolgt von Hausmeister Andrejitsch mit seinem elektrischen Knüppel. Damit zielte er und schoss dem Krüppel einen blauen Blitz ins Kreuz. Der Krüppel jaulte auf und fluchte gemein:

»Fick deine Fehlgeburt von Mutter!«

»Pass auf, dass ich dir nicht noch einen Roten drüberbrate!«, drohte der Hausmeister. »Und anschließend geht's aufs Revier, Freundchen!«

Der Krüppel ward von dem Alten und dem Jungen aufgehoben und fortgezerrt. Die Jungs vom Hof johlten ihnen nach, warfen Schneebälle. Andrejitsch mit seiner roten Nase spuckte in den Schnee, klappte den Knüppel zusammen und verschwand im Hauseingang.

Eine gute Tat zum Wohle des Staates war vollbracht. Befriedigt klingelte Marfuscha an ihrer Tür. Die Großmütter öffnete, bebend vor Zorn:

»Wo hast du Biest dich rumgetrieben?«

Der Großvater, aus der Toilette kommend, sah lächelnd über Großmutters Schulter.

»Wird sich festgeschwatzt haben bei ihrer kleinen Freundin!«

Indes tönte des Vaters mürrische Stimme aus der Küche: »Marfa darf man nur nach dem Tod schicken.«

»Ich bin dem gerechten Amonja begegnet!«, rechtfertigte sich Marfuscha. »Er hat sich aufheben lassen vor allen Leuten, und dann wollte er Schmerzensgeld haben. Ich hab ihm das Brot und die Zigaretten gespendet und musste alles noch mal kaufen gehen.«

Der Zorn der Großmutter flaute ab.

»Na, der wird's nötig haben«, brummelte sie nur.

»Und, was hat er gesehen?«, erkundigte sich der Großvater.

»Strelitzen werden plattgemacht.«

»Von mir aus!«, sagte die Großmutter und winkte ab, während sie Marfuscha die Tüte mit dem Brot aus der Hand nahm.

»Kann denen nicht schaden!«, murrte der Vater.

»Gewiss nicht!«, bestätigte der Großvater, eine Papirossa anzündend.

»Was die sich für Hängebacken angefressen haben in

aller Friedenszeit!«, ergänzte die Mutter, die gähnend und mit aufgelöstem Haar aus dem Bad kam. »Woronin, der Lude, fährt drei Merins ... Und jetzt setzt euch endlich zum Frühstück.«

Die Familie betete zum Wundertätigen Nikolai. Es gab Hirsebrei mit Milch zum Frühstück, dazu Weißbrot mit Apfelmarmelade und chinesischen Tee. Der Vater packte seine Zigarettenetuis ein und ging damit auf den Markt Handel treiben. Mama und Großmutter machten sich auf in die Kirche. Großvater fuhr mit dem Schlitten zum Arbat, Holz holen. Marfuscha blieb allein zu Hause und besorgte den Abwasch, spülte Teller und Becher, wusch die Kragen ihres Schulkleides aus und bügelte sie. Schließlich setzte sie sich an ihre schlaue Maschine und spielte *Guo-jie**. Darüber wurde es Mittag, doch das *Baojian*** zu finden gelang ihr leider nicht. Man muss es nicht im Schloss suchen, sondern unterirdisch – da wo die Krieger stehen, die erst aus Ton sind und später lebendig werden, sich aus der Erde wühlen und auf die Staatsgrenze zugekrochen kommen. Solange man gegen sie kämpft, sieht man das *Baojian* blau leuchten; kaum hat man sie besiegt, ist es weg. Und dann soll es einer wiederfinden! Immerhin hat Kolja Baschkirzew ihr schon verraten, was passiert, wenn das *Baojian* gefunden ist: Dann fallen gleich alle Feinde tot um, und der junge Gossudar freit die Prinzessin Sun Yuan. Von da führt ein Zweig für Mädchen zur Hochzeit. Die sei sehr schön, sagt Kolja: Die Braut wechselt während des Festmahls fünfmal das Kleid, und am Ende gibt es noch einen besonderen Zweig, der aber verboten ist: Da sieht man angeblich, was die Jungvermählten des Nachts im Schlafgemach treiben. Das anzusehen

* (chin.) Staatsgrenze – 4-D-Computerspiel, das im Neuen Russland nach den Ereignissen vom August 2027 populär wurde

** (chin.) Schwert

ist strengstens untersagt! Marfuscha würde es auch niemals tun, aber die Jungs, die das *Baojian* gefunden haben, die gucken es sich an …

So vergingen weitere Stunden, die Kuckucksuhr an der Wand kuckuckte. Mama und Großmutter kehrten aus der Kirche heim, Großvater brachte einen Schlitten voll Holz geschleppt, auch der Vater kam gut gelaunt vom Markt nach Hause: Drei Etuis hatte er losgeschlagen und vom Gewinn einen Viertelliter Wodka und in der Apotheke ein Quentchen Koks gekauft. Das schnupften Mama und er gemeinsam, der Großvater bekam auch ein bisschen ab. Koks war das Einzige, was den ewig übellaunigen Vater in Stimmung brachte. Dann war er gleich ein ganz anderer: redselig, quirlig, übermütig. Und war der Vater übermütig, sang er. Sang *Herbst, du meine Traurigkeit*, *Stepan Rasins Traum*, *Der Falke im Schnee*, *Ein Kind von Traurigkeit* und *Chasbulat, tapfrer Held.* Zu dritt tranken sie und sangen so lange, bis ihnen die Augen feucht wurden; alles wie immer. Derweil löffelte Marfa ihren Brei und blätterte den Schulbaum auf, um den Stundenplan für morgen nachzusehen:

1. Religion
2. Russische Geschichte
3. Mathematik
4. Chinesisch
5. Handwerkliche Arbeit
6. Chor

Sechs Stunden, ganz schön viel.

Religion war seit je eins von Marfuschas Lieblingsfächern, der Geschichte des russischen Staates begegnete sie mit Ehrfurcht, Chinesisch lernte sie fleißig, in handwerklicher Arbeit zeigte sie eine schnelle Auffassungsgabe, hatte auch eine schöne Chorstimme, nur in Mathe ... Die Mathematik war Marfuschas Sache nicht. Und auch mit ihrem Lehrer, Juri Witalewitsch, hatte sie es nicht leicht, o nein! Juri Witalewitsch war groß, dünn (so schmal wie ein *Baojian*) und furchtbar streng. Schon in der ersten Klasse, als es mit der Arithmetik losging, war Juri Witalewitsch in der Klasse auf und ab gegangen und hatte mit schnarrender Stimme seinen Leitsatz aufgesagt: »Die Arithmetik, Kinder, das ist eine große Wissenschaft!« Von der Mathematik ganz zu schweigen ... Sie zu kapieren fiel Marfuscha schwer: Schon achtzehn Mal hatte sie bei Juri Witalewitsch in der Ecke stehen müssen, davon sieben Mal kniend, viermal auf Erbsen.

Nur kurz blätterte Marfuscha in dem verhassten Mathelehrbuch, ehe sie es wieder zuklappte und ins Regal schob. Manche Lehrer waren einfach schrecklich! Andere wieder gut und nett. Zum Beispiel der Sportlehrer Pawel Nikititsch. Der brauchte sie nur anzuschauen, schon schmolz sie dahin. Am liebsten ließ er die Mädchen um die Wette laufen. 500 Saschen Dauerlauf und 50 Saschen Schnelllauf. Sommers in Trachtenkleidern und winters auf Skiern. Die Mädchen rennen, und er feuert sie an:

»Zieh! Zieh! Zieh!«

Bei Marfuscha klappte das Schnelllaufen am besten – leichtfüßig und geschwinde, wie sie war. Zweimal hatte sie schon an Kreissportfesten teilgenommen. Einen vierten Platz belegt und einen sechsten.

Sie streunte durch das *Russnetz* und landete doch wieder bei ihrem geliebten *Guo-jie*-Spiel. So verging die Zeit am schnellsten. Im Nu war es vier, fünf ... halb sechs. Da fing Marfuschas Herz zu klopfen an: Es war höchste Zeit! Mama gab ihr die guten Sachen anzuziehen, band ihr das neue, flauschige weiße Kopftuch und bekreuzte sie.

»Lauf, Töchterlein!«

Mit Herzklopfen läuft Marfuscha hinunter vor das Haus. Aus allen sechs Aufgängen strömen festlich gekleidete Kinder. Sina Bolschowa ist dabei, Stas Iwanow, Sascha Guljajewa, Mascha Morkowitsch und Kolja Koslow. Gemeinsam ziehen sie zur Bolschaja Bronnaja, wo noch mehr Kinder sind: Dutzende, Hunderte! Als Marfuscha von der Puschkinskaja auf die Twerskaja biegt, sieht sie, die Straße ist in ganzer Breite von Kindern voll. Eine Riesentraube, die sich in Richtung Kreml schiebt. Erwachsene sind keine darunter, das wird nicht gern gesehen. Sie haben ihre Geschenke ja schon erhalten. Zu beiden Seiten begleiten berittene Ordnungshüter den Kinderzug. Marfuscha läuft inmitten der Menge. Ihr Herz klopft wild, dann wieder will es beinahe stillstehen vor Aufregung. Immer langsamer kommt der Zug voran, immer mehr Kinder strömen aus den Seitenstraßen dazu. Endlich sind sie auf der Maneschnaja Ploschtschad angelangt. Die Menge schiebt sich über den Platz, Marfuscha mittendrin. Noch einen Schritt und noch einen – dann betreten Marfuschas Stiefelchen das berühmte Kopfsteinpflaster. Wie eine Riesenraupe bewegt sich der Zug, im Trippelschritt. Marfuscha erschauert: Unter ihren Füßen ist der Rote Platz! Wo Russlands Helden geehrt, wo seine Feinde gerichtet werden! Ein langer Augenblick – und die großen Turmglocken auf dem Erlöserturm beginnen zu schlagen. Sechs Uhr! Augenblicklich kommt der Strom der Kinder zum Stehen. Der Lärm erstirbt. Ringsum erlöschen die Lichter. Und droben am Himmel, an den Schneewolken leuchtet riesengroß das Antlitz des Gossudaren.

»Seid gegrüßt, Kinder Russlands!«, so dröhnt es über den Platz.

Ein Jubel ist die Antwort, die Kinder hüpfen und winken und schreien. Marfuscha hüpft mit, sie staunt den Gossudaren an. Er lächelt von den Wolken herab, warmherzig blicken seine blauen Augen. Wie herrlich er ist! Wie schön und wie gut! Wie zärtlich und weise, wie mächtig und unerschütterlich! Russlands Oberhaupt!

»Frohe Weihnachten, ihr lieben russischen Kinder!«

Und auf einmal, wie von Zauberhand, kommen mitten aus den Wolken und dem Antlitz des Gossudaren Tausende rote Luftballons herabgeschwebt. Und an jedem Ballon hängt eine glänzende kleine Schachtel. Die Kinder haschen nach den Schachteln, hüpfen in die Höhe, zerren die Ballons zu sich heran. Marfuscha kriegt einen zu fassen, zieht die Schachtel an ihre Brust. Auch die Kinder neben ihr haben schon eine.

»Kinder Russlands, seid glücklich und froh!«, dröhnt die Stimme vom Himmel.

Der Gossudar lächelt. Und dann ist er weg.

Tränen der Verzückung sprudeln Marfuscha aus den Augen. Schluchzend presst sie die kleine Schachtel an ihre Ziegenfelljacke und lässt sich mit der Menge vom Roten Platz hinunterschieben, an der Basiliuskathedrale vorbei. Sowie sie ein bisschen Bewegungsfreiheit hat, reißt sie die lackglänzende Schachtel auf. Darin ist … ein Kreml aus Zucker! Ein genaues Abbild, strahlend weiß, mit allen Spitztürmen und Zwiebelkuppeln, samt dem höchsten Glockenturm, dem Großen Iwan, in der Mitte. Marfuscha hält sich den Kreml an die Lippen, küsst ihn und fängt im Gehen an zu lecken …

Zu vorgerückter Stunde, da Marfuscha in ihrem Bettchen in den Schlaf sank, hielt sie den Erlöserzuckerturm noch immer in der klebrigen Hand. Unter der molligen Steppdecke war genug Platz für beide: Marfuscha und den Zuckerturm in ihrer zarten Kinderfaust. Nur die Turmspitze mit dem zweiköpfigen Adler schaute hervor. Durch das bereifte Fenster schien der Mond, sein Licht ließ den

Zuckeradler funkeln. Marfuscha betrachtete ihn hingebungsvoll, bis ihre müden Lider zuklappten. Was für ein großer, guter, froher Tag das gewesen war!

Auch der Abend im Kreise der Familie – ein Fest. Die Sawarsins hatten den Zuckerkreml mitten auf den Tisch gestellt, Kerzen angezündet, hingeschaut und hübsch geplaudert. Schließlich hatte Papa das Hämmerchen geholt und den Kreml akkurat in seine Einzelteile zerlegt – jeden Turm für sich. Und Marfuscha verteilte die Kremltürme an ihre Familienangehörigen: Den Borowizkiturm bekam der Vater, den Nikolausturm die Mutter, den Kutafjaturm der Großvater, den Dreifaltigkeitsturm die Großmutter. Den Rüstkammerturm beschloss der Familienrat bis zur Geburt von Marfuschas Brüderlein aufzuheben: Sollte es ihn getrost aufschlecken, auf dass es groß und stark würde wie ein Recke ... Die Kremlmauern aber und auch die Kirchen und den Glockenturm, die hatten sie gleich alle miteinander zum Tee verputzt.

Während Marfuscha die Augen zufielen, schob sie sich den Doppelkopfadler in den Mund, legte ihn auf die Zunge und lutschte ... So schlief sie ein und hatte einen schönen Traum.

Sie träumte vom Gossudaren auf seinem Silberschimmel – schneeweiß und aus Zucker.

DIE WANDERBETTLER

Ländliche Gegend nahe Moskau, Mitte April. Das von den Opritschniki niedergebrannte Anwesen des Bojaren Kunizyn in der Abenddämmerung. Durch ein Loch im hohen Zaun kriechen mehrere Männer auf das Gelände: Sofron, Soplja, Wanjuscha und Frolowitsch. Sie sind Wanderbettler. Wanjuscha ist blind, Frolowitsch hat nur ein Bein, Soplja hinkt. Aus den rußgeschwärzten Ruinen des Hauses kommt eine Meute verwilderter Hunde gelaufen und kläfft die Bettler an.

Soplja *(hebt einen Ziegelbrocken auf, schleudert ihn nach den Hunden):* Haut ab, ihr Bastarde!

Wanjuscha *(hält inne):* Hündchen? Sogar hier?

Frolowitsch *(pfeift, fuchtelt mit der Krücke):* Ksch, ksch, ksch!

Die Hunde bellen, verziehen sich aber.

Frolowitsch *(reibt sich müde das Kreuz, sieht sich um):* Gott im Himmel, ist das furchtbar … Kaum wiederzuerkennen! Aber das ist der Ort.

Sofron: Sag ich doch, Bruderherz. Er ist es.

Wanjuscha: Aber hattest du nicht gemeint, ein Kupferdach mit Hahn, Sofronjuschka?

Sofron: Jawohl. Das war einmal. So wahr ich hier stehe. *(Bekreuzigt sich.)* Kupferdach, Turmgeschoss, Scheunen, Ställe, Hundezwinger. Und ein Bienenhaus mit

Garten. Sechzig Stöcke! Es hat an nichts gefehlt. Dort vorne am Tor stand ein Wachhäuschen. Da hat der gute Aljoscha uns, Frolowitsch und mich, beherbergt. Die Herrschaften waren nicht da, so hat er uns über Nacht zu sich reingebeten. Ein guter Mensch, dieser Aljoscha.

Frolowitsch: Fürwahr. Er ließ uns nicht nur ein, es gab sogar Nudelsuppe. Und für jeden einen Apfel. In dem Herbst damals gediehen die Äpfel prächtig, allerlei Sorten ... Keine Spur mehr von alledem, weder vom Häuschen noch vom Wächter. Siehst du das, Sofron, welch eine Verwüstung?

Sofron: Ist ja nicht zu übersehen.

Soplja *(schneuzt sich vernehmlich):* Alles haben sie abgefackelt, die Halsabschneider.

Sofron: Nicht mal das Wachhäuschen haben sie ausgelassen.

Wanjuscha: Aber wer?

Soplja *(missmutig):* Wer! Wer! Luzifer! ... Die Opritschniki natürlich.

Sofron: Dort hast du ihr Zeichen über dem Tor. Schuld und Sühne.

Wanjuscha: An einem Stecken, ja?

Soplja *(grimmig):* Am Stecken, jawohl.

Wanjuscha: Und rein gar nichts ist heil geblieben?

Sofron: Kein Stück.

Wanjuscha: Und der Garten?

Frolowitsch: Welcher Garten?

Wanjuscha: Na, wo die Äpfelbäume standen.

Frolowitsch *(schaut umher):* Der Garten könnte heil geblieben sein ... da hinter der Brandstätte. Das ist doch der Garten, Sofron, nicht wahr?

Sofron: Sieht so aus.

Vanjuscha: Ich liebe Gärten. Dieser Duft darinnen!

Soplja: Duft, Duft … Mir tun die Füße weh, im Wanst ist bohrende Ebbe, und du redest von Düften!

Sofron: Was zu beißen könnte wirklich nicht schaden. Fressen und Spaß haben.

Frolowitsch: Sobald wir ein Plätzchen gefunden haben, richten wir die Küche ein. *(Nähert sich den Ruinen.)* Und das steht wirklich vollkommen leer?

Sofron: Wer soll da noch wohnen? Hunde und Krähengezücht.

Wanjuscha *(hält sich an Sopljas Schulter):* Hunde gehen mit Vorliebe dahin, wo es gebrannt hat. Da haben sie's warm.

Soplja: Von wegen. Das Gut ist, meine ich, letzten Winter abgebrannt worden. Da hat es keine Wärme mehr – nur noch verkohltes Holz.

Wanjuscha: Aber dass hier einmal Menschen gewohnt haben, das wittern die Hunde. Wo je ein Mensch gelebt hat, bleibt immer ein Rest Wärme zurück.

Frolowitsch: Wir brauchen ein Feuer. Geht und sucht ein paar Knüttel, derweil rühr ich mit Wanja das Süppchen ein.

Wanjuscha: Vielleicht hat es ja noch Äpfel im Garten?

Soplja *(läuft zwischen den Ruinen umher, sammelt angekohlte Holzscheite ein):* Äpfel? Im April?!

Wanjuscha: Wenn ein Garten verwildert, bleiben gern ein paar Äpfelchen still unterm Schnee liegen und warten auf den Frühling, wo sie ihre Samen unter sich in die liebe Erde lassen.

Soplja: Und wenn sie nicht gestorben sind, so warten sie noch heut … *(Lacht.)* Ach, Wanja, du bist und bleibst ein heiliger Narr!

Wanjuscha: Nein, Sopljuscha, das bin ich nicht. Dafür bete ich zu wenig. Um ein Gottesnarr zu werden, musst du zu Gott beten, dass der Heilige Geist herniederkommen und dich umfangen möge. Erst wenn das geschieht, wird ein Gottesnarr aus dir. Und so einer fürchtet weder Hunger noch Kälte, denn der Heilige Geist ist mit ihm. Ich hingegen friere und habe schrecklichen Kohldampf. *(Lacht.)* Ein schöner Gottesnarr!

Soplja und Sofron schleppen einen Haufen Holzreste heran. Frolowitsch zückt ein Gasfeuerzeug und entfacht das Feuer, stellt ein Dreibein darüber, hängt einen Kessel an.

Frolowitsch *(an Sofron gewandt):* Siehst du die Schneewehe am Zaun? Geh und füll den Kessel!

Sofron nimmt den Kessel, geht Schnee schöpfen, kehrt zurück.

Wanjuscha: Sag bloß, da liegt noch Schnee?

Sofron: Und ob. Wo soll der so schnell hin sein! *(Hängt den Kessel wieder an das Dreibein, schürt das Feuer.)*

Frolowitsch *(breitet vor dem Feuer ein Stück Wachstuch aus):* Was ist, packen wir aus?

Soplja: Wer was hat zum Auspacken ... Die anderen gucken zu.

Sofron: Lass gut sein, Soplja. Heute hattest du kein Glück und morgen ich. *(Schnürt sein Bündel auf.)*

Frolowitsch: Weißt du nicht mehr, Soplja, was der selige Zao immer gesagt hat? Du darfst dich nicht absondern. Bettle mit den anderen. Alle zusammen kriegen mehr, als der Einzelne kriegen kann.

Sofron: Das ist die heilige Wahrheit. Zao war ein weiser Mann. Du hingegen, Soplja, bist ein Bruder Leichtfuß.

Frolowitsch: Nicht mal ich ohne Bein geh alleine auf Tour! Und sogar Samson-auf-dem-Stumpf kriecht neuerdings mit den anderen. Es sind andere Zeiten heute! Einer ist keiner. Nur du willst alleine bleiben. Und nun bist du's – ohne deinen Sack! *(Lacht.)*

Soplja *(gerät außer sich):* Ja, was denn, hab ich etwa nur für mich was einheimsen wollen? Ich hab nur das Beste gewollt …

Sofron: Gewollt, ja. Nun stehst du da ohne Sack.

Frolowitsch und Sofron lachen.

Soplja: Ihr könnt mich mal …

Vanjuscha *(berührt Soplja):* Haben sie dir den Sack abgenommen, Sopljuscha? Sei's drum. Es gibt viele böse Menschen heutzutage. Das Böse heckt, es heckt, solange das Gute ihm nicht den Riegel vorschiebt. Und dafür braucht es Zeit … Nimm meinen Sack, Sopljuscha. Ich hab tiefe Taschen, da kann ich die Gaben verstauen. Nimm!

Sofron: Es geht nicht um den Sack, Wanja. Mitdenken muss man.

Soplja: Du und Frolowitsch, ihr seid die Neunmalklugen. Aber wer hat euch den Schweinebraten zu Ostern beschafft? Und wer die zwei Osterkuchen? Wer hat zur Taufe bei den Bojaren in Mytischtschi ein halbes Huhn ersungen? Schon vergessen?

Sofron: Wollen wir uns jetzt gegenseitig vorrechnen, was der Einzelne wo eingespielt hat? Ein halbes Huhn für den Gesang und einen Sack für den A…

Soplja: Was geht's dich an! Ist ja nicht dein Sack!

Frolowitsch: Hört auf, genug gekabbelt. Setzt euch, wir wollen tafeln.

Frolowitsch und Sofron entleeren den Inhalt dreier Säcke auf das Wachstuch.

Frolowitsch: Also, hier sind abgenagte Hühnerknochen aus dem »Goldenen Ei«. Such die schönsten aus, und ab in den Kessel damit! So! (*Lacht froh.*) Da hab ich eine hübsche Menge abstauben können. Und ganz ohne dass mir wer an die Gurgel fuhr!

Sofron: Wie du dich da reingestohlen hast, ist mir ein Rätsel. Da steht doch immer ein Türhüter.

Frolowitsch: Der musste anscheinend mal ... Da waren wir grad an der Tankstelle gegenüber am Singen ...

Wanjuscha: Richtig. Das vom Christkind. Und keiner hat uns weggestoßen ...

Frolowitsch: Wie ich mitkriegte, dass der Türhüter weg war, bin ich sofort rüber und reingeschlüpft. Abgetaucht unter einen Tisch. Geäugt: Da standen auf zwei Tischen vier Teller mit Resten!

Soplja: Schwein gehabt!

Frolowitsch: Bis das Serviermädel seinen Wagen ranbugsiert hatte, war ich schon hingerobbt und hab die Knochen alle in meinen Sack gestopft. Und keiner hat gebrüllt! Ich meinen Sack geschnappt und zur Tür. Erst da haben sie mich entdeckt.

Sofron: Da hattest du Glück mit den Wirtsleuten. Wie ich neulich bei den Chinesen auf der Pretschistenka in ihr Shitang* schwänzeln gegangen bin, da entdeckten sie mich sofort und gaben mir einen Stromstoß in den Arsch. Wahrscheinlich haben sie mich gerochen, die Hunde.

Frolowitsch *(nickt):* Es liegt immer am Geruch.

Soplja: Alles Übel kommt daher.

Wanjuscha: Wahr gesprochen. Wir riechen anders als die anderen. Darum ekeln sich die Saubermenschen vor uns. Die Hündchen dagegen, die sind nett zu uns. Sie verbellen die Sauberen.

Soplja: Was du immer mit deinen Hündchen hast! Mich konnten die Köter noch nie riechen. Weder früher, wie ich sauber rumlief, noch jetzt. *(Wühlt in den Abfällen.)* Und was ist das?

Sofron: Ein Spielzeuggeschenk. Hat mir ein kleiner Junge reingesteckt.

* (chin.) Kantine

Soplja: Ist so ein Geschenk essbar?

Sofron: Keine Ahnung. Zeig mal her. *(Greift nach dem Spielzeug – ein kleiner Plastikpfannkuchen auf Beinen –, schraubt es auf: Drinnen steckt ein kleinerer von selber Art.)*

Pfannkuchen: Nihao! Nihaoa, shagua?*

Sofron: Nishi shagua.** *(Klappt den Pfannkuchen wieder zu.)* Wenn das Zao hörte, der tät ein Wörtchen mit dir reden ... Nicht essbar, die Sache. *(Wirft das Spielzeug ins Feuer.)*

Frolowitsch: Das Brot bitte extra legen, Freunde, wie üblich.

Soplja: Brot gab es reichlich.

Sofron: Stimmt ... Aber dafür geben sie seit Neuestem überhaupt kein Geld mehr.

Frolowitsch: Sind einfach zu viele Bettler dazugekommen in Moskau. Da versiegt es.

Wanjuscha: Und wieso auf einmal, Frolowitsch?

Frolowitsch: Weil sie dumm sind. Alles strömt nach Moskau und denkt, das Geld wird ihnen vor die Füße geworfen.

Sofron: Wanja, das hab ich dir doch schon mal erklärt: Es sind deshalb so viele Bettler geworden, weil auf den Dörfern mehr gebrandschatzt wird. Früher traf es nur die Bojaren, und das auch nur in Moskau. Jetzt werden ganze Dörfer abgefackelt, damit der Bojare für seine Untergebenen die Verantwortung übernimmt. Kapiert?

Wanjuscha: Kapiert, Sofronjuschka.

Frolowitsch: Und wer abgebrannt ist, dem fällt nix Besseres ein, als nach Moskau zu gehen! Dann muss man

* (chin.) Hallo! Wie geht's, Dummkopf?
** (chin.) Selber Dummkopf!

sich nicht wundern, dass keiner mehr was gibt! Auf der Twerskaja ist kein Durchkommen vor lauter Bettlern. Da soll einer genug Geld in der Tasche haben für die alle!

Wanjuscha: Die Abgebrannten zieht es deswegen nach Moskau, weil da so viele Menschen sind. Von denen könnte man jeden Einzelnen um eine milde Gabe angehen, so denken sie sich.

Sofron: Angehen schon. Aber was kriegen?

Frolowitsch: Die Moskauer haben Herzen aus Eis. Die kannst du mit Tränen nicht erweichen. Und unsere Lieder sind ihnen schnuppe.

Sofron: Das ist wohl wahr. Lieder werden heutzutage nicht mehr gehört. Vor einem Jahr ging das noch, heute nicht mehr. Der selige Zao hat schon recht gehabt: Man müsse von Moskau weg ins Umland ziehen, sagte er immer. Da seien die Leute barmherziger. Das hat sich nun gezeigt. Auf dem Dorf wird zwar kein Geld gegeben, aber jede Menge Brot. Also ziehen wir über Land, Gott sei gepriesen.

Wanjuscha: Zao war ein kluger Mann. Weißt du noch, Soplja, wie er zu dir sagte: lieber betteln als stehlen?

Soplja *(macht sich am brodelnden Kessel zu schaffen):* Natürlich weiß ich das noch ... da schau, es kocht schon. Betteln ist jedenfalls weniger gefährlich. Aber trinken möchte man ja auch was. Und Wodka tut dir keiner in den Sack.

Sofron: Mein Gott, du mit deinem Wodka immer. Kein Tag vergeht, an dem du nicht von dem Dreckszeug redest.

Frolowitsch: Wodka macht einen schweren Kopf und weiche Knie.

Wanjuscha: Mein Papa hat zu Lebzeiten gern einen Wodka getrunken. Er brennt so schön.

Sofron: Er brennt und schmeckt nicht. Wie man das Zeug überhaupt runterkriegt, frage ich mich.

Frolowitsch: Der Mensch nimmt alles in den Mund.

Soplja: Ich trink nun mal gern einen Wodka. Zumal im Winter. Er bringt Hitze ins Blut.

Sofron: Sein Geld in Wodka anzulegen, das fehlte noch. Eine einzige Abscheulichkeit. Und ohne jeden Nutzen. Was ist, Brüder, wollen wir uns ein bisschen Spaß machen?

Frolowitsch, Vanjuscha, Soplja *(zücken ihre Löffel und scharen sich um den Kessel):* Au ja. Spaß!

*Sofron zieht einen Lappen aus der Tasche, faltet ihn auseinander. Zum Vorschein kommt eine kleine Packung mit weichen Ampullen. Darauf ein lebendes Bild: Auf eines Mannes Kahlkopf beginnen unversehens Blumen zu sprießen, der Mann lacht, öffnet den Mund, dem Mund entfleuchen zwei goldene Hieroglyphen: xingfu**.

Frolowitsch: Wie viele sind es?

Sofron *(seufzend):* Sieben.

Soplja: Das langt nicht mal für zwei Mahlzeiten.

Wanjuscha: Wieso sieben? Es waren doch zehn?

Sofron: Drei haben wir gestern den Polypen in Perchuschkowo abgelassen, vor der Armenküche. Weißt du nicht mehr?

Wanjuscha: Gestern?

Sofron: Gestern. Während ihr das Lied vom Räuber Kudejar sanget, Frolowitsch und du.

Frolowitsch: Das hat er nicht mitgekriegt. Die Polypen traten stumm vor uns hin, Sofron hat ihnen drei von den Dingern zugesteckt. Damit sie wieder gehen. Und das taten sie dann.

Wanjuscha: Aha. Das hab ich anscheinend wirklich nicht mitbekommen. Ihr habt auch nichts gesagt.

* (chin.) Glück

Frolowitsch: Wozu unnötig ein Wort darüber verlieren.

Soplja nimmt den Kessel vom Feuer, Sofron platziert ein Stück Brett in die Mitte des Wachstuches, Soplja setzt den Kessel darauf ab. Frolowitsch holt Löffel heraus, verteilt sie.

Sofron: Was meint ihr, Brüder, schmeißen wir fünf rein und heben zwei auf? Oder gleich alle sieben?

Frolowitsch: Zweie machen uns den Kohl morgen sowieso nicht fett. Das bringt nur Enttäuschungen.

Soplja: Sehe ich genauso.

Sofron: Ich auch.

Wanjuscha: Sieben – ist das nicht ein bisschen viel?

Sofron: Da geht die Post schneller ab.

Wanjuscha: Wie du meinst, Sofronjuschka.

Sofron bricht die Ampullen und schüttet den Inhalt in den Eintopf; dann holt er ein Fläschchen mit dunkelroter Flüssigkeit hervor und träufelt aus ihm siebzig Tropfen in den Kessel.

Sofron *(zu Soplja):* Gib den Zucker.

Soplja wühlt in seinen Taschen, zieht eine Zellophantüte hervor. Entdeckt, dass sie leer ist.

Sofron: Wo ist der Zucker?

Soplja *(gräbt in der Tasche nach):* Herrje, die Tüte war nicht verknotet. Er ist rausgerieselt …

Frolowitsch: Und in der Tasche?

Soplja zieht das Taschenfutter hervor; an seinem Ende klafft ein Loch.

Soplja: Ich hab den Zucker verloren … Verzeiht mir, Brüder.

Frolowitsch versetzt Soplja mit der Krücke einen Schlag.

Sofron: Du Drecksstück! Wie sollen wir das jetzt runterkriegen?

Soplja: Verzeiht, Brüder, es war nicht mit Absicht. Nein. Bestimmt nicht.

Frolowitsch: So eine Ausgeburt! Kann man dir eigentlich noch irgendetwas anvertrauen? Was glaubst du, wo wir jetzt Zucker hernehmen? Du hinkst gefälligst zur Bahnstation und holst Zucker, aber hopp! Zack, zack, du elende Ratte!

Wanjuscha: Ich hab Zucker.

Sofron: Was, wie? Woher?

Wanjuscha: Ich hab doch den Zuckerturm. Wisst ihr nicht mehr? Ein Mädchen hat ihn mir geschenkt auf dem Markt in Wnukowo. *(Fährt sich mit der Hand in die Tasche, zieht das Türmchen eines Zuckerkremls hervor.)* Wir wollten ihn aufheben.

Wortlos schauen die Sehenden auf den Turm.

Wanjuscha: Sofronjuschka, gib ihn in die Suppe.

Sofron: Ist's denn nicht schad drum? So ein hübsches Ding.

Wanjuscha: Wie sollt es mir schad drum sein? Ich seh es ja doch nicht.

Schweigend nimmt Sofron den Zuckerturm und versenkt ihn in den Topf.

Frolowitsch: Macht nichts, wir kriegen bestimmt wieder mal einen ... Jetzt müssen wir noch gut umrühren, damit er sich auflöst ... Das ist guter, kräftiger Zucker, ist das. *(Rührt um.)*

Wanjuscha: Ein liebes Mädchen. Es sprach sehr laut. Vielleicht ist es taub?

Soplja: Taube pflegen keine guten Menschen zu sein. Die sind verbiestert, Wanja. Geben tun sie auch nichts. Ich bin einmal an der Puschkinskaja von Tauben verprügelt worden. Gib den Löffel, Frolowitsch, lass mich rühren.

Frolowitsch: Sitz still und rühr dich nicht. Döskopp!

Sofron *(sich umschauend):* Mann, wie schnell das dunkel geworden ist.

Pause. Die Wanderbettler sitzen schweigend da. Frolowitsch rührt in der Suppe. Im Feuer knackt es. Unweit jault ein Hund.

Frolowitsch *(fischt mit dem Löffel ein winziges Reststück vom Turm aus der Suppe):* Ha! Er ist zergangen. *(Legt den Löffel beiseite.)* Lasst uns beten, Brüder.

Die Männer legen ihre Löffel auf dem Wachstuch ab und erheben sich.

Alle: Lieber Gott, beschere uns auch morgen wieder was.

Sie bekreuzigen sich. Lassen sich nieder, greifen nach den Löffeln, nach dem Brot, beginnen zu essen. Erst löffeln sie hastig und voller Gier die Brühe in sich hinein, dann angeln sie die Hühnerknochen aus dem Kessel, nagen sie betulich ab. Die Knochen knacken zwischen den Zähnen. Allmählich werden ihre Bewegungen träge. Die Bettler lächeln einander an, zwinkern sich zu, brabbeln vor sich hin, wiegen sich in den Hüften, fassen einander bei den Nasen, lachen. Schließlich strecken sie sich rund um das Feuer aus und schlafen schnell ein. Das verglimmende Feuer leuchtet in ihre Gesichter. Die Wanderbettler lächeln im Schlaf. Das Feuer erlischt. Nach einiger Zeit nähert sich dem Schlafplatz zögerlich ein Hund und wittert ausgiebig, bevor er sich einen Knochen vom Wachstuch schnappt und das Weite sucht.

DER SCHÜRHAKEN

Der Hauptmann der Staatssicherheit Sewastjanow erschien gegen 10 Uhr in der Geheimen Kanzlei zum Dienst. Nach Betreten seines Büros im 3. Stock sandte er sein persönliches TK-Signal, das seinen Arbeitsantritt bezeugte, taktete sich ein, aß ein Brot, belegt mit Sezuaner Schinken, und einen Tulaer Ingwerkringel, trank ein Glas grünen chinesischen Tee, Marke Drachenschatten, schaute Nachrichten: zuerst im Russnetz, dann im Ausland, sprach vor der Ikone des hl. Georg sein Gebet, ergriff den Stahlkoffer mit der Standardausrüstung für Verhöre (im Lubjanka-Jargon die goldene Gans genannt), rief beim Hausgefängnis an, damit man ihm den Untersuchungshäftling No. 318 in die Kellerzelle 40 überstellte, verließ sein Büro, verschloss es und fuhr mit dem Fahrstuhl hinab in die Etage –5.

Sewastjanow war ein breitschultriger, untersetzter Mann um die vierzig, glatzköpfig, mit schwarzen Brauen und schwarzem Schnauzer im jugendlich wirkenden Gesicht. Die Uniform der Geheimen Kanzlei stand ihm gut: schwarz mit roten Biesen und hellblauen Achselklappen, drei Ordensleisten, dem Goldenen Abzeichen *370 Jahre Russländischer Geheimdienst*, der stählernen Spange für *10 Jahre Dienst ohne Fehl und Tadel* und den silbernen Knöpfen mit dem Doppeladler. Die Stiefel des Hauptmanns Sewastjanow waren immer blitzblank und knarrten nie. Er war verheiratet, hatte einen zwölfjährigen Sohn und eine vierjährige Tochter.

Auf Etage –5 angekommen, näherte er sich dem Kontrollposten der Inneren Wache und legte die rechte Hand an das weiße Leuchtquadrat am stählernen Poller. Nun hatte der Wachfähnrich Sewastjanows Dienstausweis – Rang, Stellung, Dienstzeugnis – vor sich in der Luft schweben. Er drückte einen Knopf, das Gitter fuhr zur Seite. Sewastjanow schritt, die »goldene Gans« schwenkend, durch den Betonkorridor und pfiff die alte russische Romanze *Hab im Traum einen Garten im Brautschmuck gesehen.* Vor Zelle 40 machte er halt, drehte den Knauf einmal linksherum, zog die Tür auf und trat ein. In der Zelle, zwölf Quadratmeter groß, saßen sie zu zweit: ein junger Sergeant des Wachbataillons und der Untersuchungsgefangene Smirnow. Der Sergeant erhob sich sogleich und salutierte.

»Genosse Hauptmann der Staatssicherheit, Untersuchungsgefangener Smirnow zum Verhör überstellt.«

»Abtreten«, sagte Sewastjanow und nickte.

Der Sergeant verließ die Zelle und verriegelte sie von außen. Sewastjanow ging zu dem kleinen Metalltisch mit seitlich ausziehbarer Platte, auf der er die »goldene Gans« abstellte. Er nahm auf dem Stuhl daneben Platz, zog den Faustkeil aus der Tasche, eine Schachtel Rodina und ein Feuerzeug, legte alles auf den Tisch. Der Untersuchungsgefangene saß auf einem besonderen Stuhl aus Stahl, der im Betonboden verankert war und anstelle der Lehne ein mannshohes U-Profil hatte. Die Arme waren nach hinten um den Träger gezogen und mit weichen Handschellen gefesselt. Der Untersuchungsgefangene Smirnow war ein schlaksiger Mann mit Haltungsschwäche, achtundzwanzigjährig, lockiges dunkelblondes Haar, schmales Gesicht mit wucherndem Bart und großen grauen Augen. Die Arme um die Lehne, saß er da und blickte auf seine Knie.

Sewastjanow riss die Schachtel Rodina auf, zog eine Zigarette heraus und zündete sie an. Per Faustkeil orderte er den Zugangsfunken. Auf der Tischplatte öffnete sich ein Rechteck, die Tastatur einer schlauen Maschine fuhr heraus. Sewastjanow nahm sie in Betrieb. Über dem Tisch erschien ein Hologramm:

Akte No. 129/200

Das war der Vorgang Smirnow. Rauchend, die Asche auf den Zellenboden stippend, blätterte Sewastjanow in den durchscheinenden Seiten. Schließlich drückte er die Zigarette am Tischrand aus und warf sie zu Boden, verschränkte die Hände und sah den Untersuchungsgefangenen lächelnd an.

»Guten Tag, Herr Smirnow.«

»Guten Tag«, antwortete Smirnow, den Blick hebend.

»Wie geht es Ihnen?«

»Danke, geht so.«

»Gibt es Klagen bezüglich der Haftbedingungen?«

Smirnow schaute zur Seite und überlegte.

»Aus welchem Grund sitze ich ein?«, fragte er.

Der Untersuchungsrichter seufzte und ließ einen Moment vergehen, bevor er sagte: »Herr Smirnow, ich hatte Ihnen eine Frage gestellt. Geben die Haftbedingungen irgendeinen Grund zum Klagen?«

»Die Zelle ist überfüllt. Höchlichst!«, nuschelte der Gefangene, ohne aufzuschauen.

»Ach ja?« Sewastjanows buschige schwarze Brauen ruckten nach oben.

»Ja. Es gibt zwölf Betten, aber achtzehn Mann sitzen ein. Wir schlafen abwechselnd.«

»Heißt das, Sie haben nicht gut geschlafen?«

»Letzte Nacht ging es. Aber die davor ... überhaupt nicht.«

»Verstehe«, sagte Sewastjanow und nickte versonnen. »In Ihrer Zelle sind also zu viele Gefangene, sagen Sie ...«

»Ja.«

Der Untersuchungsrichter drehte sein schmales Laserfeuerzeug in den Händen und sagte erst einmal nichts. Schließlich fragte er: »Und was meinen Sie, woran es liegt, dass Ihre Zelle überbelegt ist?«

»Es ist ja nicht nur unsere. Die anderen auch. Gestern schickten sie zwei zu uns rein, die waren vorher jeder woanders. Da schlafen sie genauso in Schichten. Alle Zellen wären überfüllt, sagt Lebedinski.«

»Ach, sagen Sie bloß?«, fragte Sewastjanow verwundert und stand auf. »Alle überfüllt, sagen Sie?«

»Jawohl.« Der Gefangene nickte, den Blick zu Boden gerichtet.

Der Untersuchungsrichter trat, die Hände auf den Rücken gelegt, vor ihn hin und biss sich nachdenklich auf die Unterlippe, dann machte er harsch kehrt, ging zur Tür und stellte sich dicht davor.

»Nun sagen Sie mir doch mal, Herr Smirnow, was glauben Sie: Warum sind in der Lubjanka alle Zellen überfüllt?«, fragte er, auf den Absätzen seiner tadellos gewienerten Stiefel wippend.

»Weiß ich nicht«, beeilte sich der Untersuchungsgefangene zu antworten.

»Und Sie haben nicht den geringsten Verdacht?«

»Warum bin ich verhaftet worden? Warum darf ich nicht zu Hause anrufen?«

Sewastjanow fuhr herum.

»Mein lieber Herr Smirnow, dafür bin ich hier, um Ihnen zu erklären, warum wir Sie verhaftet haben. Diese

Erklärung liefere ich Ihnen, verlassen Sie sich darauf. Nur – Sie beantworten mir nicht einmal die allerharmloseste Frage: Warum sind, Ihrer Meinung nach, die Zellen der Lubjanka überfüllt?«

»Weiß ich doch nicht ... wahrscheinlich sind zu wenig Zellen da oder zu viele Häftlinge oder ... was weiß ich ...«

»Ha!« Der Zeigefinger des Untersuchungsrichters fuhr in die Höhe. »Richtig. Es sind zu viele Häftlinge. Und warum, wenn man fragen darf?«

»Keine Ahnung. Wahrscheinlich kommen die Richter nicht hinterher ... oder arbeiten zu langsam ... zu wenig freie Zellen ... das Gefängnis ist alt ...«

Der Untersuchungsrichter schüttelte den Kopf.

»Da irren Sie sich. Das Gefängnis wurde erst vor vier Jahren umgebaut und nach unten erweitert. Platz ist genug. Und zu langsam arbeiten wir ganz gewiss nicht. Nicht da liegt die Sache im Argen, Herr Smirnow. Sondern dass in unserem Staat, der immer mehr blüht und gedeiht, die Kriminalität davon leider nicht abnimmt. Im Gegenteil, sie nimmt zu. Und wissen Sie, warum?«

Der Untersuchungsgefangene schüttelte stumm den gelockten Kopf.

»Sie entsinnen sich der Osterbotschaft unseres Gossudaren an sein Volk?«

»Jaja, natürlich.«

Der Untersuchungsrichter kehrte zum Tisch zurück, fand auf seinem Faustkeil die Rede des Gossudaren und rief sie als Hologramm auf. In der Zelle erschien des Gossudaren leibhaftiges Antlitz.

»Kaum war Russland dem Sog der Roten Wirren entronnen«, sprach der Gossudar zu seinem Volk, »kaum aus dem Nebel der Weißen Wirren hervorgetaucht, kaum hatte es sich von den Knien erhoben, gelernt, das äußere Fremde sich vom Halse zu halten wie auch den inneren

Schweinehund – schon kamen die Feinde Russlands, äußere und innere, aus den Ritzen gekrochen und wollten unserer Heimat an den Kragen. Denn eine große Idee gebiert einen gewaltigen Widerstand. Und während sich die äußeren Feinde im ohnmächtigen Zorn am Granit unserer Großen Russischen Mauer die Zähne ausbeißen, verspritzen Russlands inwendige Feinde heimlich ihr Gift ...«

Sewastjanow schaltete das Hologramm ab.

»Ist Ihnen das erinnerlich, Herr Smirnow?«

Der Untersuchungsgefangene nickte.

»Russlands inwendige Feinde verspritzen heimlich ihr Gift«, wiederholte der Richter. »Da haben Sie die Antwort auf Ihre Frage, Herr Smirnow: warum wir Sie verhaften mussten.«

»Ich bin kein Feind Russlands.«

»Kein Feind Russlands? Ja, was dachten denn Sie, wer Sie sind?«

»Ich ... ich bin ein Bürger Russlands. Ein getreuer Untertan des Gossudaren.«

»Sie behaupten, Russlands Freund zu sein?«

»Ich bin ein Bürger Russlands.«

»Bürger, Bürger, was soll das Gerede ... Bürger sind wir alle. Auch ein Mörder ist Bürger von Russland. Auch ein Übeltäter. Ich frage Sie: Sind Sie Russlands Freund oder Feind?«

»Ich bin Russlands Freund.«

»Ganz sicher?«

»Ganz sicher«, nickte Smirnow. Leckte sich die trockenen Lippen, zog den Kopf zwischen die mageren Schultern.

»Das ist fein«, sagte Sewastjanow, blätterte in Smirnows Akte und zog einen Text hervor, den er vergrößerte und rot unterlegte.

In der Zelle schwebte ein Block aus roten Schriftzeilen.

»Erkennen Sie es wieder?«, fragte der Richter.

Smirnow, blinzelnd: »Nein … Ich sehe schlecht.«

Er senkte den Kopf.

»Ihnen kann geholfen werden.«

Der Untersuchungsrichter setzte sich an den Tisch und begann mit gleichmäßig lauter Stimme vorzulesen:

DER SCHÜRHAKEN

Ein russisches Volksmärchen

Es war einmal ein Schürhaken. Der schürte im Ofen die Kohlen, kratzte die Asche heraus, richtete die Scheite, wenn sie nicht gleichmäßig brannten. Viel Kohle hatte er schon geschürt, viel Asche herausgekratzt. Und er war es leid, nächst dem Ofen sein Leben zu fristen, in glühenden Kohlen zu wühlen war ihm zuwider, graue Asche zu kratzen ödete ihn an. Und der Schürhaken beschloss, das Haus in aller Heimlichkeit zu verlassen, um sich eine Arbeit zu suchen, die leichter, sauberer und angenehmer war. Als der Ofen am Abend wieder brannte, rührte der Haken ein letztes Mal in den Kohlen, kratzte die Asche aus dem Loch. Dann lief er schnurstracks auf und davon. Verbrachte die Nacht zwischen Brennnesseln und ging am nächsten Morgen auf Wanderschaft. Ging fürbass und schaute sich um. Da sah er den Koch auf sich zukommen.

»Grüß dich, Schürhaken.«

»Grüß dich, Mensch.«

»Wohin des Weges?«

»Ich bin auf Arbeitssuche.«

»Dann komm doch zu mir.«

»Was muss ich bei dir tun?«

»Die Kohlen unter den Kesseln und Pfannen hin und her schieben, das Feuer versehen, damit der Braten nicht anbrennt und die Suppe nicht verkocht, den Ofen nach dem Piroggenbacken auskratzen …«

»Ach nein, das ist nichts für mich. Ich tät doch gern was Leichteres finden, was Sauberes und Angenehmeres.«

»Na, dann mach's gut, Schürhaken.«

»Mach's gut, Mensch.«

Der Schürhaken ging seiner Wege. Da sah er den Stahlkocher auf sich zukommen.

»Grüß dich, Schürhaken.«

»Grüß dich, Mensch.«

»Wohin des Weges?«

»Ich bin auf Arbeitssuche.«

»Dann komm doch zu mir.«

»Was muss ich bei dir tun?«

»Stahlkochen: Kohle in den Hochofen laden, das Feuer überwachen, die Schlacke durchstoßen, den Flüssigstahl aus dem Ofen leiten.«

»Ach nein, das ist nichts für mich. Ich tät doch gern was Leichteres finden, was Sauberes und Angenehmeres.«

»Na, dann mach's gut, Schürhaken.«

»Mach's gut, Mensch.«

Der Schürhaken ging seiner Wege. Da sah er einen Major aus der Geheimen Kanzlei auf sich zukommen.

»Grüß dich, Schürhaken.«

»Grüß dich, Mensch.«

»Wohin des Weges?«

»Ich bin auf Arbeitssuche.«

»Dann komm doch zu mir.«

»Was muss ich bei dir tun?«

»Volksfeinde foltern: ihnen die Fußsohlen beizen, die Klöten sengen, das Brandmal des Staates auf den Arsch stempeln. Eine saubere Arbeit, nicht schwer und lustig obendrein.«

Der Schürhaken überlegte ein Weilchen, dann schlug er ein. Und ist seither der Geheimen Kanzlei zu Diensten.

Der Untersuchungsrichter schloss die Akte und entfernte das Bild, zog sich eine Zigarette aus der Schachtel, entzündete sie.

»Ein nettes Volksmärchen ist das. Kommt es Ihnen bekannt vor?«

Der Untersuchungsgefangene schüttelte den Kopf.

»Nanu, warum erröten wir denn so hübsch, Herr Smirnow, he? Andere werden blass bei so einer Frage, Sie werden rot wie ein kleines Kind ... So benimmt sich eben jeder ein bisschen anders beim Lügen. Lediglich die Profis werden weder rot noch blass, alldieweil sie ein staatstragendes Werk verrichten. Sie dagegen sind bloß ein Amateur. Und drehen Ihr feindliches, klammheimliches, abgefeimtes Ding. Stiften Schaden. Während Ihr Seelchen, nach Gottes Ebenbild geschaffen, sich dagegen sträubt, Schaden zu stiften, denn es ist ja nicht nur der Russländische Staat, dem Sie das Wasser abgraben, Sie ruinieren dabei auch Ihre eigene, irrende Seele. Und darum färben Ihre zarten Wangen sich rot.«

»Das ist nicht von mir«, murmelte Smirnow.

»Und ob das von dir ist! Du fabriziertest es nicht nur, dies stinkende Gift voll sprudelnder Häme, du ließest es auch noch umgehen nach allen Winden«, versetzte der Untersuchungsrichter und klappte die »goldene Gans« auf.

»Das war nicht ich«, wiederholte Smirnow, zu Boden blickend, und hob die Schultern. »Ich nicht.«

»Natürlich warst du's. Und geschrieben hast du's auf die altmodische Art, auf Papier, nicht in die Tasten gehauen. Das war schlau: Hättest du dergleichen ins Netz gestellt, wir hätten dich im nächsten Moment am Schlafittchen gehabt und zerdrückt wie eine Laus, die von Nissen prall ist. Aber nein, du hast deine Hetzschrift auf Papier gekritzelt. Um die Spuren zu verwischen. Nur dass wir«, bei diesen Worten entnahm Sewastjanow der »goldenen Gans« ein nadelloses Injektionsgerät, »nun mal alte Hasen sind im Fährtensuchen. Da sind wir schon ganz anderen auf die Schliche gekommen. Was tut ein Jagdhund, wenn er das Wild wittert? Er rast los, wie ein Pfeil schießt er in die Höhle hinein. So sieht's aus, Sokolow – ach nein, Smirnow ...«

Der Untersuchungsrichter setzte eine Ampulle in das Gerät ein und trat vor den Untersuchungsgefangenen. Der ward sichtlich unruhig: Die mageren Knie zuckten, wurden zusammengepresst, während sich der Lockenkopf noch tiefer zwischen die Schultern zog.

»Ich war es nicht, ich hab nichts getan«, murmelte Smirnow und krümmte den Buckel noch mehr, sodass der Kopf zu den langen Beinen hinabfand.

»Klar hast du«, sagte Sewastjanow und packte mit der Linken den Gefangenen bei den Haaren. »Aber was mich vor allem interessiert, Smirnow: Wem hast du dein Märchen denn so zu lesen gegeben?«

»Das ist nicht mein Märchen«, kam es dumpf zwischen Smirnows Knien hervor.

»Ich frage dich noch einmal: Wem gabst du dein Machwerk zu lesen?«

»Niemandem!« Die Stimme des Untersuchungsgefangenen bebte. »Ich hab's nicht geschrieben ...«

Sewastjanow blickte seufzend zur Decke mit der großen flachen Mattglasleuchte.

»Pass mal auf. In fünf Minuten wirst du sowieso auspacken und mir sämtliche Namen nennen. Aber ich gebe dir eine letzte Chance, wie sie in Europa dazu sagen. Du nennst mir die Namen, und ich entlasse dich in deine Zelle, und in die Akte kommt ein Vermerk über deine Bereitschaft zur Mitwirkung bei den Ermittlungen. Das macht es leichter für dich und für mich. Was hältst du davon?«

Smirnows Schultern begannen zu vibrieren.

»Ich bin unschuldig ... Das hat man mir untergeschoben ... Ich hab zu Hause gar kein Papier ... nur Bücher ... Ich bewahre kein Schreibpapier auf ...«

»Du bist ein Langweiler, weißt du das?«, seufzte Sewastjanow; es klang beleidigt.

»Foltern Sie mich nicht ... Ich hab doch nichts getan ...«

»Foltern? Das hat keiner mit dir vor. Meinst du, ich schnalle dich auf den Bock und peitsche dir mit dem Ochsenziemer die Eier? Da irrst du gewaltig, Smirnow. So was tun bei uns höchstens die Opritschniki. Das ist bei denen Sitte, da kann man nichts machen. Sie sorgen öffentlich für Schuld und Sühne, um den Staatsfeinden Angst einzujagen, das ist ihr Amt, von daher schlagen sie gerne mal über die Stränge. Wir Geheimdienstler sind kultivierte Menschen. Klötenfitschen, das ist nicht unser Fach.«

»Ich war's nicht ... Das hat mir wer angehängt«, murmelte Smirnow.

»Na klar. Jetzt sag bloß noch: der Feind!«, sagte der Untersuchungsrichter und gähnte.

»Angehängt ... untergeschoben ...«

»Und du hast es vor lauter Schreck weiterverbreitet, ja?«

»Ich hab nichts getan ... Ich weiß nichts darüber ...«

»Schluss mit dem Theater, Dummkopf.«

Mit einer schroffen Bewegung riss Sewastjanow Smirnows Kopf nach hinten, setzte das Injektionsgerät an die Halsschlagader und zog ab. Die kleine weiche Ampulle platzte, die Injektion gelangte in die Blutbahn des Gefangenen. Der Körper bäumte sich auf, Smirnow stieß einen kurzen Schrei aus und erstarrte. Seine großen grauen Augen weiteten sich noch mehr, wurden rund und gläsern. Der Mund klappte auf und blieb offen wie in stummer Frage. Man hätte denken können, er wäre von einem Riesenskorpion gebissen worden. Die magere Gestalt in ihrer angespannten Haltung wurde von einem Schüttelfrost ergriffen. Sewastjanow ließ den Haarschopf los und ging zum Tisch, wo er das Gerät in den Koffer zurücklegte. Er nahm sich eine Zigarette und rauchte.

Sein Faustkeil gab einen leisen, tremolierenden Piepton von sich.

»Hauptmann Sewastjanow, ich höre«, sagte der Untersuchungsrichter und legte die Zigarette im Aschenbecher ab.

Oberhalb des Faustkeils erschien Oberst Samochwalows Konterfei.

»Grüß dich, Nikolai.«

»Wünsche Gesundheit, Genosse Oberst.«

»Ah, ich sehe, du arbeitest«, sagte der Oberst mit einem Blick in den Raum hinein. »Dann will ich nicht stören.«

»Sie stören nicht, Genosse Oberst.«

»Ich möchte, dass du Schmulewitsch ein bisschen unter die Arme greifst bei der Sache mit der Kuh. Er hat sich da zu tief hineinverstrickt, es gibt keine Fortschritte, die einen hoffen ließen.«

»Wie Sie befehlen«, sagte Sewastjanow lächelnd. »Das kriegen wir hin.«

»Nimm dich der Sache an, Kolja. Sonst steht Archipow bei mir auf der Matte als wie der Häscher von Hunan. Drei Wochen Fehlanzeige, kriegst die Motten! Wirf ein Auge drauf. Die Order kommt nach.«

»Zu Befehl, Genosse Oberst.«

»Dann mach's mal gut.« Samochwalow verabschiedete sich mit einem müden Zwinkern und löste sich in Luft auf.

Der Hauptmann nahm die Zigarette wieder auf, tat einen tiefen Zug und ließ den Blick auf dem erstarrten Untersuchungsgefangenen ruhen. Dann entnahm er der »Gans« ein Hämmerchen, mit dem er spielte, bis die Zigarette zu Ende geraucht war. Er drückte sie aus und trat vor den Gefangenen hin. Strich sich über den Schnauzbart.

»Na, Smirnow, wie geht's uns denn jetzt?«

»Ich … ich … ich …«, drang es zwischen den fahlen Lippen hervor.

»Hast du schon gemerkt, dass du jetzt aus Glas bist?«

»Ich … ah … ich …«

»Du bist aus Glas, Smirnow. Da schau her!«

Der Hauptmann schlug sein Hämmerchen leicht gegen die Schulter des Gefangenen.

Das erzeugte einen feinen, hellen Ton, wie gegen Glas. Als Nächstes schlug der Hauptmann das Hämmerchen gegen Smirnows Knie. Wieder klang es hell. Der Hauptmann pochte ans andere Knie. Dann gegen den Arm. Dann gegen die bleiche, schweißige Nase des Untersuchungsgefangenen.

Das Hämmerchen tönte.

Die Augen des Untersuchungsgefangenen füllten sich randvoll mit Entsetzen. Der Tremor verließ ihn, er erstarrte vollends, atemlos.

»Wie eine kostbare Vase!«, lachte Sewastjanow, dem Untersuchungsgefangenen in die irre werdenden Augen starrend. »Ein kristallener Ganter! Alles an dir ist aus Glas: Arme, Beine, Eingeweide. Leber, Nieren, Milz – glasklares Glas. Selbst der Dickdarm klirrt. Und die Eier klingen wie die Glocken von Waldai! Was bist du für ein erstaunlicher Mensch, Smirnow!«

Der Untersuchungsgefangene saß reglos wie eine Wachsfigur im Museum.

»Und nun haben wir noch ein extra Geschenk für dich.«

Der Untersuchungsrichter kehrte zum Tisch zurück, klapperte auf den Tasten herum. In der Zelle erstand das überdeutliche, beeindruckend echt aussehende Hologramm eines Muskelmanns mit nacktem Oberkörper und einem schweren Hammer in Händen. Der Kerl schnaubte und brüllte, fletschte die Zähne und schwang drohend den Hammer.

»Wanja, was meinst du«, sprach der Untersuchungsrichter ihn an und legte die Hand auf die mächtige Schulter des Schlägers. »Wollen wir diesen gläsernen Intellektuellen hier nicht in Scherben hauen? Damit er Russland keinen Schaden mehr zufügen kann?«

»Auf geht's!«, grinste der Schläger.

»Äh-ah, nä-ä-äh ... ich-ch ...«, tönte es schwach aus dem Mund des Untersuchungsgefangenen.

»Was denn, nicht?« fragte Sewastjanow, sich zu ihm hinunterbeugend.

Doch da schwang Wanja schon brüllend den Hammer.

»Nä-ä-ä-ächchh...«, röchelte Smirnow.

Pfeifend beschrieb der Hammer einen Bogen und stoppte einen Zentimeter über dem Kopf des Untersuchungsgefangenen.

»Die Namen! Spuck sie aus, du Ratte!«, zischte der Untersuchungsrichter, Smirnow beim Ohr packend. »Aber plötzlich!«

»Rudenski … Popow … Chochlow … Chochlowa … Bo-…Bojko …«, kamen die Namen über die Lippen des Gefangenen gekollert.

»Das reicht noch nicht! Weiter!«

Der Schläger brüllte schon wieder, schwang sein Gerät. Und wieder kam der Hammer knapp über dem Kopf des schockstarren Gefangenen zum Stehen.

»Mehr Namen! Los!«

Der Untersuchungsrichter zerrte an Smirnows Ohr.

»Gorbatschowski … Klo-… Klopin … Monachowa … Monachow … Bronstejn … Gold…stejn …«

»Noch mehr!«

»By…kow … Janko… Nikolajews … Tes…ler … Pawlowa … Gorskaja … Rochlin … Pinchasow … Dju-… Djukowa … Valerius … Bobrinskaja … Sumarokow … Klopin … Bronstejn … Goldstejn …«

»Die hatten wir schon. Das genügt.«

Mit einem Seufzer der Erleichterung ließ der Untersuchungsrichter das Ohr des Untersuchungsgefangenen los. Ging zum Tisch, setzte sich, rauchte. Der Zigarettenrauch zog durch den unbeweglich dastehenden Wanja mit dem Hammer.

»Danke, Wanja!«, sagte der Untersuchungsrichter mit einem Augenzwinkern.

»Gern geschehen!«, lachte Wanja und verschwand.

Smirnow saß immer noch in dieser absurden Haltung: nach vorne gekrümmt, mit zurückgeworfenem Kopf. Sewastjanow hämmerte die Namen, die gefallen waren, in die Tastatur; sie leuchteten orange auf, was bedeutete, dass sie dem Vorgang nunmehr *anhafteten.*

»Immerhin etwas«, sagte der Untersuchungsrichter, während er die Akte auf den neuen Stand brachte.

Er rauchte zu Ende, griff wieder nach dem Injektionsgerät im Koffer, schob eine neue Ampulle ein. Trat vor den Untersuchungsgefangenen und setzte ihm die Injektion in den Hals. Smirnows Körper erschlaffte, der Kopf fiel ihm auf die Knie. Während Sewastjanow eine neue Zigarette rauchte, kam der Untersuchungsgefangene zu sich.

»Warum nicht gleich so«, sagte Sewastjanow, immer noch schreibend. »Alles in Butter, wie man so schön sagt.«

Der Untersuchungsgefangene hob den Kopf.

»Trinken …«

»Kommt sofort«, nickte Sewastjanow und drückte einen Knopf.

Der Wachsergeant kam herein.

»Bringen Sie dem Untersuchungsgefangenen Wasser.«

Der Wächter brachte eine Plastikflasche mit *Altai*-Quellwasser und einen Plastikbecher, stellte beides auf den Tisch und ging wieder. Sewastjanow schloss die Akte, goss Wasser in den Becher, ging zu Smirnow und setzte ihm den Becher an die trockenen Lippen. In drei gierigen Schlucken leerte der Untersuchungsgefangene den Becher.

»Mehr?«

Smirnow nickte. Der Untersuchungsrichter füllte den Becher ein zweites Mal. Smirnow trank ihn aus. Auch noch einen dritten. Die Flasche war leer, Sewastjanow warf sie in den Papierkorb. Den Becher hinterher. Dann schaute er auf die Uhr.

»So«, sagte er und rieb sich mit den Händen die glatt rasierten Wangen. »Deine Gesinnungsgenossen hätten wir. Mit dem Wisch ist auch alles klar. Bleibt nur noch eine kleine Frage.«

Smirnow richtete seine leeren grauen Augen auf ihn.

Sewastjanow strich sich über den Schnauzbart.

»Der Haken!«, sprach er und zwinkerte ihm zu.

Smirnow glotzte blöd.

»Vom Schürhaken rede ich.«

Schroff, mit quietschenden Stiefelabsätzen drehte Sewastjanow sich um und schritt zum Stahltisch, zog eine Schublade heraus.

Darin lag ein Schürhaken. Sewastjaniow nahm ihn, zeigte ihn Smirnow vor.

»Ist das deiner?«

»Weiß ich nicht.«

Sewastjanow ging zu ihm, hielt ihm den Haken vor die Nase.

»Ob das deiner ist?«

»Kann sein ...«

»Ohne Wenn und Aber!«

»Meiner.«

»Stimmt. Es ist der, den du in deinem Märchen beschreibst. Wie ging das doch gleich: Es war einmal ein Schürhaken, der lebte im Hause des andersdenkenden Soko-..., nein, Quatsch: Smirnow ..., hatte es satt und machte sich davon. Zu uns, zur Geheimen Kanzlei. Ist also jetzt uns zu Diensten. Wir haben ihm ein feines Gehalt angewiesen. Und eine ordentliche Rente kriegt er, verlass dich drauf.«

Sewastjanow entnahm der »goldenen Gans« einen Miniaturlaser, hielt ihn an das Hakenende und schaltete ihn ein. Der rote Strahl traf auf den Haken, heizte ihn schnell auf. Bedächtig führte Sewastjanow den Strahl über das Hakeneisen.

»Du bist doch ein gebildeter und rechtgläubiger Mann, Smirnow«, redete er dabei weiter. »Du wirst verstehen: Bei uns hat jeder einzustehen für das, was er tut, wie für das, was er sagt. Denn jede Tat gründet letztlich auf Worten. Wo ein Wort ist, da ist die Tat nicht fern. Und wo Schuld ist, da hat Sühne zu sein.«

Das Hakenende war nun rot glühend. In der Zelle roch es wie in einer Schmiede.

Der Untersuchungsrichter schaltete den Laser aus und legte ihn zurück in die »goldene Gans«. Dann ging er zum Untersuchungsgefangenen, packte dessen Fußknöchel und riss ihn nach oben.

»Ni-i-icht«, ächzte Smirnow.

Sewastjanow presste das Hakenende gegen das dürre Gesäß des Untersuchungsgefangenen. Augenblicklich brannte sich das rot glühende Metall durch das grobe Sackleinen der Häftlingshosen und drang zischend ins Fleisch. Smirnow jaulte auf, zuckte zurück, doch Sewastjanow hielt dessen Bein fest gepackt, während er auf den Haken drückte. Erst als es nicht mehr zischte, ließ er Smirnow los. Der hörte nicht auf zu jaulen, wand sich und zappelte, stampfte mit den Füßen, warf den Lockenkopf hin und her.

Sewastjanow verstaute den rauchenden, nach Grillfleisch duftenden Haken wieder im Tisch, rief per Knopfdruck den Wachhabenden, verschloss die schlaue Maschine, klappte die »goldene Gans« zu und ergriff sie, nahm den Faustkeil und verließ die Zelle.

Auf dem Flur kam ihm der Wachhabende entgegen.

»Den Untersuchungsgefangenen zurück in die Zelle.«

»Zu Befehl!«

Der Sergeant salutierte.

Sewastjanow drehte um und marschierte, die »goldene Gans« schwenkend, munter den Flur entlang zu den Fahrstühlen.

Bis 13.45 Uhr saß Sewastjanow in seinem Arbeitszimmer am Schreibtisch und befasste sich mit Smirnows Aussagen, legte Dossiers zu den von ihm genannten Personen an. Wie immer hatten längst nicht alle Namen aus dem Munde des gläsernen Gefangenen mit dem konkreten Fall von Verbreitung staatsfeindlicher Schriften unmittelbar zu tun. Nur fünf davon bekamen ein Dossier. Die aber – Monachow, Klopin, Janko und das Ehepaar Anna und Boris Tessler – hatten es in sich. Das waren wirkliche Feinde und keine »falschen Fuffziger«, wie sie sich ein paar junge und übereifrige Ermittler in letzter Zeit so gerne aus den Fingern sogen. Derlei Mitarbeiter schätzte Hauptmann Sewastjanow überhaupt nicht.

Nach dem Mittagessen in der Kantine, die hell und geräumig war, schön ausgemalt im Stile des späten Somow, begab sich Sewastjanow ins Raucherzimmer, wo er zu einer Tasse starkem albanischen Kaffee eine schwarze indische Zigarre rauchte und sich Mühe gab, nicht an die Arbeit zu denken. Die Gedanken kreisten um die Datscha in Tolstopalzewo, deren Bau sich bis in den späten Herbst hingezogen hatte, und ob er dieses Jahr wohl noch dazu kommen würde, den Zaun zu versetzen, den Hof vor der Veranda zu pflastern schaffte er gewiss nicht mehr, und dass die chinesischen Arbeiter sich einmal mehr als Spitzbuben erwiesen hatten, und die Stromausbeute der viel gelobten Wasserstoffgeneratoren war eher mau, und die Preise für Baumaterialien waren in dieser Saison um die Hälfte gestiegen, und dass der Duma-Sekretär Rjabokon, der sein Nachbar war, etwas sehr augenfällig über seine Verhältnisse lebte, was zu allerlei Vermutungen Anlass gab, und dass Nina, das dumme Ding, nunmehr zum dritten Mal niederkommen würde und dass sein Dienst-KIA nach nur zwei Jahren nicht mehr nur Öl-, sondern auch Benzinprobleme hatte.

Zurück in seinem Arbeitszimmer, rief er Hauptmann Schmulewitsch an, der kam herüber, und bis 17.44 Uhr saßen Sewastjanow und Schmulewitsch, dieser näselnde, glatzköpfige Langweiler, nun beieinander und besprachen den leidigen Fall mit der Kuh. Vor sechzehn Monaten waren in Moskau sechs Mitglieder einer mystischen antirussischen Sekte mit Namen *Jaroswet* verhaftet worden. Sie hatten die Umrisse Russlands auf eine weiße Kuh übertragen und an ihr ein magisches Ritual vollführt, bei dem sie den Tierkörper zerlegten, die Einzelteile in die entlegensten Gebiete des Russländischen Staates transportierten und Ausländer damit verköstigten. Die Keulen zum Beispiel wurden in den Fernen Osten verbracht, daselbst gesotten und Umsiedlern aus Japan zu essen gegeben, die Bauchlappen nach Barnaul geliefert, zu Pelmeni verknetet und den Chinesen kredenzt, die Brust kam an eine Borschtschsuppe und auf die Teller von achtzehn kleinrussischen Kleinhändlern in Belgorod, weißrussischen Tagelöhnern in Roslawl wurden Klopse aus dem Fleisch der Vorderhaxen gerollt, und der Kopf ward zu Sülze gekocht, die aßen drei estnische Mütterlein unweit von Pskow. Die sechs Sektenmitglieder hatte man festgesetzt und verhört, sie waren geständig, nannten Verbindungsmänner und Helfershelfer, doch an der Sache blieb ein dunkler Fleck: das Gekröse. Es hatte beim magischen Ritual von Russlands »Zerlegung« eine wichtige Rolle gespielt. Doch so unglaublich es erschien: Därme, Pansen, Herz, Nieren und Lungen waren spurlos verschwunden. Keine noch so ausgeklügelte Folter hatte Licht in die Sache gebracht. Die sechs hatten tatsächlich keine Ahnung, wohin und von wem zu welchen Zwecken das Gekröse der zerlegten Kuh verbracht worden war, so viel war klar. Hauptmann Schmulewitsch, der die Ermittlungen in dieser Sache leitete, wusste es auch lange nicht – bis zu dem Tag, an dem dank eines aufmerksamen Nachbarn ein Büchernarr, Münz-, Antiquitäten- und Briefmarkensammler aus Sankt Petrograd inhaftiert werden konnte, der in seinem Laden, von Marken, Büchern und sonstigem Klimbim abgesehen, fremdländischen Touristen Konserven feilbot, die, wie sich bei näherer Betrachtung herausstellte, Rinderpastete enthielten – im Keller seines Hauses gewerblich produziert, amateurhaft verschlossen und versiegelt. An allen Büchsen klebte das gleiche Etikett: *Rinderpastete »Weiße Kuh«*. Wobei die Konserven nicht etwa verkauft, sondern als »kleines Dankeschön für den Einkauf« verschenkt wurden. Binnen achtunddreißig Tagen hatten die Gehilfen des Bücherfreunds so neunundfünfzig Büchsen Pastete hergestellt und an Ausländer verteilt – genauer gesagt, ausschließlich an westliche Touristen, nicht an Chinesen und sonstige Asiaten. Nach achtzehnstündigem Verhör gab der Bücherwurm zu, die Order zur Herstellung und Verbreitung der *Weißen Kuh* von einem getauften Juden bekommen zu haben, der darauf spurlos verschwand und wenig später tot – erdolcht, mit abgehackten Fingern, ausgeschlagenen Zähnen und ausgestochenen Augen – in der Sankt Petrograder Kloake aufgefunden wurde. Haussuchungen bei dem Ermordeten wie auch Befragungen seiner Angehörigen hatten ergeben, dass der Mann – ebenso wie der Bücherliebhaber – nie etwas von einer Geheimgesellschaft *Jaroswet* gehört oder gesehen hatte und von den Petrograder Sektenmitgliedern nur als Mittelsmann missbraucht worden war. Drei Monate Fahndung hatten nichts weiter erbracht, als einen Hehler dingfest zu machen, der beim Verhör auf eine alte Bürgerliche, einen saisonweise tätigen Eisbrecher, einen Bänkelsänger, der auch jonglierte und Gewichte stemmte, einen Netzmeister sowie einen Wächter im Zoologischen Garten verwies – Leute also, die ihrer Abkunft, ihrem Beruf und ihrer Weltanschauung nach kaum unterschiedlicher sein konnten, was die von Schmulewitsch geführte Ermittlergruppe viel Zeit und Kraft raubte. Schmulewitsch, der zwar nicht der Klügste, aber zäh und mit Sitzfleisch begabt war, hatte bei der Arbeit mit besagten fünf Inhaftierten zwei wichtige

Umstände ans Licht gebracht: Alle pflegten sie dasselbe Badehaus zu besuchen, und alle nutzten sie denselben Fernsprechdienst: *Alkonost.* Befragungen der Badehäusler wie auch der Angestellten bei *Alkonost* hatten jedoch keine neuen Erkenntnisse gebracht. So war der Vorgang *Weiße Kuh* an einem toten Punkt angelangt – von dem loszukommen Schmulewitsch nun bei Sewastjanow erschienen war. Letzterer, nach einiger Überlegung und Lektüre dreier *Zweige* der ausufernden Angelegenheit, beschloss, sich auf das Wesentliche zu konzentrieren, nämlich die Gedärme; Pansen und Pastetenbüchsen interessierten ihn erst einmal nicht ... Bis zum Einbruch der Dunkelheit beratschlagten Schmulewitsch und Sewastjanow über die Gedärme.

Als die Flüssiguhr im Arbeitszimmer 18:00 anzeigte, stand Sewastjanow hinter seinem Schreibtisch auf, reckte sich und gähnte.

»Also, Witja, wie gesagt: Suchen muss man in Moskau. Das zum Ersten. Und suchen muss man die Gedärme. Das zum Zweiten.«

»Alles klar«, nickte Schmulewitsch und erhob sich ebenfalls. »Und suchen muss man bei den Buchhändlern.«

»Suchen muss man bei den Buchhändlern, ganz genau!«, bekräftigte Sewastjanow in belehrendem Ton. »Dann erst mal tschüss. Wir machen morgen an der Stelle weiter.«

Sie schüttelten sich die Hand, und Schmulewitsch ging.

Sewastjanow versetzte die schlaue Maschine in den Schlaf, leerte den randvollen Aschenbecher in den Papierkorb, holte den schwarzen Mantel aus dem Schrank, den blauen Schal und die Uniformpelzmütze, zog sich an, klemmte den Faustkeil in den Gurt und verließ das Arbeitszimmer.

Auf der Lubjanskaja Ploschtschad war es dunkel, nasskalt und matschig. Der erste nasse Schnee fiel.

Zweiundzwanzigster Oktober, ein bisschen früh!, dachte Sewastjanow, auf sein Auto zugehend. Er legte die flache Hand an die Tür, es piepte, und sie ging auf. Er wollte die Handschuhe aus der linken Jackentasche ziehen, ertastete an ihrer Stelle ein geknäultes Papier. Zog es hervor, faltete es auseinander – und musste lächeln: Im blauen Notizpapier lag ein kleiner zweiköpfiger Adler aus Zucker, der von einem Turm des Kremls stammte, den seine Tochter zu Weihnachten auf dem Roten Platz bekommen hatte. Nach alter Familiensitte pflegte sie diese Doppelkopfadler von den Turmspitzen abzubrechen und Papa zu verehren. Sieben Stück! Der hier, der letzte, befand sich noch vom letzten Winter in der Tasche seines Mantels. Sewastjanow sah vor sich die weiß-rosa Schleifen an den kurzen Zöpfen des Töchterleins, ihr spitzes Vogelschnabelnäschen, die munteren schwarzen Äuglein. Er legte sich den Adler auf die Zunge, dann holte er die feinen Lederhandschuhe aus der rechten Manteltasche, stieg ein, ließ den Motor an und lenkte den Wagen vom Parkplatz auf die Straße. In gemächlichem Tempo fuhr er durch das abendliche Moskau.

Tja. Es wird wohl Winter, dachte er, den Adler lutschend.

»Was möchten Sie hören, Herr Sewastjanow?«, fragte das Auto. »Irgendwas Altertümliches, fürs Herz«, erwiderte Sewastjanow, der mit den Gedanken woanders war.

Drei Sekunden brauchte das Auto, um zu entscheiden – dann schlich sich Orchesterklang in sein Ohr, und ein seit Kindestagen vertrauter Bariton hob zu singen an:

Wenn Russland nachts entschlafen ist,
Dann schläft doch nicht
dann schläft doch nicht
Der allzeit wachsame Tschekist.
Er führt den unsichtbaren Krieg,
Er führt ihn unbeirrt zum Sieg,
Für gute Arbeit, sichren Hort,
Er führt das Werk der Väter fort,
Der Äcker Ruh, der Herden Trieb,
Der Mutter und dem Kind zulieb.
So Stund um Stund zieht er hinaus
Für Dich und mich und unser Haus …

Das war ein bekanntes Lied, ein ferner Gruß aus dem Jahr 2008, als Kolja Sewastjanow, der nach erfolgreichem Abschluss der Oberschule No. 120 sein Wirtschaftsstudium an der Moskauer Universität aufgenommen hatte, noch Metro fuhr und Sammeltaxis benutzte; im ersten Studienjahr hatte er noch Dreadlocks gehabt, sich dann den Schädel kahl rasiert und extrem weite Hosen getragen; war mit Sonja auf der Datscha ihrer Eltern in Krekschino ins Bett gegangen, hatte Jelisarow und Beigbeder gelesen, Marc Ribot und Gogol Bordello gehört, Gras geraucht und Bier – Arsenalnoje! – getrunken, Wyrypajew im Theater und Almodovar im Kino geguckt, Volleyball gespielt und Mortal Combat, sich einmal pro Monat mit Olesja den Nachtklub V-2 geleistet …

Er wohnte damals noch auf dem Prospekt Wernadskogo bei der Mutter, die Eltern waren geschieden, sie arbeitete als Buchhalterin im Möbelladen *Schatura*, der Vater hatte eine neue Frau, die so alt war wie Kolja, und ließ der Mutter und ihm 1500 Dollar monatlich zukommen, die abergläubische Mutter legte in den Ecken der Zweizimmerwohnung Eindollarscheine aus, auf dass sie sich vermehrten, die Oma schickte aus Tjumen frischen, leicht eingesalzenen Fisch, grüne Maränen und Nelma, sein Freund Alik Muchammedow aus reichem Hause schenkte ihm ein klasse Kona-Bike zum Geburtstag, Sonjas Abtreibung ging glatt, Kolja nannte eine Stereoanlage von Marantz sein Eigen, am Beton im Treppenhaus stand in kühn geschwungener Schönschrift: *Never fuck you again!* und an den Garagen vorm Fenster schief und krakelig: *Die Oligarchen sitzen im Kreml!*, und einmal bekam Koljas kleine Schwester die Grippe, lag mit hohem Fieber im Bett und fantasierte über eine Bibelstelle: *Ich bin das lebendige Brot, das vom Himmel gekommen ist* – träumte, dass es Riesenbrote vom Himmel regnete, ihr und den Leuten und der Katze auf den Kopf, und die Brote hatten riesige Münder, sie erschrak furchtbar und weinte bitterlich …

Langsam fuhr Sewastjanow im Strom der Fahrzeuge dahin und gedachte, den Zuckeradler lutschend, der Vergangenheit. Der Sänger sang dazu mit einer angenehmen Stimme, die Gelassenheit und Männlichkeit ausstrahlte, dabei wusste Sewastjanow noch, wie der Mann ausgesehen hatte: dick und speckig, ein Gesicht wie aus Gummi, schwarze Perücke … Den Namen hatte er längst vergessen.

»Brote vom Himmel, so ein Quatsch«, dachte Sewastjanow lächelnd.

Und dankbar ist das ganze Land
Unserm Tschekisten, Herz und Hand.

Das Lied war zu Ende.

Mit einem hübschen Knacken zerbrach der Zuckeradler an Hauptmann Sewastjanows Gaumen in drei Teile.

DER TRAUM

Am neunten Februar des Jahres zweitausendundachtundzwanzig nach Christi Geburt, sechs Uhr siebzehn Moskauer Zeit, sank die Gossudarin im rosa Schlafgemach ihrer Kremlsuite in den Schlaf und hatte einen Traum.

Nackt, nur auf dünnen, hohen Stöckeln, betritt sie den Kreml durch das Tor Spasskie Worota. Der Tag ist sonnig und warm, wenn nicht heiß zu nennen. Der Kreml ist perfekt ausgeleuchtet, so strahlend weiß, dass die Augen der Gossudarin davon geblendet sind. Nichtsdestoweniger ist dieses Gleißen äußerst angenehm, es muntert auf, erfüllt den Leib mit Freuden. Die Gossudarin fühlt sich blendend! Nicht nur die Mauern und Gebäude, auch der gewöhnliche Schotter unter ihren Füßen funkelt weiß, schillert im Sonnenlicht. Er knirscht unter den Absätzen der Gossudarin. Und sie fühlt sich, während sie darüber hinwegschreitet, mit jedem Schritt jünger werden, fühlt, wie Kraft und Gesundheit in ihren Leib zurückkehren. Spürt, wie die im Takt der Schritte schwingenden Brüste sich straffen, auf einmal wieder zart und geschmeidig sind. Sie fasst sie an, berührt die Brustwarzen, die sich mit jedem Schritt mehr versteifen. Jeder Schritt bringt neues Vergnügen. Das Gefühl der wiederkehrenden Jugend erfüllt ihren Leib mit unbeschreiblichem Entzücken. Der Gossudarin macht es Spaß – richtig Spaß! – zu gehen, zu gehen und nichts als zu gehen über den weiten, hellen, sonnenüberfluteten Kremlhof. Und der Kreml scheint vollkommen leer, es ist wirklich kein Mensch zu sehen, weder Wach- noch Schützengarde, vom Kremlregiment in den Kasernen keine Spur, auch kein Bojar und kein Kämmerer, kein Truchsess und kein Mundschenk, kein Syndikus, kein Bettmeister und kein Beschließer, kein Stallknecht und kein Steigbügelhalter, kein Schreiberling, kein Henker, kein Hausmeister, kein Türsteher und kein Torsteher, kein Hofnarr, kein Diener und kein Helfershelfer, kein Gnadenbrotempfänger, kein Mönch, kein Priester, kein Küster, kein Diakon, kein Kanzleigehilfe und -untergehilfe, nicht einmal der gewöhnlichste Bettler ist zu sehen auf dem gleißenden Kirchenvorplatz. Die Gossudarin läuft durch den Kreml, schaut sich um und fasst sich an. Ihr Herz schlägt freudig bis zum Halse. Ihr ist so wohl, die Freude macht sie stöhnen mit jedem Schritt. Das Stöhnen wird lauter, der Gossudarin entfahren Schreie, spitz und verzückt, sie hallen wider von den schneeweißen Kremlmauern, kehren als wunderliches Echo zu ihr zurück. Sie brüllt und kreischt, laut und immer lauter. Und plötzlich entdeckt sie in sich eine neue Möglichkeit, eine wunderbare Gabe, die ihrem Leib entspringt: Ihre verjüngte, gestraffte Kehle kann tönen. Sie kann singen, und wie! Nicht so wie alle, nein – kräftig, hoch und rein, jede Höhe nimmt sie spielend. Die Gossudarin erprobt ihr restauriertes Organ, treibt es zu den erstaunlichsten Klängen. Die Kehle gehorcht ihr. Die Stimme schallt durch den ganzen Kreml. Ihre Kraft und Reinheit lässt die Gossudarin erschaudern. Vor Freude weint sie, hat sich jedoch schnell wieder gefasst, Stolz erfüllt sie und ein Gefühl von Größe. Singen hat sie früher weder gekonnt noch gemocht, weiß darum kein Lied zu Ende zu singen, keine einzige russische Romanze. Gut, sie mochte es, wenn andere sangen, schöne junge Männer vor allem, in Uniform. Über den weißen Schotter schreitend, kramt die Gossudarin Bruchstücke von Liedern, Opernarien und Romanzen aus dem Gedächtnis und schmettert sie aus vollem Hals, sodass die Kremlmauern von der Kraft und Reinheit ihrer Stimme erbeben. Ein Stück von einer Romanze hält sich in ihrer Kehle besonders hartnäckig, sie singt es in einem fort, in verschiedenen Lagen variierend:

Bleib du bei mir, geh nur nicht fort.
Alhier ist ein gevellich Ort.
Wann du verweylst, deck ich itzund
Mit Küssen dir Stirn, Aug und Mund.

Ein ums andere Mal diese Worte singend, sich jung fühlend und froh, setzt die Gossudarin den Gang durch den weißen Kreml fort, sieht vor sich die berühmten russischen Reliquien: Zar-Puschka, die alte Kanone, und den Glockenturm, Zar-Kolokol, sie läuft vorbei an ihm, fährt mit der Hand über seine weiß glänzende Haut, Zar-Kolokol hallt wider von ihren Gesängen, die Stimme der Gossudarin tönt und schallt bis in sein Inneres und wieder daraus hervor. Im Weitergehen gewahrt sie, dass auch die Blautannen im Kreml auf einmal weiß sind, sie geht hin, greift nach einem der wie geschnitzten, funkelnd weißen Wedel, geht dann hinüber zur Kanone, singt, singt, singt – und das Riesenrohr tönt zurück, dröhnt und orgelt in allen Lagen. Sie legt ihre verjüngten Handflächen an den weißen Lauf und hat mit einem Mal deutlich das Gefühl, als wäre der ganze Kreml – Mauern, Kirchen, der Palast des Gossudaren, das Pflaster, die Bäume und Zar-Puschka – aus einem besonderen, unerhört reinen Kokain gepresst. Ein außergewöhnlicher Stoff, wie Manna vom Himmel – er ist es, der ihren Leib verjüngt hat. Während sie nun also Zar-Puschka leckt, spürt sie die erlesene Kraft dieses Stoffs, ihr Herz pocht, als wollte es aus dem Brustkasten springen. Eine Erregung, die in Wellen an- und abschwillt, macht die Gossudarin zittern. Ihre schlanken, jungen Beine beben, ihre straffen Brüste wogen, der Atem weitet ihr den Rumpf. Inbrünstig leckt sie die Kanone, ihre Beine zucken und zappeln, die Zunge wird angenehm taub, Tränen fließen, sie fährt sich mit den Händen über den Leib, der jung ist und berückend, sich zu berühren ist das höchste der Gefühle, all diese Kurven, diese Kanten, diese Längen, sie streichelt ihre warme, seidige Haut, herzt jede Kuhle, knetet die Brüste, der Rausch nimmt immer mehr zu. Den göttlichen Stoff zwischen den Schenkeln, hätte sie jetzt schrecklich gern einen Orgasmus, doch das Relief des Kanonenrohrs ist hart und unbequem. Da gewahrt sie neben sich die Pyramide aus weißen Kugeln – drei unten, eine obenauf –, mächtige Kanonenkugeln, wie sie die Zar-Puschka vor Zeiten verschoss. Zitternd vor Ungeduld besteigt sie diese Pyramide, setzt sich auf die oberste Kugel, nimmt sie zwischen die Schenkel und presst, drückt ihren hübsch rasierten Schamhügel gegen das weiß funkelnde, kühle Rund, klammert sich mit den Händen an, presst stärker, stärker, stärker, stärker – und kommt.

Die Gossudarin erwachte.

Schlug die Augen auf, die voller Tränen waren. Ihre Dienerin stand neben dem Bett.

»Was ist?«, fragte die Gossudarin, ihre Stimme klang rau. Sie hob den Kopf und ließ ihn schwer seufzend auf die Kissen zurücksinken.

Wortlos tupfte die Dienerin ihr mit einem Tüchlein die Augen.

»Hach … mein Gott«, stieß die Gossudarin keuchend hervor. »Nimm das von mir.«

Die Dienerin schlug die Daunendecke zurück. Die Gossudarin lag da in einem durchscheinenden Nachthemd, das so rosa war wie die Schlafzimmerwände. Der zu ihren Füßen lagernde Windhund erhob sich, gähnte, schüttelte und streckte sich, dann kam er, mit dem dünnen Schwanz wedelnd, quer über das Bett bis vor das Gesicht der Gossudarin. Die lag da, ihr Atem ging schwer. Mit jedem Atemzug hoben sich die großen Brüste und wippten. Der Hund näherte sich ihrem Gesicht, leckte über Mund und Nase.

»Lass das!«, knurrte die Gossudarin und stieß ihn weg.

Der Hund sprang vom Bett und lief durch die offene Tür ins Badezimmer. Keuchend versuchte die Gossudarin sich aufzusetzen, die Dienerin fasste ihr unter den dicken weißen Arm und gab Halt, derweil sie der Gossudarin ein paar rosa Seidenkissen ins Kreuz schob.

Nun saß die Gossudarin gegen den Kissenhügel gelehnt. Spreizte die dicken, weißen Beine, hob den spitzenbesetzten Hemdsaum, fuhr sich mit der Hand über den glatt rasierten Schoß und hob sie vors Gesicht. Die Hand war nass.

»Da schau!«, sagte die Gossudarin und wies die Handfläche der Dienerin vor.

Die Dienerin schüttelte betrübt ihr akkurat frisiertes Köpfchen, ergriff die Hand der Gossudarin und wischte diskret mit dem Tüchlein darüber.

»Und das nur, weil ich schon die dritte Nacht allein schlafe!«

Mitfühlend wiegte die Dienerin das Köpfchen.

»Oje-e-eh!«, seufzte die Gossudarin vernehmlich und schaute zur bemalten Decke.

Dort in den Wolken stritten feiste Putten um jemandes entflammtes Herz.

Der Windhund kam zurück ins Schlafzimmer gefegt,

sprang auf das Bett und ging daran, sich zu putzen. Die Gossudarin umarmte ihn, zog sich den Hund an die wogende Brust.

»Kognak!«, befahl sie.

Im Handumdrehen hatte die Dienerin das auf dem geschnitzten Beistelltisch bereitstehende Glas aus einer kristallenen Karaffe gefüllt und auf goldenem Tablett samt einem Teller mit Staubzucker überpuderter Ananasscheibchen kredenzt. Die Gossudarin kippte den Kognak, schob ein Scheibchen Ananas nach und kaute mit vollen Backen. Die Dienerin stand mit dem Tablett daneben und betrachtete ihre Herrin mit verhohlener Bewunderung.

Die Gossudarin stellte das leere Glas aufs Tablett.

»Gib doch mal ...«

»Oliven?«, kam die Dienerin zuvor.

»Nein, ich meine ...«

Die Gossudarin griff sich noch ein Stück Ananas, während ihre feuchtschwarzen Augen suchend durch das Schlafzimmer huschten.

»Schnupftabak gefällig?«

»Nein! Den ... Dings ...«

»Den Faustkeil?«

»Ja doch. Ruf Komjaga an.«

Die Dienerin nahm den goldenen Faustkeil in Form eines Fisches mit großen Smaragdaugen vom Tisch, drückte Tasten. Der Faustkeil reagierte mit einem melodischen Signal. Aus dem Fischmaul schlüpfte ein Hologramm: Komjagas schmales, ernstes Gesicht erschien. Er saß in seinem Merin. Die Hände am Lenkrad, neigte Komjaga den vergoldeten Lockenschopf:

»Meine Gossudarin, ich höre.«

»Wo bist du?«

»Soeben aus Tjumen gelandet, Gossudarin. Ich bin auf der Kiewer Trasse.«

»Komm her, aber hurtig.«

»Zu Befehl.«

Das Hologramm erlosch.

Die Gossudarin rülpste. Dann fragte sie, den Blick zur Dienerin gewandt:

»Ist doch wieder mal dran, oder?«

»Das ist es, meine Gossudarin«, entgegnete die Dienerin mit leisem Entzücken.

»Und ob!«

Die Gossudarin wurde unruhig, schob sich den Hund von der Brust.

Auf den hingehaltenen Arm der Dienerin gestützt, stand die Gossudarin auf. Schüttelte ihr dichtes, sich bis auf die Schultern herabkringelndes schwarzes Haar. Reckte ihren massigen Leib, verzog stöhnend das Gesicht, griff sich in die Hüfte. Tat einen Schritt hin zum Fenster, vor das die Gardine gezogen war, tippte mit einem Finger an den rosa Stoff, der gehorsam zur Seite fuhr.

Die Gossudarin blickte aus dem Fenster auf den kleinen Park mit den beschneiten Blautannen, auf die Erzengel-Michael-Kathedrale, einen Teil des Vorplatzes mit den Bettlern und den Tauben, die Strelitzen in ihren roten Mänteln und den leuchtend blauen Hellebarden, die Wächter mit den Streitkolben, die Bettelmönche mit den eisernen Kiepen, Sawoska, den heiligen Narren mit seinem Knüppel. Und in einiger Entfernung, hinter der Ecke der Mariä-Himmelfahrts-Kathedrale, sah sie die Umrisse der gusseisernen Zar-Puschka-Kanone. Daneben die kleine Kanonenkugelpyramide, schwarz vorm weißen Schnee. Bei der Erinnerung an die weiße, glatte, kühle Kugel griff sich die Gossudarin unwillkürlich an den warmen Bauch.

»Sogar höchste Zeit!«, sagte sie kaum vernehmlich und schnipste den Zeigefinger gegen die kugelsichere Scheibe.

ESSENFASSEN

Der gellende Sirenenton aus dem grauen, runden, von der Mittagssonne aufgeheizten Lautsprecher, an die blanken Nerven rührend in seiner blinden Erbarmungslosigkeit, jedem Menschenohr zuwider, ließ die Libellen, die sich darauf niedergelassen und eben zu paaren begonnen hatten, erschrocken das Weite suchen, verbreitete sich in der heißen ostsibirischen Luft wie flüssiges Metall, zerriss die ewige Stille der Hügel und des Himmels, übertönte die monotonen Arbeitsgeräusche der Maurer, das Knirschen des Seilzugs, das Murren des Vorarbeiters, das Sirren der Mücken, die durch ein kreisförmiges Ultraschallfeld vom Arbeitsbereich ferngehalten wurden, floss hinüber zu den Hügeln mit dem schütteren Kiefernbewuchs, schwappte an ihnen zurück und kam wieder, um ein zweites Mal zurückgeworfen zu werden – nunmehr von der im Bau befindlichen Mauer, die sich als durchgehender weißer Streifen über die Hügel zog und am welligen blauen Horizont dahinter verlor.

»Halts Maul, Vogelscheuche! Verrecken sollst du …«

San Sanytsch rieb sich die schweißige Stirn und spuckte in Richtung des gellenden Lautsprechers – ohne dass in seiner ausgetrockneten Mundhöhle Spucke vorhanden war.

Er zog eine Plastikwasserflasche aus der Knietasche seiner Arbeitskluft, schob den weichen Pfropfen aus lebendgebärendem Gummi mit dem Daumen beiseite und setzte die Flasche gierig an die dörren Lippen. Das warme Wasser gluckerte in seine Kehle; der von grauen Stoppeln bewucherte Adamsapfel zuckte wie im Schmerz.

»Sabbat, ihr Rechtgläubigen!«, rief Sawoska, ein großer, gebeugter, schmalschultriger Mann, und steckte die Maurerkelle in den Plastikbottich mit dem Mörtel; ächzend richtete er sich auf, rieb sich das Kreuz.

»Genug!«, rief er, sich aus dem Gerüst lehnend, nach unten.

Botscharow und Sanjok, die dort am Seilzug arbeiteten, der die weißen Hohlblocksteine nach oben beförderte, brachten das Rad sogleich zum Stehen. Der Korb mit den Steinen blieb in der Luft hängen. Blinzelnd, die Augen mit der schweren, braun gebrannten Hand schirmend, blickte Botscharow zur Mauer hinauf.

»Wollt ihr die nicht noch rausnehmen?«

»Nein. Lass wieder runter!«, entgegnete Sawoskas Partner Silberstein, Spitzname Hufeisen, mit Hinkebein, krummer Nase und ewig verdrossener Miene, und spuckte nach unten. »Die Arbeit ist kein Wolf und läuft nicht weg, das Fressen kein Laowai*, der von alleine kommt!«

»Inschallah! Schon zwölf?«, rief der breitstirnige, kahl rasierte Timur freudig und ließ beim Grinsen die zahnlosen Kiefer sehen.

»Sei froh, dass es nicht schon eins ist, Junge«, erwiderte Sawtschenko, sehnig und mit auffällig großer Nase, müde lächelnd auf Ukrainisch und streifte die anhaftenden Mörtelreste von seiner Hand in den Eimer, während er, in den klaren, wolkenlosen Himmel spähend, hinzufügte: »Aber ich seh unsre Erzengel ja gar nicht. Wo bleiben sie denn?«

Und wie auf Kommando erschienen über der Kette

* (chin., herablassend für) Fremder, Ausländer

blaugrüner Hügel in der Ferne drei Punkte. Kurz darauf war Hubschraubergebrumm zu vernehmen.

»Da kommt er, der Gute!«, raunte der stille Petrow – untersetzt, blasshäutig, weißblond – und passte einen Stein in das Mörtelbett, fing mit der Kelle den hervorquellenden Mörtel auf und warf ihn zurück in den Bottich, worauf er die Kelle an der Stirnseite des neuen Steins säuberte. »Gepriesen seist du, allmächtiger Herr, dass wir das Mittagessen noch erleben ...«

»Dann schieben wir uns mal was zwischen die Kiemen, verdammte Scheiße. Vornehm geht die Welt zugrunde!«

Sawoska zog die mörtelgrauen Handschuhe aus, hängte sie über eine Querstrebe.

»He, Scheff, was machen mit die Mörtel?«, fragte der knochige, großäugige, kahl geschorene Salman vom Gerüst, warf seine Kippe weg und kratzte sich die behaarte Drosselgrube unter dem silber glänzenden Sicherheitshalsband.

»Lassen!«, befahl Vorarbeiter Slonow, ein äußerlich unscheinbarer, kleiner, dürrer Mann mit ewig schwitzender Schnabelnase, lauter Stimme, huschenden Augen und flinken, knotigen Fingern, die nie Ruhe fanden. Er nahm die blaue Häftlingsmütze vom Kopf und rieb sich die schweißnasse Glatze, dabei äugte er misstrauisch den eintreffenden Hubschraubern entgegen.

Der eine kam wie immer direkt auf sie zugeflogen, die beiden anderen hielten sich seitwärts – einer nach links zu Tschekmasows Truppe, der andere nach rechts zu den Leuten von Prowotorow, dem buckligen Scherzbold.

Der Hubschrauber näherte sich. Dunkelgrün lackiert, mit dem goldenen Doppelkopfadler an der Flanke, daneben in weißen Lettern: *MAUER-Ost-182.*

»Häftlinge zum Essenfassen!«, bellte der Lautsprecher und verstummte.

Slonows Brigade stieg von den Gerüsten, die aus roten Plastikröhren zusammengesetzt waren.

»Sawoska, zieh die Hufe ein …«

»Die von Prowotorow kriegen ihr Essen schon wieder vor uns, San Sanytsch!«

»Von mir aus …«

»Von mir aus nicht! Gib mir ’nen Schluck Wasser.«

»Trink, Schnorrer.«

»Wer hat was zu rauchen übrig, ihr guten Leut?«

»Bin gespannt, ob’s Fleisch gibt.«

»Wenn der Herrgott doch mal ein Wölkchen schickte …«

»Warts ab, heute Abend wird’s noch schneien …«

»Absch-i-ied ist ein fre-he-hemdes La-and …«

»Mensch, kannst du nicht mal still sein, Hufeisen?!«

Der Hubschrauber landete.

Die grüne Tür klappte auf, eine Leiter fuhr heraus, über die zwei Haftentlassene in schmutzigen weißen Kitteln, jeder mit einem Zehnliter-Thermoskübel, Kastenbroten und einer Packung aus Reismehl gepresstem Einweggeschirr herabgestiegen kamen. Ihnen folgten zwei Wachsoldaten mit der Klappliege, Tanjuscha genannt, und der Lagerscharfrichter Matjucha mit seiner schlanken Frischhaltebox. Die Arbeiter wurden kleinlaut. Matjucha, klein und stämmig, sprang von der Leiter.

»Seid gegrüßt, ihr Experten!«, rief er und zwinkerte in die Runde.

Er war rothaarig, mit kräftigem Genick und plattem, zerknittertem Gesicht ohne Brauen, aber mit vielen Sommersprossen; die Augen zu kaum erkennbaren Schlitzen verengt.

»Scheiße, uns erwischt’s mal wieder«, brummte Hufeisen und spuckte grimmig durch die kranken gelben Zähne ins trockene Moos.

»Vor der Speisung etwas Würze fürs Fleisch! Klappt das Ding auf, Jungs!«, an die Soldaten gewandt.

Die Soldaten klappten die Tanjuscha auf.

Petrow nahm die Mütze vom weißen Haar und bekreuzigte sich.

»Lieber Gott, mach mich stark und lass den Kelch vorübergehn …«

San Sanytsch kratzte sich müde lächelnd den runzligen Nacken.

»Na, da haben wir unsere zweiundachtzig Prozent.«

Die Wachsoldaten stellten die Streckbank (grüne Metallkeramik) auf die Füße, schraubten die Gelenke fest, schnallten die Riemen ab. Derweil setzten sich die Haftentlassenen mit ihren Kübeln unter das Zeltdach. Der Pilot steckte den Kopf aus der Kabine, rauchte und schaute zu.

Matjucha nahm seinen Faustkeil aus dem Gürtel und schaltete ihn auf den Platzlautsprecher. Nun sprach der graue runde Kasten, der eben noch zum »Essenfassen« gerufen hatte, mit der Stimme von Major Semjonow, dem Chef des Umerziehungslagers No. 182, dem die Brigade zurechnete und dessen zweiundvierzig Baracken zwischen zwei Bergkuppen, Gladkaja und Prileschaj, gelegen waren, knapp zweihundertfünfzig Werst von hier.

»Wegen Nichterfüllung des Sechstageplans zur Errichtung des Ostabschnitts der Großen Russischen Mauer wird Brigade No. 17 zur exemplarischen Auspeitschung mit Salzruten verurteilt.«

Die Arbeiter hatten atemlos gestanden; jetzt kam Bewegung in sie.

»Exemplarisch … Nicht alle, Gott sei Dank«, seufzte Petrow in sich hinein.

»Dich trifft es, keine Bange«, brummte Hufeisen und spuckte aus.

»Zweiundachtzig sind immerhin besser als zweiundsiebzig«, machte Sanjok einen blöden Witz und kicherte.

Matjucha warf dem Vorarbeiter Slonow eine Schachtel Streichhölzer zu, beugte sich zu seinem Thermoszylinder, schraubte den Deckel ab.

»Los geht's.«

Der Vorarbeiter entnahm der Schachtel zehn Hölzer, kürzte drei davon, gab die Hölzer Matjucha in die Hand. Der drehte sich nur kurz weg und gleich wieder her, zügig wie ein Profi hatte er sich die zehn Streichhölzer, Kuppen nach vorn, zwischen die Finger gesteckt.

Die Männer begannen zu ziehen. Es traf Sawoska, Salman und Petrow. Die Unglücksraben nahmen ihr Schicksal auf sehr verschiedene Weise entgegen.

Sawoska kratzte sich mit der Streichholzkuppe die alte, noch aus Putins Zeiten stammende Brusttätowierung, dann schob er sich das Hölzchen grinsend zwischen die Zähne.

»Dumm gelaufen!«, sagte er und sah Matjucha aus schmalen Augen an.

Salmans Gesicht hingegen verdüsterte sich schlagartig, er murmelte etwas Düsteres auf Tschetschenisch, schmiss das Hölzchen weg, schob die kräftigen Fäuste in die Hosentaschen und pfiff lautlos, aber tückisch vor sich hin, sein zementgrauer Schuh zerdrückte das grün marmorierte Moos.

Petrow wiederum, als er das kurze Hölzchen gezogen hatte, ächzte auf, seine Unterlippe schob sich nach vorn.

»Lieber-Gott-behüte-mich, lieber-Gott-behüte-mich, lieber-Gott-behüte-mich …«, hob er zu murmeln an, die weißhäutige Faust, in der das Hölzchen steckte, gegen die Brust gepresst, mit der anderen bekreuzigte er sich.

Matjucha verstaute die unversehrten Streichhölzer in der Schachtel und zog aus dem Zylinder eine Birkenrute von der Dicke eines männlichen kleinen Fingers, die von Blättern und Zweiglein befreit und in Salzlake eingeweicht war. Er streifte die Feuchtigkeit von ihr ab und ließ sie einmal kundig durch die heiße Luft schwirren.

»Der Erste darf sich langmachen.«

Die Delinquenten blickten einander an. Im Lager riss sich keiner darum, Erster zu sein, das war Gesetz. Matjucha wusste das und geduldete sich. Er wartete, die gesenkte Rute am Stiefelschaft; ein Profi.

»Haltet euch wacker, Brüder«, kam die traditionelle Aufmunterung vom Vorsteher, dessen große, braun gebrannte Hände unruhig umgingen.

Matjucha schwieg. Er war ein erfahrener Scharfrichter, seit sechs Jahren im Amt; Sprüche, die man von anderen Folterknechten im Lager zu hören gewohnt war, etwas wie: »Wer sich früh hinlegt, kann früh wieder aufstehen!« – »Wer seinen Arsch retten will, hat den Kopf zu verlieren!« – »Rute und Arsch sind miteinander gut Freund, beide dienen dem Staate!« – oder: »Die Rute ist gut gegen Rheumatismus!« – verkniff er sich seit Langem.

»Was soll's!«, seufzte Sawoska mit einem Seitenblick auf den brabbelnden Petrow und zwinkerte Slonow zu. »Dann werd ich mich mal ein bisschen verunzieren lassen, was, Chef?«

»Nur zu, Sawoska, keine falsche Scheu!«, nickte Slonow.

Beitbeinig näherte sich Sawoska der Tanjuscha, knöpfte die Hosen auf, ließ auch die blaue Unterhose rutschen, schlug ein Kreuz und streckte sich aus. Unverzüglich schnallten die Wachleute ihn an Armen und Beinen fest. Matjucha schlug ihm das Hemd nach oben, zog die Unterhose etwas tiefer, sodass die muskulösen Schenkel sichtbar wurden, reckte sich und ließ, fast ohne auszuholen, die Rute hart und saftig auf Sawoskas straffem, von früheren Züchtigungen sichtbar gezeichnetem Gesäß niedergehen.

»Sch-sch-scheiße-eins!«, stieß Sawoska zähnefletschend hervor, die Wange an die grüne Kopfstütze gelegt, die in der Sonne glänzte.

Matjucha gab ihm die nächste.

»Sch-scheiße-zwei!«, zählte Sawoska.

Pfeifend klatschte die Rute auf die Gesäßbacken.

»Sch-sch-scheiße-drei!!«

Auf den Backen traten lila Streifen hervor. Matjucha peitschte hart und mühelos, ohne viel Getue, sachlich verrichtete er sein Amt, bewies mit jedem Hieb, dass er sein Brot als Lagerscharfrichter rechtmäßig verdiente und auch den Sibirienzuschlag. Er zählte die Hiebe natürlich mit – still für sich. Nur Amateure, denen der Ochsenziemer, die Siebenschwänzige oder die Salzrute umständehalber einmal in die Hand fällt, zählen laut. Ein echter Scharfrichter schweigt bei der Arbeit, damit nichts den Delinquenten von seiner Strafe und die sonstigen Anwesenden vom besinnlichen Mitvollzug ablenkt.

Dreißig Schläge mit der Salzrute, das war das übliche Strafmaß. Wenn sie dabei zerbrach, war das das sofortige Ende der Exekution. Aber das konnte nur einem ungeübten oder schlampig operierenden Scharfrichter passieren. Matjucha war erfahren und gewissenhaft wie kein Zweiter, eine Rute zerbrach ihm so gut wie nie.

»Sch-sch-scheiße-sechzehn! Sch-sch-scheiße-siebzehn! Sch-sch-scheiße-achtzehn!«, zählte Sawoska laut, ballte die Fäuste und zwang sich zu einem Grinsen in Richtung Arbeiter.

Die schwarze Rute klatschte auf sein angespanntes, muskulöses Gesäß, die lila Längsstreifen färbten sich rot und immer röter, Blut trat hervor. Beine und Rücken versteiften sich, der Kopf zuckte vor Anspannung. Sawoska ballte sich gewissermaßen ganz zur Faust, ließ den Schmerz nicht in seinen Körper hinein, das war seine Methode. Jeder, der einmal auf der Tanjuscha gelegen und die Lagerrute gespürt, die pfeifenden Schläge mitgezählt hatte, ertrug die Prozedur auf eigene Art. Sawoska suchte den Schmerz durch Muskelanspannung zu beherrschen. Und man sah, er war der Rute nicht zum ersten Mal ausgesetzt, wusste, wie ihr zu begegnen war.

»Sch-scheiße-sechsundzwanzig! Sch-scheiße-siebenundzwanzig! Sch-scheiße-achtundzwanzig!«

Sawoskas Gesicht war puterrot, das Grinsen gelang ihm noch mit Ach und Krach, die Zähne knirschten, die verklebten Haarwirbel wippten.

»Halte durch!«, ermunterte ihn Slonow.

»Sch-sch-scheiße-dreis-s-s-ig!«, skandierte Sawoska, und das Grinsen fiel ihm aus dem Gesicht.

Er erschlaffte, seine Beine regten sich wieder. Die Wachsoldaten schnallten ihn ab. Hose und Unterhose festhaltend, erhob sich Sawoska in aller Ruhe, wies sein zersäbeltes Gesäß den Wachsoldaten vor: »Hübsch, nicht? Wie ein Bild von Repin!«

»Gefangener, gehen Sie an Ihren Platz!«, erwiderte der Soldat, die breiten Jochbeine unter der Filzmütze unbewegt.

Sawoska knöpfte sich fertig zu und ging zurück zu seinen Kollegen.

»Gut gehalten!«, lobte der Vorarbeiter und klopfte ihm auf den Rücken.

Matjucha schmiss die abgenutzte Rute beiseite, schüttelte kurz und routiniert die rechte Hand aus, dann fuhr er mit ihr in den Kanister und zog eine neue Rute hervor, schwang sie einmal probehalber. Salzige Tropfen flogen umher, blitzten in der Sonne.

»Lieber Gott, mach mich stark«, murmelte Petrow und

zog den weißblonden Kopf zwischen die breiten, fraulich weichen Schultern.

Salman spuckte aus und ging entschlossen auf die Tanjuscha zu, schon im Gehen löste er den Strick, der seine Hosen hielt. Die Wachsoldaten griffen zu, legten ihn lang und schnallten ihn an. Salmans platter, stark behaarter brauner Hintern trug auch schon seine Spuren, wenn auch nicht so üppig wie der von Sawoska.

»Bismillah rahmani rahim …«, murmelte Salman und drehte den Kopf von den zuschauenden Arbeitern weg.

Matjucha nahm Maß und zog seine Rute über Salmans Hintern. Salman knurrte.

»Halt dich wacker, Dschigit!«, rief Hufeisen mit dem Anflug eines Lächelns.

Der Scharfrichter züchtigte Salman genauso leichthändig, flott und ohne zu hasten wie zuvor Sawoska. Der Tschetschene knurrte ausgiebig, zeigte aber ansonsten keine Regung. Der magere, sehnige Körper klebte an der Tanjuscha wie festgewachsen. Jedes Schwirren, jeder Hieb rief bei Salman ein Knurren hervor. Knurrend blickte er in die fernen Berge.

»Das macht er gut!« San Sanytsch kratzte sich beifällig die graue Kinnbürste.

»Salman kriegst du mit der Rute nicht klein«, sagte Botscharow, der finster zuschaute.

»Gegerbt, wie der ist«, nickte Sawoska.

Am tiefblauen, wolkenlosen Himmel segelten sechs Geier, überflogen die Mauer von Russland nach China.

Salmans Knurren war gleichbleibend laut, wurde auch nicht grimmiger; reglos auf der Tanjuscha liegend, bettete er jeden Schlag darin ein. Matjucha kam zu Ende und schmiss die gebrauchte Rute hinter sich. Salman wurde abgeschnallt, er erhob sich, zog die Hosen hoch, fluchte dabei auf Tschetschenisch.

Nun schauten alle auf Petrow. Der, wie er es merkte, zuckte zusammen, als hätte er schon den ersten Schlag von ihnen allen bekommen, dann schleppte er seinen massigen Körper schicksalsergeben zur Bank.

»Mach dir nicht ins Hemd, Petrucchio, Matjucha hat ein Händchen für die Sache«, suchte Sawoska ihn zu beruhigen.

»Vielleicht bist du ja schon bisschen müde, Matjucha?«, rief San Sanytsch und lachte hämisch.

»Gefangene, Gespräche einstellen!«, befahl einer der Wachsoldaten.

Petrow ging mit eingezogenem Kopf, man konnte meinen, er hätte einen Korb Hohlblocksteine auf den Schultern. Matjucha, Gerte bei Fuß, wartete. Leckte sich die schweißigen Lippen.

Petrow setzte sich auf die Tanjuscha, ließ sich seitlich darauf fallen, so als wäre es die untere Pritsche im Schlafwagenabteil, streckte die dicken Beine und begann sich schwerfällig auf den Bauch zu drehen.

»Mach hin, was zappelst du so!«, sagte einer der Soldaten, fasste Petrows Arm und schnallte ihn fest.

Der andere kümmerte sich um die kräftigen Fußknöchel.

»Und was ist mit den Hosen?«, fragte Matjucha missmutig. »Soll ich die dir ausziehen?«

Petrow drehte seinen weißen Leib ächzend zurück auf die Seite, fuhr sich mit der noch unangeschnallten Hand unter den Bauch, löste die Schnur und schaffte es unter Drehen und Winden seines Robbenkörpers, Hose und Unterhose ein Stück nach unten zu ziehen. Unzufrieden riss Matjucha sie weiter nach unten, rollte das Leibchen auf. Auch Petrows großer weißer Hintern war vernarbt, jedoch kein Vergleich mit Salman oder gar Sawoska.

Und kaum hatte Matjucha mit der Rute ausgeholt, da jaulte Petrow in die Tanjuscha hinein:

»Verge-e-e-bung! Oh-oh, Verge-e-e-bung!«

Klatschend ließ Matjucha die schwarze Rute auf dem großen, weißen Rund niedergehen. Der Hintern zuckte, doch der Rest des Körpers blieb unbeweglich liegen, das Gesicht an der knallheißen Metallkeramik der Kopfstütze klebend:

»Verge-e-e-bung! Oh, o-o-oh, Verge-e-e-bung!«

»Vergebung? Wofür denn, verdammt noch mal!«, murmelte Hufeisen.

Ein Wachsoldat drohte ihm mit dem Finger. Der andere starrte auf den unter den Hieben zuckenden Hintern.

»Verge-e-e-bung! O-o-o-h, Verge-e-e-hebung!«, jaulte Petrow.

Seine Reue konnte Matjucha nicht besänftigen, im Gegenteil, sie reizte ihn sichtlich: Er hieb nun schärfer, in deutlicheren Abständen, hielt die Rute vor jedem Schlag einen Moment lang erhoben, als zielte er neu, um dann mit nur noch mehr Pfeffer dreinzuhauen. Petrow strampelte mit den dicken Beinen, sein Hintern wackelte wie Pudding.

»Verge-e-bt mir, oh, verge-e-e-ebt mir doch!«, kreischte er so inbrünstig in das Brett unter seinem Kopf, dass der weiße Hals erst rosa und dann rot anlief. Das kurz geschorene sonnenbleiche Haar zitterte im Nacken.

»Unser Petrucchio ist ganz schön empfindsam«, brummte San Sanytsch und sah zum Himmel.

Der Geierschwarm, der nun jenseits der Großen Russischen Mauer über chinesischem Territorium segelte, hatte sich dezimiert: Vier waren noch da, zwei kamen kreischend und halbherzig einander attackierend zurückgeflogen.

Als über zwanzig Hiebe ausgeteilt waren, stimmte Petrow eine neue Strophe seines Bußgesangs an.

»O Vä-äter, Vä-ä-äter, unsere Vä-ä-äter!«

»Der pisst sich ein«, äußerte der tumbe Sanjok überzeugt und nickte mit dem unförmigen Kopf.

Petrow zuckte mit den Beinen, sein Genick schlotterte, der Kopf presste sich immer heftiger gegen das Brett, drückte das Gesicht platt, aber wirklich in Bewegung war nur der Hintern. Die lila Streifen der ersten Hiebe waren nun von kräftigem Rot überkreuzt, in den winzigen Blutströpfchen, die auf die weiße Haut getreten waren, blinkte das Sonnenlicht.

Bei den letzten Hieben brüllte Petrow schon wie ein Berserker, die Worte waren kaum noch zu verstehen. Es war klar, dass Matjucha sich in Wut geschlagen hatte. Bei Hieb Nummer achtundzwanzig brach die Rute entzwei.

»Puh, Kacke!«, stieß Matjucha hervor, spuckte Petrow auf den Hintern und schleuderte den Rest der Rute von sich; schüttelte das rechte Handgelenk und verzog angewidert das Gesicht.

Petrow indes brüllte immer noch, dass sein schwitzender roter Nacken bebte. Die Wachen schnallten ihn los. Daraufhin beruhigte er sich sofort. Wälzte sich von der Tanjuscha zu Boden, rappelte sich auf, raffte seine Hosen und trollte sich zu den Seinen. Matjucha verschraubte den Zylinder, nickte den Wachen zu. Die klappten die Tanjuscha zusammen.

»Guten Appetit!«, warf Matjucha hin, mit einem kurzen, finsteren Blick zu den Arbeitern.

»Wir danken!«, erwiderte der Vorarbeiter, wie es sich gehörte.

Der Scharfrichter und die Wächter mitsamt der Tanjuscha begaben sich zum Hubschrauber. Ihnen folgten die Haftentlassenen; Thermoskübel, Brot und Geschirr ließen sie auf dem Tisch unter dem Zeltdach zurück. Die fünf verschwanden im Bauch der dunkelgrünen Maschine. Die Leiter wurde eingezogen, die Tür geschlossen, die Propellerflügel begannen sich zu drehen. Keine Minute später hob der Hubschrauber *MAUER-Ost-182* ab, drehte eine scharfe Kurve und flog gen Norden davon. Zurück blieben Brigade No. 17, ein Zeltdach mit Tisch und Stühlen, ein Fass mit Trinkwasser und die Sicherheitssäule mit großer elektronischer Uhr, fünf Überwachungskameras und dem grauen runden Lautsprecher.

»Gefangene! Verbliebene Zeit zum Essenfassen: 16 Minuten!«, verkündete dieser.

»Da sieht man's, die Bestrafung haben sie wieder vom Essenfassen abgeknapst«, bemerkte der tumbe Sanjok, nahm die verschossene blaue Kappe vom Kopf und eilte unter das Zeltdach.

»Und das gleich vierzehn Minuten!«, ergänzte der dicklippige Botscharow, der im schaukelnden Kamelschritt hinterhertappte.

»Ja, was dachtet ihr Rindviecher denn!«, fragte der hinkende Hufeisen, böse gegen die Sonne blinzelnd.

Die Arbeiter stellten die Plastikstühle um den Tisch und setzten sich. Sawoska und Salman ließen sich nieder, als wäre nichts geschehen. Nur Petrow setzte sich unter Ächzen und Grimassen, betastete seine Knie, bevor er sich mit den großen weißen Armen darauf stützte. San Sanytsch riss das Essgeschirr aus der Packung: tiefe Teller, aus Reispulpe gepresst. Hufeisen packte die Löffel aus.

»Wer teilt aus?«, fragte Sawtschenko brummig, kratzte sich den Kopf, drehte ihn fragend.

»Ich, ich!«, rief Timur und war schon dabei, den Kübel mit der Suppe zu öffnen, die Schöpfkelle abzunehmen und die Suppe auszuteilen.

»Perlgrauben?«, fragte Hufeisen schnuppernd. »Das ist gut.«

Wie immer übernahm es Slonow selbst, den Quader geschnittenes Graubrot auszupacken und an seine Leute zu verteilen. Als Timur mit dem Austeilen der Suppe fertig war und den leeren Kübel verschlossen hatte, standen alle auf. Slonow bekreuzigte sich und betete:

»Wir danken dir, Herr Jesu Christ, für das, was du uns von deinen irdischen Gütern bescheret hast. Also verschließe uns auch nicht dein Himmelreich. So wie du kamest zu deinen Jüngern und schenktest ihnen Frieden, so komm und erlöse auch uns.«

Er schlug ein Kreuz über dem Tisch, und alle, mit Ausnahme von Timur und Salman, taten es ihm nach. Dann setzten sich die Männer und machten sich über das Essen her. Die Suppe wurde schweigend gegessen, Löffel und Teller verspeiste man gleich mit: Da jeder nur drei Scheiben Brot zu Mittag bekam, waren Besteck und Geschirr ein gutes Zubrot. Nach den tiefen Tellern kamen die flachen zum Einsatz, Gabeln dazu, auch sie von gräulicher Farbe, aus chinesischem Reismehl. Timur klappte den zweiten Kübel auf.

»Reis mit Fleisch«, verkündete er.

Beifälliges Mienenspiel in der Brigade. Fleisch gab es dienstags, donnerstags und sonntags. Heute war Donnerstag. An den anderen Tagen kam nach der Suppe Hirse-, Graupen- oder Reisbrei mit Rapsöl auf den Tisch.

Das Hauptgericht wurde ausgeteilt und wiederum zügig und schweigend verputzt. Im Anschluss die Teller; die Gabeln wurden in den Taschen verstaut, man pflegte sie mit auf die Baustelle zu nehmen und während der Arbeit zu kauen. Gabelfrühstück nannte sich das.

Während er noch an seinem Teller herumknusperte, sah Slonow auf die Uhr.

»Neun Minuten haben wir noch. Was ist, wer gibt heute eine Schote zum Besten?«

Alle blickten einander an.

»Ich wüsste eine!«, tat Sawoska sogleich mit einem Lächeln kund – die Züchtigung sah man ihm nicht im Geringsten an.

»Mach's halb, du warst oft genug dran!«, attackierte Hufeisen ihn bissig.

»Hast du nicht gestern erst?«, fragte Sanjok verwundert.

»Na und, fandest du's denn nicht lustig?«, fragte Sawoska zurück und griente.

»Das vom Opritschnik und der Jungfrau? Doch, doch.«

»Was reißt du dann das Maul auf, Shabi*?«

»Sawoska, du bringst es gut, aber andre wollen auch mal.«

»Na, wenn nicht Sawoska, dann einer von den Neuen.«

»Botscharow soll schwätzen. Der kann's lustig!«

»Haha, au ja!«

»Nein, wie wär's mit Petrucchio! O Vä-äter, Vä-äter ...«

»Lass ihn in Ruhe, in Christi Namen ...«

»Hauptsache, einer fängt an, die Zeit läuft, Männer!«

San Sanytsch rieb sich mit seiner Kappe das Gesicht, in dem vom hastigen Essen der Schweiß stand, dann stülpte er sie wieder über den kleinen grauen Kopf.

»Passt auf, Jungs, jetzt erzähle ich euch eine Geschichte.«

»Tu das, San Sanytsch!«, hieß der Vorarbeiter es gut.

»Ja, also«, begann San Sanytsch, die braun gebrannten Fäuste mit Mörtelresten unter den Nägeln auf die Tischplatte gestemmt, »das Ganze spielt neunzehnhundertsechsundachtzig.«

* (chin.) Arschloch

»Mein Geburtsjahr!«, ließ der finster dreinblickende Petrow hören.

»Quatsch nicht dazwischen. Ich war grad zwanzig geworden. Hatte den Armeedienst hinter mir, als Feldwebel entlassen, kam zurück nach Brjansk und ging als Fräser in eine Fabrik. Hab da geackert wie das wilde Tier, Scheiße noch mal …«

»Keine Flüche!«, wies Slonow ihn zurecht.

»Ich hab gute Arbeit geleistet, meine ich«, fuhr San Sanytsch, nach der Überwachungskamera schielend, fort. »mich schnell eingefuchst, alles yanlidi*, nach einem Jahr war ich so weit, dass sie mich zum Komsomolsekretär gewählt haben, und dann hat der Parteisekretär bei mir geklingelt: Komm, Busuluzki, wir treten dich in die Partei ein, da kannst du Karriere machen. Was sollte ich dagegen sagen? Gut, macht mal, hab ich gesagt, tretet mich ein!«

»Was für eine Partei war das?«, fragte Botscharow.

»Na, die kommunistische.«

»Wer waren die?«

»Ist doch egal, Mann, was unterbrichst du ihn immer!«, maulte Hufeisen und stieß Botscharow an.

»Ja nun«, sagte San Sanytsch, die Hände verschränkend. »Dieser Parteisekretär, Barybin hieß er, der hatte irgendwelche Vatergefühle für mich. Dem war sein Sohn als Schulkind ertrunken, und er fing an, mich unter die Fuchtel zu nehmen, hat mich eingeladen zum Tee, herzerwärmende Gespräche mit mir geführt. Ich hatte also bei den Chefs einen Stein im Brett. Und der Sekretär sagt zu mir, hör zu, Sannilein, sagt er, auf den Eintritt in die Partei musst du dich vorbereiten, Lenin lesen, Marx lesen und so.

* (chin. ugs.) top

»Sind das Schriftsteller?«, fragte Petrow.

»Das waren dic Rädelsführer, die die Roten Wirren verzapft haben«, erläuterte Slonow streng. »Hört auf dazwischenzureden!«

»Genau. Ich also in die Werksbibliothek gewetzt, Lenin gegriffen, Marx gegriffen und nach Hause zur Tante gedackelt, damals hab ich bei der Tante gewohnt, die arbeitete in derselben Fabrik, Brjanmasch, bei der Gütekontrolle. Meine Eltern waren geschieden, die Mutter mit einem neuen Mann auf und davon in den hohen Norden, und mit meinem Vater waren die Beziehungen besch...eiden. Tja. Und das hat der Barybin alles gewusst. So. Und in dem Winter hatte ich 'ne entzündete Prostata. Irgendwie erkältet, weiß der Schinder. Bei der Armee hatte ich mir schon mal die Eier verkühlt, da hatten sie mitten im Winter 'ne Ausbildung angesetzt, Pontonbrücke bauen bei scheiß minus zwanzig Grad, da haben sich alle was weggeholt. Jedenfalls hatte ich Schwierigkeiten beim Pissen, ein Ziehen und Stechen da unten, alles mau. Ich bin zum Arzt gegangen, ein Bekannter der Tante, der nahm mich außer der Reihe dran und schrieb mich 'ne Woche krank. Hat mir irgendwelche Tropfen und Tabletten verschrieben, und außerdem sollte ich am übernächsten Tag zur Prostatamassage kommen. Wärest du verheiratet, könnte deine Frau das erledigen, hat er noch gesagt, so aber musst du zu mir kommen. Gesagt, getan, ich hab meinen Marx und Lenin gelesen und gelernt und Dianshi* geguckt, und um drei bin ich ans andere Ende von Brjansk zum Doktor gefahren wegen der Prostatamassage. Und der tut nichts weiter, als mir den Finger in den Arsch zu stecken. So ging das einmal und ein zweites und noch ein drittes Mal. Dann bekam ich es satt, den weiten Weg mit

* (chin.) Fernsehen

dem Bus, zweimal umsteigen und zwischendurch warten, kurz: der totale Anschi... – also ich meine, es ging mir auf den Keks. Und ich dachte mir: So 'ne Prostatamassage, die mach ich mir doch selber mit links. Meine Tante hatte so 'nen Fleischklopfer, Ganzmetall, mit schön glattem Griff. Ich hab mich also ausgezogen ...«

»War die Tante denn zu Hause«, fragte Sanjok zaghaft.

»Nein, auf Arbeit. Ich hab mich also ausgezogen, splitternackt, so ging's am bequemsten, den Griff von dem Klopfer mit Margarine eingeschmiert, mich nach vorne gebeugt und mir das Ding in den Arsch geschoben. Und ich merkte, es ging ganz prima. Der Griff war genauso glatt wie ein Finger, nur höchstens ein bisschen kühler. So stand ich also vornübergebeugt, hielt den Fleischklopfer gepackt und massierte mir die Prostata. Nach kurzer Zeit hatte ich den Bogen raus. Tat gut, die Massage, und außerdem war ich froh, nicht durch die ganze Stadt zu müssen, selbst ist der Mann, und bald würde ich kuriert sein und wieder normal pissen können, ohne Arzt, alles schön zu Hause auf der Couch, Dianshi. Und in meinem Hochgefühl langte ich, ohne den Fleischklopfer rauszuziehen, nach dem Plattenspieler und schaltete ihn ein, Toto Cutugno, Felicita, volle Lautstärke, Prostatamassage mit Musik. Und plötzlich – ich glaub, mich fickt ein ...«

Slonows Hand krallte sich um seinen Arm.

»Pardon, ihr frommen Leut ... Jedenfalls, was sehen meine Augen: Die Tante steht im Flur. Und neben ihr Barybin – der Parteisekretär.«

Slonow, Hufeisen, Sawtschenko, Botscharow und Sawoska lachten. Timur, Salman, Sanjok und Petrow lachten nicht.

»Der Parteisekretär hatte die Tante früher gehen lassen und war selber gleich mitgekommen, so als Krankenbesuch. Da standen sie nun in ihren Mänteln auf dem Flur, Augen wie Scheunentore. Und ich steh ihnen gegenüber, nackig, mit 'nem Fleischklopfer im Arsch und Felicita.«

Jetzt lachten auch Sanjok und Salman. Timur blickte San Sanytsch verständnislos an, Petrow nagte trübselig an seiner Unterlippe.

»Der Parteisekretär hat auf dem Absatz kehrtgemacht und ist aus der Wohnung gerannt!«

Einhelliges Gelächter – nur Petrow blieb ernst.

»Feine Schote!«, lobte Slonow, fuhr sich in die Tasche und holte ein in ein sauberes Taschentuch gewickeltes Etwas hervor.

Er faltete das Tuch auseinander. Darin lag ein Kremlturm aus Zucker. Der Erlöserturm, genauer gesagt. Der Sockel schon etwas angenagt, aber der obere Teil mit der Uhr und den Glocken und dem doppelköpfigen Adler unversehrt. Vor vierzehn Tagen war ein Paket von Slonows Frau im Lager eingetroffen mit zwei Paar Wollsocken, einem Schal, Knoblauch, Zwiebäcken und einem Zuckerkreml, bei dem nur der Borowizki-Turm fehlte. Slonows Tochter hatte ihn zu Weihnachten bekommen. Den Borowizki-Turm hatten Mama und sie verspeist, den Rest beschlossen sie dem Vater nach Ostsibirien zu schicken. Das Paket war fünf Monate unterwegs gewesen. Nach Erhalt hatte Slonow den Kreml gleich auseinandergenommen: Die Mauern sowie die Kathedralen und all die übrigen Gebäude aus dem Inneren gingen an die Arbeitsverteiler, der Große Iwan an den Lagerkoch Tomilez. Drei Kremltürme – den Kutafja-, den Nikolaus- und den Rüstkammerturm – hatte der Vorarbeiter selbst vor dem Einschlafen gelutscht. Den Dreifaltigkeitsturm hatte er seinem alten Lagerkumpel geschenkt, dem Koreaner Wolodja Pak. Den Erlöserturm aber wollte er »für den Humor« stiften: Jeden Tag nach der Mittagsration sollte irgendwer eine lustige Geschichte erzählen, im Lagerjargon hieß das: eine echte Schote. War die Geschichte lustig genug, ließ der Vorarbeiter den Vortragenden hinterher ein Stück vom Turm abbeißen.

»Bedien dich«, sagte Slonow und reichte San Sanytsch den Turm weiter. »Aber nur von unten.«

San-Sanytsch nahm den Turm in beide Hände, drehte ihn ein bisschen, suchte eine passende Stelle aus und biss ein Eckchen vom Sockel ab, was Mühe bereitete; der Zucker war hart.

Der Vorarbeiter nahm ihm den Turm wieder weg und wickelte ihn ins Taschentuch, steckte es ein. Just in diesem Moment, wie auf Kommando, dröhnte es aus dem grauen Lautsprecher:

»Essenfassen beendet. Gefangene: aufstehen! Arbeitsplätze einnehmen!«

Die Arbeiter standen auf und trotteten zur Mauer. Slonow, Sawoska, Hufeisen und Botscharow rauchten noch schnell eine.

»Sag mal, San Sanytsch, haben sie dich denn trotzdem genommen bei diesem Parteidingsda?«, wollte Sawtschenko noch wissen.

»Haben sie«, schmatzte San-Sanytsch, noch mit dem Zucker auf der Zunge. »Aber mit der Parteikarriere, da ...« – schmatz – »... hat's damals doch nicht geklappt.«

»Wieso nicht?«, fragte Slonow, an seiner Rossija-Papirossa ziehend, und blickte finster auf die drei noch eingeschweißten, übermannshohen Paletten mit Hohlblocksteinen vor ihm. Auf den Verpackungen überall dasselbe Lebendplakat: Ein braun gebrannter, muskelbepackter Bauarbeiter setzt, geschickt die Kelle handhabend, einen Stein in die Mauer, greift mit der Linken den nächsten, wirft ihn hoch, fängt ihn mit der anderen Hand und zwinkert frech mit dem rechten Auge. Aus dem kommt ein goldener Funken gesprungen, der sich öffnet zu einem schillernden Buchstabenfächer in ganzer Plakatbreite: *WIR ERRICHTEN DIE GROSSE RUSSISCHE MAUER!*

»Ach, irgendwie ...« – schmatz!, mit Wohlbehagen schob San-Sanytsch das Bröckchen vom Zuckererlöserturm in seinem beinahe zahnlosen Mund hin und her –, »... irgendwie hat das damals nicht geklappt. Erst hab ich geheiratet. Mich dann wieder scheiden lassen. Und auf einmal waren die Roten Wirren vorbei, und die Partei gab's nicht mehr.«

»Und kurz darauf gingen die Weißen Wirren los?«, fragte Sawoska.

»Stimmt ...« Schmatz. »Dann ging das mit den Weißen Wirren los.«

»Das war, wie dieser Unhold Dreizeh auf dem Panzer in Moskau einzog?«, vergewisserte sich Sanjok.

»Genau!«

San Sanytsch, vor der Mauer angekommen, streifte sich die Handschuhe über.

»Und an all das kannst du dich noch erinnern. Richtig erinnern!«, sagte Salman kopfschüttelnd. »Mensch, bist du alt.«

»Das kannst du laut sagen. Aber einholen musst du mich erst noch«, lachte San Sanytsch und erklomm hurtig das Gerüst.

Die Arbeiter verteilten sich auf ihre Plätze. Unwillig traten Sawtschenko und Timur zu dem großen Trog mit den Mörtelresten.

»Sollen wir neuen Mörtel mischen, Meister, oder nehmt ihr den?«, wollte Sawtschenko wissen.

»Neuen mischen!«, beschied der Vorarbeiter und kletterte auf die Mauer.

Und Petrow, als er auf dem Gerüst neben San Sanytsch zu stehen kam, fragte: »Ein Parteisekretär, was ist das?«
»Ein Zhangguan*«, sagte San Sanytsch, ohne lange zu überlegen, und griff nach der Maurerkelle.

* (chin.) Anführer

PETRUSCHKA

Der zwergwüchsige Pjotr Samuilowitsch Borejko, der als Possenreißer Petruschka an der Komischen Kanzlei des Kremls Dienst tat, kam nach dem Freitagskonzert für den Inneren Zirkel gegen drei Uhr morgens nach Hause. Der große rote Gaukleromnibus, der die Zwerge wie üblich nach der Vorstellung heimfuhr, brachte ihn bis vor die Haustür des neungeschossigen Ziegelbaus in der Malaja Grusinskaja.

»Das grüne Peterle zum Ausgang!«, verkündete der Fahrer und öffnete die Tür.

Der so Angesprochene, im hintersten Sessel dösend, schrak auf, kletterte vom Sitz und begab sich, ohne zu hasten, zur Tür. Weitere sechsundzwanzig Zwerge – alle noch geschminkt und in ihren Gauklerkostümen – hingen im Schummerlicht des Busses auf den unmäßig groß erscheinenden Sitzen und schliefen. Zwischen schlafenden Baba-Yaga-Hexen, Waldteufeln, Wassergeistern, Vogelscheuchen und Xanthippen hindurch ging Peterle nach vorn, streckte seine kleine Hand dem Fahrer entgegen und sagte mit rauer, knarrig quäkender Stimme:

»Mach's hübsch, Wolodja.«

Der Fahrer umfasste das Händchen mit seiner tätowierten Pranke:

»Schlaf gut.«

Schwungvoll schaukelnd stieg Peterle die Stufen des

Busses hinab und sprang auf den vom Dauernieselregen feuchten Asphalt. Die Tür schloss sich hinter ihm, der Bus fuhr davon. Unterdessen nahm der Zwerg die nächsten Stufen in Angriff – steinerne diesmal, die zur Haustür hinaufführten. Sein Petruschka-Kostüm war grün: dreizipfelige Mütze mit Schellen, Kaftan mit Riesenknöpfen, schillernde Hosen und Schnabelschuhe – alles in Petersiliengrün. Auch sein Gesicht war grün, mit roten Sommersprossen und großer, knallroter Nase. Auf dem Rücken baumelte ihm eine Balalaika, die selbst des Nachts grün funkelte.

Drei weitere Petruschkas – rot, blau und golden – saßen schlafend im davongefahrenen Bus.

Peterle zog die Chipkarte hervor, legte sie an das Schloss der hässlich zerkratzten und beschmierten Tür. Mit einem Surren ging sie auf. Der Zwerg schlüpfte in den schummrig beleuchteten Hausflur. Sauber war es hier nicht gerade, doch immerhin ohne Spuren von Vandalismus und Brandstifterei. Das Straßenamt hatte das Haus vor drei Jahren »Privaten« abgekauft.

Peterle versuchte den Fahrstuhl zu rufen; keine Reaktion.

»Himmel, Arsch und Gartenzwerg«, entfuhr Peterle sein Lieblingsfluch, da ihm einfiel, dass schon nicht mehr Freitag, sondern Samstag war, und am Wochenende durfte auf Geheiß der Moskauer Behörden in der ganzen ruhmreichen Stadt kein Fahrstuhl fahren. Es ging um Ökonomie – ein Fremdwort, das sich auch deutlicher sagen ließ: Man muss haushalten können.

Peterle kraxelte zu Fuß bis in den fünften Stock. Von Stufe zu Stufe musste er das Bein werfen, sich kräftig zur Seite neigen dabei. Die Schellen klingelten im Takt, die grüne Balalaika schurrte über den Rücken. So schlingerte er sich durch die Etagen. Vor seiner Tür No. 52 angekommen, legte er dieselbe Schlüsselkarte wie unten an. Unter den Klängen von *Horch was kommt von draußen rein* öffnete sich die Tür.

Augenblicklich ging in der Wohnung das Licht an, und ein großer beige-silberner Roboter kam gerollt. Jegorr hieß er.

»Gutten Tag, Pjotr Samuilowitsch!«

»Grüß dich, Jegorro«, seufzte Petruschka matt. Japsend nach dem beschwerlichen Aufstieg lehnte er an der niedrigen Garderobe.

Der Roboter kam dicht an ihn herangefahren. Sein beiger Plastikbauch klappte auf, darin ein Lämpchen brannte und ein Gläschen Wodka stand. Dazu ertönte der Marsch *Auf in den Kampf, Torero!* aus *Carmen.* Das war seit vier Jahren nach jedem Nachtauftritt im Kreml das Ritual.

Bald hatte Peterle genügend verschnauft, um das Glas aus dem Bauch des Roboters zu nehmen, stieß damit leicht gegen dessen silberne Schamkapsel, trank und stellte es zurück. Als Nächstes schnallte er die Balalaika ab und übergab sie dem Roboter. Immer noch an der Garderobe lehnend, zog er die Stiefel aus. Dann legte er das Petersilienkostüm ab, hängte alles über Jegorrs Arme. Der Roboter fuhr schnurrend damit zum Kleiderschrank.

Nun stand Peterle in bloßen schwarzen Unterhosen da. Er räkelte sich matt, schlurfte gähnend ins Bad. Hier rauschte schon das Wasser aus dem Hahn, füllte schäumend die Wanne. Mit Befriedigung stellte Peterle fest, dass der Roboter dem Wasser heute nicht *Apfeltraum* beigegeben hatte – den mochte er nicht mehr –, sondern die *Legende der Sieben Meere.* Er zog das Höschen aus, wälzte sich über den Wannenrand und ließ sich ins Wasser plumpsen.

Der Schaum duftete nach Meer. Peterle versank darin. Das warme Wasser, wie es seinen ausgelaugten kleinen Körper umspielte, war eine Wohltat. Der Wodka im Bauch entfaltete seine heiße Blüte.

»Sa-a-ahne!«, ächzte Peterle und schloss die Augen.

Jegorr kam mit einer brennenden Rodina vor die Wanne gefahren. Peterle behielt die Augen geschlossen, öffnete nur ein wenig den blutrot geschminkten Mund. Der Roboter steckte ihm die Zigarette zwischen die Lippen, drehte bei und erstarrte mit dem Aschenbecher in der Hand. Peterle tat einen tiefen, genüsslichen Zug, entließ den Rauch als dünnen Strahl. Der Schaum, mit dem Rauch in Berührung kommend, knisterte unzufrieden. Peterle zog noch einmal, maunzte. Der Roboter nahm ihm die Zigarette aus dem Mund. Stöhnend vor Behagen packte Peterle seine rote Nase, riss sie ab und schleuderte sie auf den Boden. Dann wusch er sich die Schminke aus dem Gesicht.

Als das getan war, klappte er seinen kleinen Mund mit den schmalen, fahlen Lippen wieder auf. Der Roboter steckte die Zigarette hinein. Das Wasser hatte zu rauschen aufgehört. Peterle rauchte, entspannt in der Wanne liegend, zur dunkelblauen Decke mit den angeklebten glänzenden Sternen aufsehend. Die Vorstellung war glattgegangen, er hatte seine Possen getrieben und getanzt, leichtfüßig, feurig und verwegen wie immer, das volle Programm: Derwischkreisel, Schürhaken, Krebsgang, Entengang, Haselhuhn, Wirbelsturm, Stehaufmännchen, Samowar ... und als er ihnen den »Amerikaner« machte, mitsamt »Arsch auf Grundeis«, da johlte und pfiff der ganze Kremlsaal, der ganze Innere Zirkel, und Fürst Obolujew warf zweimal einen Goldrubel nach ihm.

»Zwei goldene und ... um die zehn silberne«, murmelte Peterle, den Blick versonnen zur Decke gerichtet.

»Sie wünschen?«, fragte der Roboter nach.

»Nichts, nichts«, sagte Peterle und stippte die Asche in den Schaum. »Oder ... noch einen Wodka.«

»Sehr wohl!«, sprach der Roboter und klappte seinen Bauch auf.

Peterle entnahm das Glas, kippte es, gab es dem Roboter wieder.

»Puh ... tut das gut«, murmelte er, nach Luft schnappend, und tat einen neuen Zug.

»Ende gut, alles gut«, schnarrte der Roboter.

»Genau«, sagte Peterle, die Augen schließend, und lehnte sich zurück gegen die Kopfstütze aus Plastik. »Fahr mir was zu essen auf. Aber nicht erst warm machen.«

»Sehr wohl!«

Der Roboter entfernte sich. Peterle rauchte zu Ende, spuckte die Kippe in den Schaum. Dann erhob er sich und stellte die Dusche an. Aus der breiten Rosette über ihm schlugen kräftige Strahlen. Peterle machte sich krumm, die Hände über den Genitalien verschränkt. Streckte sich dann jäh, legte den Kopf in den Nacken, ließ das Wasser ins Gesicht prasseln. Jetzt war ihm pudelwohl, alle Müdigkeit floss mit dem Wasser von ihm ab.

»Das hätten wir!«, sagte er, stellte die Dusche ab und kletterte aus der Wanne.

Er nahm ein flauschiges Kittelchen vom Haken und zog es an, stieg auf das hölzerne Podest vor dem Waschbecken und betrachtete sich im Spiegel: das breite Gesicht mit den unterlaufenen Äuglein, die Stupsnase, den kleinen, trotzigen Mund. Dann nahm er den Kamm vom Bord, kämmte sich das spärliche strohblonde Haar aus der Stirn.

»Das hätten wir!«, sagte er noch einmal und streckte seinem Spiegelbild die spitze, weiß belegte Zunge heraus. »Gesundheit, Peterle!«

Worauf er schaukelnd vom Podest stieg und ins Speisezimmer hinüberging. Dort war Jegorr mit dem Tischdecken schon fast fertig.

»Wie geht's?«, fragte Peterle und gab Jegorr mit wannenwarmer Hand einen Klaps auf den ewig kühlen Plastikpo.

»Wie steht's?«, echote Jegorr, die Speisen auftragend.

»Erfr-r-r-rischung!«

»Sehr wohl.«

Peterle entnahm Jegorr das nächste Glas, trank es halb leer, spießte einen sauren Pilz auf die Gabel und schob ihn sich in den Mund, kaute. Dann trank er den Rest, griff sich mit den Fingern eine Salzgurke, setzte sich an den Tisch und biss in die Gurke, dass es knackte. Vor ihm standen ein Teller Koch- und Räucherwurst, vom Roboter in feine Scheiben geschnitten, ein Schälchen Kaviar mit Aubergine und eine nicht sehr akkurat geöffnete Büchse Sardinen in Tomatensauce. In der Tischmitte ragte ein Zuckerkreml auf. Sämtliche Doppelkopfadler an ihm fehlten, und auch einen Teil der Mauern hatte Peterle schon verspeist.

»Neuigkeiten?«, fragte er.

»Keine Neuigkeiten!«, kam die Antwort von Jegorr.

»Das ist gut«, nickte Peterle, griff nach einem Stück Schwarzbrot und machte sich gierig ans Essen.

Er aß schnell und sichtlich mit Anstrengung, so als arbeitete er, sein Kopf vibrierte davon, die Gesichtsmuskeln unter der blassen, ungesunden, von vieler Schminke verdorbenen Haut wüteten.

»Erfr-r-r-rischung!«, kam der Befehl aus vollem Mund.

Gehorsam klappte der Roboter sich auf.

Nach dem vierten Glas war Peterle schlagartig betrunken. Schwankend saß er da, seine Handgriffe wurden unpräzise, er kippte die Sardinenbüchse um und riss einen Brocken Brot ab, um die verschüttete Sauce vom Tisch zu tunken.

»Aus dem Wa-alde ... nicht wahr ... aus den Be-ergen«, hob er zu singen an und gab dem Roboter einen Wink.

»Reitet stolz Onkel Jego-o-o-or«, stimmte der Roboter unverzüglich ein.

»Und mit Knarren folgt der Ka-a-arren«, röhrte der Zwerg und hickste.

»Und der Schimmel läuft davo-o-o-r«, sang der Roboter.

»Zieht den Ka-a-arren in das Mo-o-o-rrr!«, grölten sie miteinander.

Peterle ließ sich lachend gegen die Lehne zurückfallen, wobei ihm die Gabel aus der Hand fiel. Den Brotbrocken mit der aufgetunkten Sauce knetend, lachte er sein schnarrendes Lachen und fiel beinahe vom Stuhl. Der Roboter stand daneben, blinkerte mit blauen Augen.

»Erfr-rischung!«, brüllte Peterle, wild den Kopf schüttelnd.

Der Plastikbauch klappte auf. Peterle nahm das Glas, nippte, stellte es dann behutsam auf dem Tisch ab.

»Das hätten wir ...«

Seine Äuglein schwammen zum Roboter.

»Was ist die Mehrzahl von Glas?«

»Scherben!«, erwiderte der Roboter.

»Kor-rekt!«, hickste Peterle. »Und, äh ... Wie gingen die Geschäfte?«

»Kröte krähte, Katze kläffte!«

»Kor-r-r-rekt!!«, brüllte Peterle und hieb die Faust auf den Tisch.

Das halb volle Schnapsglas kippte um.

»Himmel, Arsch und Gartenzwerg ... Erfr-rischung!«

Der Roboter klappte auf. Die kleine Hand griff sich das Glas. Dann entdeckten die schwimmenden Äuglein den Zuckerkreml.

»Ah!«

Peterle erklomm den Stuhl, richtete sich auf und reckte den Arm nach dem Kreml, wobei er fast auf dem Tisch zu liegen kam. Es gelang ihm, einen Zacken aus der Kremlmauerkrone zu brechen, den er sich in den Mund steckte. Beim Zurückkriechen patschte er mit der Hand auf den Wurstteller. Hart landete er wieder auf dem Stuhl. Saß und kaute, der Zucker knackte ihm zwischen den Zähnen.

»Und wie ... mnam-mnam ... wie geh'n bei uns die Geschäfte?«

»Kröte krähte, Katze kläffte!«

»Na gut ...«

Peterles Zähne mahlten die Kremlzinne.

»Jegorro, weißt du was«, überlegte er laut, »du könntest ...«

»Sie wünschen?«

»Gib mir mal das Ritalein.«

Ein Hologramm baute sich auf, raumhoch und in mäßiger Qualität: Eine junge Zwergin saß im Schaukelstuhl in einem Garten. Schaukelnd, lächelnd, mit einem Fächer wedelnd, der in ihren winzigen Händen riesig erschien.

»Sieh woandershin!«, befahl Peterle dem Roboter.

Der Roboter wandte sich ab.

Mit dem Schnapsglas in der Hand kam Peterle hinter dem Tisch hervor, ging zu dem Hologramm und ließ sich umständlich davor auf dem weichen Fußbodenbelag nieder, dabei schwappte der Wodka aus dem Glas.

»Guten Tag, Ritulja«, schnarrte er. »Grüß dich, meine Liebe!«

Die kleine Frau fuhr fort zu fächeln und zu lächeln. Von Zeit zu Zeit versteckte sie ihr Gesicht hinter dem Fächer und blinzelte hervor.

»Ritalinchen. Heute, da haben wir ... haben wir schon wieder ohne dich unsere Possen gerissen. Die zweiundsechzigste Vorstellung«, brummelte Peterle stockend. »Die zweiundsechzigste! Ohne dich. Was soll man dazu sagen … Alle sehnen sich nach dir. Und wie! Nastja, Borka, Gurke, Marinka … Auch der Neue, wie hieß er doch … Samsonni. Der Wassergeist. Der auch. Alle vermissen dich. Und ich hab dich so lieb, so schrecklich lieb! Und ich werd warten auf dich, immerzu. Lange ist das ja nicht. Nicht mehr. Anderthalb Jährchen. Das vergeht im Nu. Das merkst du gar nicht. Da wo du bist. Merkst du das nicht. Das vergeht wie im Flug. Ruck, zuck ist die Zeit rum. Und dann sind wir … dann ist alles wieder gut. Geld ist auch da inzwischen, Ritalein, ein ganzer Haufen. Heute hat mir dieser Fürst … Obolujew, der hat mir zwei Goldrubel raufgeschmissen. Mitten in die Fresse! Obolujew, was sagst du dazu? Zack und peng. Das letzte Mal hat wer mit Silber geschmissen, das war … das ist … zum Schreien ist das. So geht das immerfort. Und der Herr Vorsteher hat gesagt, jawohl, dass es zum neuen Jahr eine Erhöhung gibt. Für gute Leistungen. Dann hab ich … was hab ich noch mal … hundertzwanzig hab ich dann. In Gold. Pro Monat. Und dazu noch das Gepfefferte. Toll, wie? Wir werden leben wie die Könige werden wir, Ritalein. Lass dir's gut gehen da. Ritulinchen! Auf dein Wohl.«

Er trank, zog die Nase kraus, atmete geräuschvoll aus. Behutsam setzte er das leere Glas auf dem Boden ab. Sah Rita beim Schaukeln zu.

»Noch was, Ritalein. Was unser Witja ist, der hat schwarz vorgetanzt. Hat er! Vor den Geheimen, verstehst du? Und da war ein Opritschnik, der war blau. Stockbesoffen. Und dem hat unser Witja so gut gefallen, dass er ihm drei Goldrubel zugesteckt hat. Drei auf einmal! Und dann hat er noch das andre gewollt. Hat ihn sich auf den Schoß gesetzt sogar. Hoho! Hat ihm Wein eingeflößt. Und gesagt, man könnte doch. Auch vor den Opritschniki auftreten. Weil und so weiter. Das ist jetzt anders als früher, wo die Opritschniki uns Zwerge nicht leiden konnten. Das hat sich geändert. Auf einmal! Oder? Könnte sein. Warum auch nicht? Er macht mit dem was aus. Mit Bawila. Und dann läuft das. Dann tanzen wir vor den Opritschniki. Und alles wird gut. Alles! Der hat ihm einen ausgegeben. Dem Witja. So. Und unser lieber Witja, gescheit wie er ist, stell dir vor ... der hat den Geheimen gleich angesprochen. Ins Gesicht! Wann re-vi-diert ihr den Fall der Kremlzwerge? So einer ist Witja! Und der Opritschnik hat ihn angehört. Ernsthaft. Und hat geantwortet, ganz im Ernst: Das machen wir – demnächst. Dem-nächst! Und das heißt: bald! Bald wird revidiert. Und dann kommt die Amnestie! Und ihr kommt frei! Alle sechzehn! Ha! So sieht's aus!«

Peterle kniff die Augen zusammen, die blind waren von Schnaps, Schminke und Müdigkeit, schaute aus schmalen Schlitzen auf Rita. Die sich immer noch Luft zufächelte, ihr Lärvchen hinter dem Fächer versteckte, ihm zuzwinkerte.

»Amnestie!«, bekräftigte Peterle und leckte sich die schmalen Lippen. »Wenn ich es dir sage! Hab ich doch gleich gesagt ... Gleich gesagt. Hab ich? Schon mal? Warte. Jegorrr!«

»Sehr wohl.«

»Hab ich Rita schon von der Amnestie erzählt?«

»Jawohl.«

»Wann?«

»Am zwölften August. Am achtundzwanzigsten August. Am dritten September. Am siebzehnten September. Am neunzehnten September. Am vierten Oktober.«

Peterle dachte nach.

Rita schaukelte, wedelte, lächelte, zwinkerte.

»Was ist? Lachst du mich aus? Dummes Ding.«

Er nahm das leere Glas und warf es nach dem Hologramm. Das Glas flog durch die lächelnde Rita gegen die

Wand und zu Boden. Es war aus transparenter lebendgebärender Plastik. Der Roboter fuhr hin, hob es auf und steckte es sich in den Bauch.

»Fotze!«, brüllte Peterle und warf Rita einen gehässigen Blick zu.

Rita zwinkerte hinter dem Fächer hervor.

»Moment.«

Peterle war etwas eingefallen. Er schürzte besorgt die Lippen.

»Moment, Moment … Jegorrr-rrr!«

»Sehr wohl.«

»Ich will … Mir ist danach. Schnell! Das … Dings! Die Mütze!«

Jegorr fuhr zum Kleiderschrank und öffnete ihn, nahm die grüne dreizipfelige Petruschka-Mütze heraus.

»Los! Her damit!«

Mit der Mütze auf dem Arm kam der Roboter zurückgerollt.

»Schneller! Himmelarsch! Beweg dich!«

Schwankend riss Peterle ihm die Mütze weg, stülpte sie sich über den Schädel, warf den Bademantel von sich, unter dem er nackt war.

»Gib ihn mir!«, brüllte er.

Augenblicklich tauchte anstelle von Ritas Hologramm ein neues auf: der Gossudar, wie er in der Zarenloge des Bolschoi-Theaters saß.

»Heil Euch, Gossudar!«, brüllte Peterle. Beim Versuch, den »Samowar« vorzuführen, fiel er über seine Beine. »Heil, heil …«

Er rappelte sich wieder auf. Tat eine Verbeugung. Salutierte.

»Ich hätte da ein kleines Geschenk für Euch, Königliche Gnaden, vom Mutschekuhfladen, vom kupfernen Stengel, vom Ackergaulschwengel, vom Katzenspund, vom hinkenden Hund, von fickriger Nutte, von grindiger Kutte, vom blutigen Hackklotz, vom braunen Tabakrotz, von räudiger Gams, vom ranzigen Wams, von fauligen Früchten, von eklen Gezüchten, vom widrigen Gnom, vom Spalt im Atom, vom morschen Balkon, vom Loch im Karton, vom mickrigen Lauch – und von mir auch.«

Sodann beugte er sich nach vorn, reckte sein dürres Ärschlein unter das unerschütterliche Antlitz des Gossudaren.

»Jegorr! Feuer!«

Der Roboter hielt ihm sein Mittelfingerfeuerzeug an den Hintern, knipste – ein Flämmchen erschien. Peterle furzte vernehmlich. Der Furz lohte in grün-gelblichem Licht. Die Stichflamme fraß den Kopf des Gossudaren und erlosch. Im Hologramm blieb ein Loch zurück. Der Gossudar saß in seiner Loge wie zuvor, nur ohne Kopf und mit halber Schulter.

Schwankend richtete Peterle sich auf, trat einen Schritt vom Hologramm zurück, betrachtete das Ergebnis.

»Das hätten wir«, sagte er.

Sein Blick aus den nun schon gänzlich verquollenen Schlitzäuglein verhieß, dass der dem Gossudaren zugefügte Schaden ihn zufriedenstellte.

»Erste Sa-a-ahne, was, Jegorr?«

»Jawohl.«

»Zeig mal … das vom letzten Mal.«

Ein neues Hologramm erschien neben dem vorigen, von gleicher Art, nur kleiner. Auf ihm fehlten dem Gossudaren Hals und Kinn.

»Guck dir das an, he!«, rief Peterle aus, trat zum Roboter, umarmte dessen vielkantigen Schenkel. »Da lag der Furz zu tief. Schlecht getroffen, wie? Schwach gefurzt, nicht wahr?!«

»Jawohl.«

»Und heute? Wie war ich? Gut war ich. Was, Jegorr?«

»Jawohl.«

Peterle und der Roboter standen in Betrachtung des Hologramms beieinander. Hin und wieder schmiegte sich die schaukelnde, leise klingelnde Petruschkamütze an des Roboters Wespentaille.

»Er-fr-rischung!«, kommandierte Peterle.

Er langte nach dem Glas im Roboterbauch, das überschwappte, während er es zum Mund führte; kurz davor hielt er inne, ließ das Glas in die linke Hand wandern und zeigte dem Hologramm den rechten Mittelfinger.

»Du kannst mich mal!«, brüllte er und, dem Roboter den Ellbogen in die Seite stoßend: »Komm, du auch, Jegorrr!«

Der Roboter reckte den silbernen Mittelfinger und hob ihn vor das Hologramm.

»Sie können mich einmal, Herr Gossudar Wassili Nikolajewitsch«, schnarrte er.

Eine Zeit lang standen die beiden Mittelfinger steil im Raum – unbeweglich der eine, schmale silberne, leicht schwankend der andere, hellrosa-pummelige.

Peterles Arm erlahmte als Erster.

»Perfekt!«, rief er und klatschte dem Roboter die flache Hand auf das Hinterteil. Dann trank er aus und warf sich das Glas über die Schulter. Der Roboter fuhr hin und sammelte es ein.

»Dieser …«

Peterle kratzte sich die nackte, unbehaarte Brust.

»Man müsste ihn …«

Seine feuchten Schlitzäuglein blickten suchend.

»Jegorr!«

»Sie wünschen?«

»Ich …« Peterles Stummelfinger scharrten nervös auf der Brust umher. »Ich will … das …«

»Sie wünschen?«, wiederholte der Roboter, die Augen auf den Zwerg gerichtet.

»Wie ... war das ...«

Während der Zwerg noch nach dem rechten Wort suchte, knickten ihm auf einmal die Beine ein. Er plumpste mit dem Steiß auf den Teppichboden, kippte auf den Rücken, war jedoch im nächsten Moment wieder auf den Beinen, schüttelte wütend den Kopf, dass die Schellen bimmelten.

Der Roboter schaute auf seinen Herrn. Der erwiderte den Blick wortlos, wackelte nur mit Fingern und Zehen.

»Wer ... bist du?«, stieß er endlich hervor. Er konnte die Zunge kaum noch rühren.

»Ich bin Jegorr, dein Roboter«, kam die Antwort.

»Wie ... wie gehen die Geschäfte?«

»Kröte krähte, Katze kläffte!«

»Und hast du ... bist du ...«

»Sie wünschen?«

»Wer ... bist du?«

»Ich bin Jegorr, dein Roboter.«

Peterle hob den Arm, streckte ihn dem Roboter entgegen, bewegte die Lippen – dann kippte er längelang um und wurde still. Der Roboter fuhr an ihn heran, ging auf die Knie, beugte sich langsam nach vorn, nahm Petruschka auf die Arme, richtete sich wieder auf und erhob sich. Dann fuhr er ins Schlafzimmer. Peterle auf seinen Armen schlief, der kleine Mund stand offen. Der Roboter legte ihn auf das ordentlich gemachte Bett, deckte ihn zu. Zog die Mütze vom Kopf des Schlafenden. Fuhr damit zurück ins Wohnzimmer. Legte die Mütze in den Kleiderschrank. Räumte den Tisch ab. Schaltete das Hologramm ab. Löschte die Deckenbeleuchtung. Ging in den Standby-Modus. Seine blauen Augen erloschen.

DIE KNEIPE

Das Gasthaus *Glückliches Moskowien,* Ecke Neglinnaja / Maly Kisselny gelegen, im Besitz des getauften Juden Abram Iwanowitsch Mamon, ist schon gegen acht Uhr abends gut gefüllt mit unterschiedlichstem Publikum.

Wen trifft man hier nicht alles an! Ausgeräucherte Existenzen von der geächteten Trubnaja und den umliegenden Gassen, schwarze Söldner von der Arbeitsbörse, Zinseintreiber aus den Pfandhäusern an der Samotjoka, Schüler höherer Klassen aus der Gewerbeschule No. 78, Studenten vom Architekturinstitut, Chinesen vom Dreifaltigkeitsmarkt, abgetakelte Clowns und Akrobaten aus dem Zirkus am Zwetnoi Bulwar, versoffene Mimen vom Schattentheater, Krämerinnen von den benachbarten Kleinmärkten, Straßenprostituierte, Nautilusse, Scharfrichter, Tölpel, Sbitenschenken, Kalaschbäcker und einfache Trinker.

Das unabsehbar große, verrauchte, allzeit in einem Odem aus schalem Bier und Dörrfisch, Schnapsfahne und Schweiß schwimmende Kneipensouterrain ist streng unterteilt nach Ständen und Zünften. Hier beispielsweise, an dem mit hochtrabenden Versen bekritzelten und mit lebenden Bildern zugekleisterten Betonpfeiler, krakeelen die Studenten mit den Gewerbeschülern um die Wette, ein Stück weiter süffeln die Zirkusleute ihr »Bierchen mit Anhänger«, unter einem Baldachin aus lebendgebärenden Leuchtfasern hocken dicht gedrängt die geschwätzigen Chinesen, im Winkel neben der ramponierten Klimatruhe »kippeln« gackernde Händlerinnen nach getaner Arbeit, bei der sie sich die Beine in den Bauch gestanden, ihr Vogelbeerlikörchen, daneben sitzen Sbitenschenken, Kalaschbäcker und Billigfraßausträger und trinken das Ihre; im Durchgang, wo er am schmalsten ist, lassen grell geschminkte Dirnen, bevor sie raus auf den Strich gehen, einen Moosbeer durch die Kehle rinnen, und in der hintersten Ecke, an vier mit Mamons höchstpersönlicher Erlaubnis auf Dauer zusammengerückten und mit Eisenzwingen verklammerten Tischen, thronen würdevoll die Scharfrichter der Stadt hinter ihrem Becher »Blutige Maria«.

Der Scharfrichtertisch in Mamons Lokal ist kein gewöhnlicher. Hier zu sitzen hat keiner außer den Auspeitschern und ihren Bütteln das Recht. Alle Gäste wissen das, und selbst an Freitagen, wenn das Lokal knüppelvoll ist, kommt es vor, dass der Scharfrichtertisch unbesetzt bleibt; so betrunken kann gar kein Sbitenschenk sein und keine Krämerin aus dem *Mährischen Paradies*, dass sie dort Platz zu nehmen riskierten.

Heute sitzen sie am Scharfrichtertisch zu sechsen: Matwej Trubnikow, Spitzname: Selbstlader, Jusja Lubjanski und Schka Iwanow, dazu die Gehilfen: Wanja, Sobol und Michi. Matwej züchtigt am Heumarkt, Jusja, wie sein Zuname sagt, an der Lubjanskaja und Schka an der Pjatnizkaja, was ziemlich weit weg von hier ist. Matwej ist der Älteste und Erfahrenste von ihnen. Er züchtigt schon das neunte Jahr; an die achtzigtausend Ärsche will er unter der Knute gehabt haben. Ein stattlicher Mann, dieser Matwej: breitschultrig, mit Rauschebart. Und hat er seine zwei Mariechen intus, trägt er gut und gern ein bisschen dicker auf.

»Wen hab ich nicht alles ausgepeitscht«, dröhnt sein gesetzter Bass zwischen den wohlbemessenen Schlucken. »Die gefallenen Fürsten Solodilin. Vier Generäle aus dem Generalstab. Den Vorsteher der Gelehrtenkanzlei. Die gräflichen Woronin-Schwestern wegen Verführung des minderjährigen Fürsten Dolgorukow. Des Gossudaren Oberschweizer Mironow wegen sträflicher Vernachlässigung von Tieren. Dazu all die Bojarenärsche, auf denen meine Knute tanzt, hundert pro Jahr, davon kannst du ausgehen.«

Von den drei anwesenden Scharfrichtern ist Matwej der *urigste*, er peitscht noch mit der Knute. Ihr zollt er jeden Respekt, gebraucht Sprüche wie: »Die Knute ist kein Luzifer. Zerrt die Seele nicht aus dem Leib und spricht doch wahr.« Jusja Lubinski und Schka Iwanow, das muss man sehen, sind Scharfrichter der *leichteren* Art: Den Untertanengesäßen gerben sie Schuld und Sühne von Staats wegen mit der Salzrute ein. »Die Rute schärft den Geist und hebt das Gemüt«, so lautet *ihr* Lieblingsspruch. Sie sind jünger an Jahren als Matwej und mögen es, wider die Autorität des Alten zu sticheln und zu spötteln.

»Bist, Matwej, du denn nicht geblendet von der illustren Ärsche Abglanz?«, fragt Schka Iwanow und zwinkert dabei Jusja durch die runden Brillengläser zu.

»Ich lass mich schon nicht blenden, keine Bange«, erwidert der Alte. »Und verrenke mir nicht den Arm, so wie ihr. Mein Hieb ist seltener, aber er trifft. Mein Schwung taugt zehnmal mehr als eurer.«

»Darum auch bist du mehr gefragt als wir, und hinterrücks ist die Bitternis größer!«, lacht Jussja. »Wir fuchteln uns einen ab und sind wieder weg. Das einfache Volk zürnt unser nicht lange. Es trifft ja keine Edelärsche!, heißt es.«

»Uns wie den Ärschen ist nur eines wichtig: dass es schnell vorüber sein möge!«, wirft Sobol ein.

»Arsch und Arsch ist zweierlei«, hält Matwej gegen. »Es gibt Ärsche, die zu traktieren ist ein innerer Vorbeimarsch.«

»Und bei wieder anderen ist's schad um den Rotz, drauf zu spucken!«, nickt Schka Iwanow. »Ärsche, die es lohnen, sind heutzutage eine Seltenheit, Freunde!«

»Lohnende Ärschlein findest du höchstens noch in Mädchengymnasien!«, spricht der Hilfsbüttel Michi mit tückischem Lachen. »Hüpft das Flohchen auf dem Popochen! Fußsöhlchenzwiebeln – ein Jungbrunnen für die Seele!«

»Weißt du nicht, dass es sich ziemt, sein Amt ganz uneigennützig zu versehen?«, belehrt ihn Matwej.

»Wie sollte ich das nicht wissen!«, lacht Michi listig und macht dazu mit den Händen »Gänsefüßchen«, wie es seine Art ist.

»Züchtigen ganz ohne Herz und Leidenschaft, das gibt es nur in den Lagern!«, widerspricht Jusja. »Ich bin doch kein Roboter, dass ich mein Staatsamt so lieblos zu versehen imstande wäre. Man muss Ärsche und Ruten gleich lieb haben, dann entsteht erst gar kein Zwiespalt im Herzen.«

»Meine Knute liebe ich, das kann man laut sagen!«, ruft Matwej und streicht sich den Bart. »Aber ich liebe sie ohne Sünde.«

»Auch unsere Liebe zur Rute ist keusch, Matti«, stellt Jusja fest. »Sadisten sind keine unter uns.«

»Knute und Rute sind wie Alpha und Omega«, hat Wanja zu bemerken.

»Die Knute hat ihre eigene Metaphysik, und die Rute ebenso«, fasst Schka Iwanow zusammen und nimmt einen Schluck aus seinem Glas.

Ein stadtbekannter Bettler von der Trubnaja Ploschtschad kommt in die Kneipe gestürmt: Nikitka, der Lästerer. Er schlägt ein Kreuz und verbeugt sich.

»Gesundheit und Wohlergehen Gottes Geschöpfen allen!«

Hier im *Glücklichen Moskowien* ist er bekannt und wohlgelitten. Von allen Seiten prasseln Einladungen über ihn herein:

»Setz dich zu uns, Kollege!«

»Nikitka, schluck ein Zirkusbierchen mit uns!«

»He Floh, hops mal zu mir rüber!«

Aber Nikitka hat sein *Muster:* Mittwochs und freitags setzt er sich an keinen Tisch, sondern dreht nur eine Runde durchs Lokal, zeigt ein paar lebende Bilder, schluckt bisschen was und geht wieder – zurück auf die Trubnaja.

»Setz dich doch und trink einen. Wenn's dich alten Stubben schon mal hier anschwemmt!«, lädt auch Matwej ihn lauthals ein.

»Nein, an Fastentagen darf man hier nicht anwachsen, spricht die Muttergottes«, sagt Nikitka und kommt herbeigehinkt. Er klappt die schlaue Maschine auf, die ihm vor der schmutzigen Brust hängt, wirft sie an. »Habt ihr schon gesehen, was die Gossudarin des Nachts treibt?«

Dabei lässt er seine schlaue Leuchtblase wachsen, und man kann sehen, wie die Gossudarin in ihrem Schlafgemach sich mit einer blauen Salbe einsalbt und in eine Blaufüchsin verwandelt, als die sie flugs in den Hundezwinger des Kremls entschwindet, um sich den Rüden dort hinzugeben.

»Kennen wir, kennen wir längst, Nikitka«, lacht Schka Iwanow. »Spinn was Neues.«

»Was Neues? Na gut, habt ihr schon gehört, im Kreml hat's eine Hübsche, drei Pud Scheiße gehen mit ihr spazieren, ein halbes bricht ab, wenn sie sich verneigt, zwei wachsen nach, wenn sie den Pfau macht. Dreimal könnt ihr raten, wer es ist!«

»Die Schwiegertochter des Gossudaren.«

»Bald wird Ilja, der Wundertäter, einen Blitz auf die beiden runterfahren lassen, die Unzüchtigen zu strafen! Feuer vom Himmel wird er herniedersenden den Übeltäterinnen!«

»Wird er nicht«, spricht Matwej gähnend. »Unsere Gossudarin vögelt sich um den Verstand – gestern, heute, immerdar.«

»Und das nicht mit Hunden, sondern mit Gardisten«, nickt Schka.

»Steck uns lieber was über das werte Söhnchen vom Gossudaren, Nikitka! Von dem gab's lange nichts Lustiges zu hören!«

Nikitka tritt näher, hat, ehe er ganz heran ist, schon ein Gläschen Wodka gekippt, steckt die Nase in den Ärmel, bis er wieder Luft hat, um weiterzureden.

»Der Sohn des Gossudaren? Er krankt an der Sünde der Sodomie.«

»Ach ja?« Die Scharfrichter am Tisch werden hellhörig.

»Jawohl. Und nicht aus freien Stücken.«

»Wie das?«

»Die äußeren Feinde des Russländischen Staates haben ihn vorsätzlich damit angesteckt.«

»Und wer war's?«

»Der serbische Gesandte Zoran Baranovic.«

»Was schwätzt du da? Er und der Gossudar, das sind doch dicke Freunde. Sie gehen gemeinsam auf Jagd!«

»Baranovic ist gekauft von der sodomitischen Plutokratie in Übersee.«

»Und wie soll er ihn angesteckt haben?«

»Am Tag nach Christi Verklärung, da lud der Gossudar

zum Fischfang auf den See, Pleschtschejewo Osero. Und hinterher in die Sauna. Dort hat Baranovic dem Sohn des Gossudaren ein Pülverchen in den Kwas gestreut. Hat ihn so für sich entflammt. Und ist in ihn gedrungen auf die sodomitische Art.«

»Hat einen Geheimgang angelegt sozusagen!«, lacht Michi.

»Über den können die Plutokraten jetzt ihre Agenten einschleusen. Einmal pro Woche!«

»Hast du Beweise dafür?«, fragt Matwej, sich den Bart streichend.

»Beweise folgen!«, sagt Nikitka und klopft mit schmutziger Hand auf seine schlaue Maschine. »Jetzt muss ich weiter.«

Er entfernt sich vom Scharfrichtertisch, geht hinüber zu den Zirkusleuten. Hier ist er immer gern gesehen.

»Nikitka! Nimm einen Schluck!«

»Zier dich nicht, alter Streuner!«

»Trink, Bruder, so viel du lustig bist!«

Nikitka nimmt ein Gläschen an von den Zirkusfreunden, trinkt, schiebt eine Pirogge nach. Und hat auch für sie etwas Neues auf Lager.

»Auf der Reitbahn in der Jockeylaube ist das Weib vom Pferdeknecht gestern mit Drillingen niedergekommen!«

»Ja, und?«

»Alle drei mit Pferdeköpfen.«

»Uah-ha-ha!«

Während die Zirkusleute sich noch die Bäuche halten, ist Nikitka schon zu den Studenten gewechselt. Sie kredenzen ihm einen Krug Schiguljowsker. Nikitka nimmt einen Schluck.

»Habt ihr schon von dem neuen Hirnkleister gehört? Die Chinesen haben einen ausgeheckt, der taugt nicht mehr nur für Roboter, sondern auch für Menschen!«

»Gut geflunkert!«

»Nein, nein, ungelogen! Der Kleister ward bei uns in Sibirien verschiedentlich geheim getestet: Den Männern im Dorf Karpilowka haben sie ihn in die Schädel gepumpt, haben sich nur in der Menge vertan.«

»Und was geschah?«

»Gleich morgens nach dem Aufstehen setzten sich die Männer hin und fertigten eine Niederschrift an für den Gossudaren. Thema: Wie geht ein Ruck durch das russische Dorf?«

»Und was steht drin in der Niederschrift?«

»Jedem Bauern, so steht da, gehört ein stählernes Gemächt vorgebaut. Damit kann er von früh bis spät den Acker pflügen. Ruckt einwandfrei! Guckt's euch an!«

Und Nikitka zeigt seine unanständigen Bildchen. Die Studenten wiehern, stoßen mit Nikita an. Aber der hat es eilig, zu den Chinesen hinüberzuhinken.

»Wanshang hao*, ihr guten Leut! …«

In dem Moment kommt ein Federfuchser aus dem Schatzhof zur Tür hereingeschneit, den der Suff um seinen Posten gebracht hat. Sein Brummbass übertönt das Stimmengewirr mit Leichtigkeit. Er schlägt ein Kreuz in alle vier Himmelsrichtungen und hebt zu singen an.

Lebten in der Fürstenstadt,
In der Hauptstadt Moskau,
Einst drei Hunde herrenlos,
Wollten Wasser saufen gehn
Grad um Mitternacht.

Der eine war ein weißer Hund,
Der zweite war ein schwarzer Hund,

* (chin.) guten Abend

Der dritte war ein roter Hund.
Fanden einen guten Platz
An der Moskwa stillem Strand
Grad um Mitternacht.

Und es trank der weiße Hund – das Wasser wurde weiß.
Und es trank der schwarze Hund – das Wasser wurde schwarz.
Und es trank der rote Hund – das Wasser wurde rot.

Die Erde fing zu beben an, die Sonne tauchte ab.
Die Schädelstätte wankte, fiel, zerfiel zu Schutt und Staub,
Ward besetzt, benetzt mit Blut, mit purpurrotem Blut,
Und vom Himmel tönt' herab ein mächtig Donnerwort:
»Wer noch gestern Henker war,
Wird dran glauben müssen!«

Der Ex-Beamte bekommt seinen Applaus, etwas zu trinken und einen Platz angeboten an irgendeinem Tisch.

Unter Kreischen und Kieksen fallen Tanetschka und Dunetschka ins Lokal ein, die unzertrennlichen Blumenmädchen von der Trubnaja. Sowie sie ihre Vergissmeinnicht losgeschlagen haben, meldet sich bei ihnen unweigerlich der Appetit auf ein Moosbeerchen. Tanetschka ist drall und deftig, Tanetschka gertenschlank und gelenkig. Sie werden von den Stammgästen sogleich auf den Arm genommen:

»Einlassmarke!«

Tanetschka und Dunetschka wissen, was verlangt ist. Sie sperren ihre Münder auf, zeigen die gespaltenen Zungen und lassen sie vibrieren. Die Gäste klatschen, johlen und pfeifen, die Mädchen werden durchgelassen.

»Zeigt uns doch mal eure Unterleibszungen«, blödelt einer von den Studenten, »die da oben kennen wir schon!«

Der Zirkuspausenclown Wolodka erscheint, genannt: die Nachtigall. Er setzt sich zu den Seinen, betrinkt sich zügig und kommt auf sein altes Thema: Wann werden sie ihn »mit der Fußspitze massieren«, das heißt: aus dem Zirkus schmeißen? Da steigert er sich hinein.

»Ich bin der beste dumme August weit und breit!«, rühmt er sich jammernd. »Der allerbeste! Wie können sie es wagen?«

»Mach dich nicht ein. Sie wagen es nicht«, suchen die anderen ihn zu beschwichtigen.

»Und ob sie es wagen, oh, oh! Und ob, und ob!«, plärrt Nachtigall, und seine Tränen rinnen.

Der Nächste, der ins *Glückliche Moskowien* einkehrt, ist ein schnaufender Nautilus in Leuchtwattejacke mit dem Emblem von *Volkes Wille.* Er schiebt sich bis vor zu seinen Leuten, trinkt einen »Vorschlaghammer« auf ex und hat etwas zu berichten:

»Auf der Puschkinskaja haben sie wieder eingesackt.«

»Wen denn?«

»Kaspar, Kasjan und Limon.«

»Mehr nicht?«

»Mehr nicht? Na, du bist gut.«

»Die fiese Art?«

»Nein, die anständige.«

»Aufs 45er?«

»Wohin dachtest du?«

»Dann müssen wir wieder buttern.«

»Sieht so aus. Zwack mal die Biber.«

Einer von den betrunkenen Studenten will unbedingt

ein Gedicht aufsagen. Der gelockte Jungdichter steigt mit dem Bierkrug in der Hand auf einen Stuhl und deklamiert:

Küssen möcht ich wächserne Epheben
Nächtelang aufs zarte Schlüsselbein.
Soll an meiner Brust dein Honig kleben,
Kremig weiß, von Rausch und süßer Pein.

Ist dein Stöhnen Schmerz, ist es Behagen,
da den Schurz ich von den Lenden reiß?
Fühl dich einmal mehr ans Kreuz geschlagen
Meines geilen, gnadenlosen Leibs!

Der Lockenkopf kriegt den Beifall seiner Kollegen und einen Klecks Kirschmarmelade in seinen Bierkrug. Bier mit Marmelade zu würzen, das ist bei den Moskauer Studenten so Sitte. »Anpimpen« heißt das in ihrer Sprache. Wobei jedes Lokal hierfür sein eigenes Rezept hat: Die Universitätsstudenten tun Himbeermarmelade rein, die Fachhochschüler schwören auf Aprikose, die Mathestudenten auf Stachelbeere, die Metallkundler und Maschinenbauer nehmen Apfel, die Betriebswirtschaftler Erdbeere, die Erdöl- und Erdgaschemiker Pflaume, und bei den Straßenbauern muss es Walderdbeere sein.

Einer von den Handwerkern erzählt gerade einen Witz.

»Pater Onufrius kommt in die Klasse und fragt seine Schüler: Wie viel ist zwei mal zwei? Wanja Salupin meldet sich, Pater Onufrius nimmt ihn dran. Wanja steht auf und sagt: Zwei mal zwei ist sechsundzwanzig, Herr Lehrer! – Falsch!, sagt Pater Onufrius, setzen! Zwei mal zwei ist vier. Oder fünf. Oder sechs, wenn's hochkommt. Oder vielleicht noch acht. Oder allerhöchstens zwölf. Aber nie und nimmer sechsundzwanzig, du elender Strohkopf!«

»Ooch, der Witz hat bei uns schon so-o-o einen Bart!«,

fährt ein Architekturstudent ihm über den Mund. »Ich erzähl einen neueren, pass auf. Pater Onufrius kommt in die Klasse und fragt: Hat Gott den Menschen zur Arbeit oder zum Vergnügen geschaffen? Wanja Salupin meldet sich, Pater Onufrius nimmt ihn dran. Wanja steht auf und sagt: Zur Arbeit, Herr Lehrer! – Begründung! – Ach, Herr Lehrer, ich denke, Gott hat dem Menschen zehn Finger gegeben, aber nur einen Schwanz! – Setzen, Salupin. Die Antwort ist richtig, aber die Begründung ist so was von gemein!«

»Ha-ha-ha!«

Zwischen den zwei Blindfenstern mit lebenden russischen Landschaften (links Postkutscher mit Troikaschlitten im Winter, rechts Mädchenreigen unter rauschenden Birken im Sommer) sitzen die Zinseintreiber mit den Krämerinnen am runden Tisch, trinken Tee und Vogelbeerlikör und knabbern dazu an einem Zuckerkreml. Der Eintreiber Andrej Petrowitsch feiert nämlich heute Namenstag und hat es sich nicht nehmen lassen, den Zuckerkreml eines seiner Söhne zu opfern.

»Bedient euch, Freunde! Ich hab ja zu Hause noch zwei davon!«

»Oh, vielen Dank, Andrej Petrowitsch! Sehr freundlich!«

Der Eintreiber schaut befriedigt drein, seine Glatze glänzt, die Augen funkeln, die Schnurrbartenden stehen stramm nach oben. Mit ihm trinken und feiern die Amtskollegen – unter Freunden: Basi, Topf, Sergi und Dimi – mit ihren Geschäftsfreundinnen. In ihren Mündern knuspert der Zuckerkreml.

Verschiedentlich im Kneipenqualm auf- und wieder abtauchend: ein gewisser Purgenjan, angeblich ein berühmter Puper und Backenaufbläser in Staatsangelegenheiten; Sjuga und Schirja, zwei Nöler, die sich gegenseitig

Dörrfisch um die Ohren hauen; Revierpolizist Klauber, der sein gezinktes Kartenspiel schmatzen lässt; Zirkusartisten, nippend am »Kwas mit Gas«; das Bärchen, was ein Hufeisenverbieger vor dem Herrn ist, und der *schwarze* Zauberer Pu I Tin und der *runde* Hausmeister Luschkowez mit seinem kollernden Lachen und der *süße* Trauerkloß Grischka Wez mit traurigem Nicken.

Mit einem Mordsgezeter kommt jetzt die Parchanowna hereingegackert, stadtbekannte Klatschbase: pausbäckig, krummbeinig, kartoffelnasig, die Specklocken wippend über der pickligen Stirn, auf der Brust eine leuchtende Juri-Gagarin-Ikone und am Gürtel eine vergoldete Eule. Die Parchanowna postiert sich inmitten der Kneipe, bekreuzigt sich mit beiden Händen und brüllt aus Leibeskräften:

»Das sechste Imperium! Das sechste Imperium!«

»Komm und iss was!«, besänftigen sie die Handwerker.

Im sogenannten Grollwinkel, wo die von der Opritschnina ausgeräucherten »Bürgerlichen« sitzen, sorgt Muchalkos Sippe für Aufsehen: Balalaikaspieler allesamt, flink im Kopf und auf den Beinen, die die Leute zu unterhalten und ihnen Geld aus der Tasche zu ziehen wissen. Sie sollen früher einmal zur Narrengilde des Kreml gehört haben und seien wegen irgendetwas rausgekickt worden, heißt es. Der Vorsänger, Butterbärtchen geheißen, ist hübsch von Angesicht und gut bei Stimme, begabt auch im Tanzen und Springen und, was die Hauptsache ist, mit einem Repertoire an zu Herzen gehenden Liedern, die kein Auge trocken lassen. Solches weiß unser Volk zu schätzen. So hat sich Butterbärtchen auch heute wieder an die Ausgeräucherten rangemacht. Ein bisschen Balalaikageklimper, einmal zwischendurch auf den Schenkel geklatscht und mit dem Fuß aufgestampft, schon nickt er seinen munteren Gespielen zu, und man schmettert im Chor:

Wie die Filzlaus ins Luther'sche Gotteshaus,
Wie der Hamster ins reifende Korn,
Findt das adlige Schoßkind,
Wenn die Eltern bei Trost sind,
Auf des Pritschniks o hitzigen Sporn.

So manch frühreifen Rock lockt der Knotenstock
Des Opritschniks ins edle Kastell,
Wo mit niedlichen Fingern
Jungfern ihren Bezwingern
Killekitzeln das brührote Fell.

Und mit Mut, stiller Glut, wie das Schicksal es will,
züngelt flugs sich pfahlaufwärts die Maid.
Auf den Pfaden des Triebes,
So dein Leben dir lieb ist,
Wandle, Jungfer, mit Gottes Geleit!

Den Aufruhr zwischen den Zeilen wissen die gedemütigten Bürger zu schätzen; munter klingelt das Kupfer in Butterbärtchens Mütze.

»Habt Dank, ihr Guten, Gott mög es euch lohnen, ihr Lieben!«, dankt Butterbärtchen ergriffen und drückt sich eine Träne ab.

Aber nicht zu allen Eindringlingen sind die Stammgäste in Mamons Lokal mild und gewogen.

Eben springt die Tür auf, und herein kommt ein kleiner, unrasierter Mann mit roten Augen und gehässigem Blick: Levonti, Schaumschläger sondergleichen.

»Seid gegrüßt, trotz alledem!«, krächzt er.

»Trotz alledem, verpiss dich«, tönt die Antwort.

Zähneknirschend macht Levonti kehrt und trollt sich, seine Äuglein schleudern rote Blitze. Nicht jeder ist gern gesehen im Glücklichen Moskowien, o nein!

Hat die lebende Uhr erst Mitternacht geschlagen, lässt endlich auch Mamon sich blicken. Er ist klein und rundlich, mit Vollbart, Glatze und Schielaugen. Der Hausherr verbeugt sich vor seinen Gästen, entbietet ihnen seinen Gruß, bevor er eine betuliche Runde durch das Lokal antritt und die gleiche Frage wie immer stellt:

»Alles zum Besten, wertes Publikum?«

»Alles zum Besten, Abram Iwanowitsch!«, erwidern die Gäste im Chor.

»Keiner schlägt über die Stränge?«

»Das erlauben wir nicht, Abram Iwanowitsch!«

»Keiner tritt dem anderen zu nahe?«

»Das lassen wir nicht zu, Abram Iwanowitsch!«

Dann nickt der alte Mamon, kneift listig die Augen zusammen und geht wieder. Derweil das *Glückliche Moskowien* noch weiter säuft, lärmt und brodelt bis drei in der Früh. Hat die Uhr indes drei geschlagen, werden die Gäste von den Kellnern abkassiert. Worauf diese das Feld räumen und den breitschultrigen inguschetischen Rausschmeißern das Geschäft überlassen, die das angeheiterte Publikum mit Hilfe elektrischer Besen zum Ausgang drängen.

Und Punkt 3:12 Uhr schließt das *Glückliche Moskowien* unweigerlich seine Pforten, um sie selbigen Tages um 18:00 Uhr abermals zu öffnen: Herzlich willkommen, liebe Gäste!

DIE SCHLANGE

– Wer ist der Letzte, ihr guten Leute?
– Das werd wohl ich sein. Aber hinter mir kommt noch eine Frau im blauen Pelzmantel.
– Dann steh ich also hinter ihr?
– Das nehm ich an. Stell dich ruhig hinter mich, mein Bester.
– Bleiben Sie hier?
– Was dachten Sie!
– Ich müsste noch mal auf einen Sprung weg, bloß für ein Minütchen …
– Wart erst mal ab, bis sie kommt, dann geh in Gottes Namen, wohin du möchtest. Das wäre sonst hier ein einziges Kommen und Gehen, und ich muss mir die Zunge verrenken, um es den Leuten zu erklären. Warte. Sie wollte gleich wiederkommen. Ist nur um die Ecke, in irgendeinen Laden.
– Na gut, wenn es sein muss. Wart ich eben so lange. Stehen Sie denn schon lange an?
– Halbes Stündchen vielleicht.
– Und wissen Sie zufällig, wie viel jeder kriegt?
– Nein, verd… Gott, verzeih mir, dass ich fluche. Ich hab gar nicht gefragt. He, Spitzbart, hast du eine Ahnung, wie viele sie rausrücken?
– Nein, heute weiß ich nicht. Gestern soll's zwei pro Nase gegeben haben.
– Zwei, sagst du?

– Ja. Donnerstag drei, gestern zwei.
– Das ist nicht viel. Da lohnt das Anstehen nicht.
– Dann stell dich einfach hinterher noch mal an. Manche hier, die wo von weiter herkommen, stellen sich dreimal an.
– Dreimal??
– Aber ja.
– Da steht man ja den ganzen Tag!
– Nicht doch. Der Verkauf geht schnell.
– Sieht mir nicht so aus. Keinen Schritt sind wir weitergerückt, seit wir hier stehen.
– Das kommt, weil die dazukommen, die noch mal weg waren. Darum geht es nicht vorwärts ... Da kommt die Frau.
– Ich hatte hinter Ihnen gestanden?
– Genau, meine Dame. Der junge Mann kommt nach Ihnen.
– So ist es.
– Na fein. Sind wir denn wenigstens vorangekommen?
– Nicht sonderlich weit, wie es aussieht.
– Ich frage mich, ob wir bis zwei dran gewesen sind.
– Vielleicht. Vielleicht auch nicht.
– Ich hab nur bis zur Mittagspause freibekommen ... Mein Gott, wieso dieser Andrang?
– Na, wenn es Kremlstückwerk gibt ...
– Stimmt auch wieder.
– So ein Geschenk gibt's nur einmal im Jahr ... Einen schönen Pelzmantel haben Sie an.
– Danke.
– Solche Mäntel hab ich in Moskau gesehen. Lebendgebärende sind ja eigentlich meist heller, nicht wahr? So ein schönes dunkles Blau. Höchst ungewöhnlich.
– Den Mantel hat man mir in Moskau besorgt.
– Dacht ich mir's doch ... Und Schnee frisst er auch ganz ordentlich!

– Das macht er immer, wenn er ausgehungert ist von der Wärme.
– Was mag so ein blauer Mantel lieber, Regen oder Schnee?
– Schnee natürlich. Sehen Sie nur, wie er sich reckt und streckt ... Friss, mein Lieber, friss dich satt.
– Soviel ich weiß, sind die lebendgebärenden Pelze auch auf Regen ziemlich scharf. Aber bei *der* Farbe ...
– Meiner mag am liebsten Schnee. Und sobald er satt ist, wird es warm. Wenn es kräftig schneit, fange ich an zu schwitzen!
– Ein hübscher Mantel, fürwahr. Nur die Trägerin ist noch hübscher.
– Machen Sie halblang.
– Ihre Augen haben dieselbe Farbe wie der Pelz. Sind es die eigenen?
– Nein. Enttäuscht Sie das?
– Überhaupt nicht. Sagen Sie, kann es sein, dass wir uns neulich zur Butterwoche in Wjatka begegnet sind?
– Nein. In Wjatka war ich zuletzt im Dezember.
– Ach? Das waren nicht Sie, in der Kirche ganz rechts? Vor der Heiligen Paraskewa? Und bei der Verteidigung der Schneeburg waren Sie nicht dabei?
– Sie machen Witze. Wir haben hier unsere eigene Schneeburg.
– Warum lachen Sie? Ich war mir sicher, Sie in Wjatka gesehen zu haben.
– Zur Butterwoche waren mein Mann und ich in Glasow, eine Tante besuchen.
– Was wollten Sie denn in dieser Einöde?
– Schweinebraten essen. Die Tante hat sechsunddreißig Schweine.
– Hoi. Das ist ja eine feine Tante, die Sie da haben. Auf eignem Grund? Fronleute?
– Nein, nein, Onkel und Tante leisten keine Fron.

– Zinsbauern demnach?
– Jawohl. Das ist günstiger.
– Natürlich. Die haben es leichter als Fronleute. Und, sind Sie zu Ihrem Schweinebraten gekommen?
– O ja. Die Tante hat chinesische Schweine, die geben ein marmoriertes Fleisch, chuai-dalishi, das schmeckt fantastisch. Ich hab zwölf Pfund zugenommen.
– Die Fülle steht Ihnen gut.
– Ach, Sie … Na also, jetzt rückt es mal ein Stück.
– Sagen Sie, gibt es noch Fische in der Tschepza?
– Das weiß ich nicht. Mit Fischen kenne ich mich nicht aus.
– Sie haben sich in Glasow also mehr auf das Schweinefleisch konzentriert.
– Das kann man wohl sagen! Schön braun gebraten, Knoblauch dran, das liebe ich über alles.
– Mit Kruste?
– Ja-a! Und außerdem mag es die Tante, Würstchen in zerlassenem Speck zu braten, so in der Röhre mit Kartoffeln und Rüben, ich kann Ihnen sagen …
– Ich bitte Sie, hören Sie auf, mir läuft das Wasser im Mund zusammen …
– Aha, wieder ein Stück. Endlich kommt die Riesenschlange in Bewegung.
– Das hat mit Ihrem Erscheinen zu tun. Sie sind die blaue Muse dieser Schlange.
– Und Sie sind ja ein gehöriger Witzbold. Wie hält Ihre Frau das bloß aus mit Ihnen?
– Ich bin Junggeselle.
– Nicht möglich!
– Doch, doch.
– So ein ansehnlicher Mann und unbeweibt? Das kann nicht sein.
– Wir sind seit dem Herbst auseinander.

– Geschieden?
– Ja.
– Ging das schnell?
– Drei Monate zog es sich hin. Und ohne zu schmieren, wäre es gar nicht gegangen.
– Das kann ich glauben.
– Jetzt sind wir einander los.
– Und gibt es Kinder?
– Die Tochter ist bei der Mutter geblieben.
– Die fehlt Ihnen gewiss?
– Dessen können Sie sicher sein. Das ist wie ein Stachel im Herzen. Der lässt sich nicht rausziehen.
– Wissen Sie … Pardon, wie heißen Sie?
– Trofim.
– Sehr angenehm, ich heiße Vera.
– Ein wunderbarer Name. Er passt zu Ihrem Äußeren.
– Also, mein lieber Trofim, was ich Ihnen sagen wollte, ganz im Vertrauen: Ich bin eine ausgesprochene Gegnerin von Scheidungen.
– Meine Frau hatte einen Geliebten.
– Das ist natürlich eine große Sünde. Aber Gott lehrt uns, wie man seinem Nächsten vergibt. Hat sie denn nicht Buße getan, Ihre ehemalige Frau?
– Das schon. Sie war extra bei den Starzen in Optino um Vergebung bitten.
– Und Sie? Haben Sie sie bestraft?
– Ja. Ich habe sie zweimal aufs Revier gebracht.
– Und da wurde sie ausgepeitscht?
– Ja.
– Und das hat Ihnen nicht genügt?
– Darum geht es nicht, Vera.
– Worum sonst?
– Es geht darum, dass … He, Alter, lass das Drängeln!
– Wer drängelt denn?

– Na, du.
– Ich werd von hinten geschoben.
– Tritt in Gottes Namen einen Schritt zurück und hör auf zu drängeln … Also, hochverehrte Frau Vera, hauptsächlich geht es doch darum, dass ich meiner Frau nach alledem nicht mehr trauen konnte. Und kurz darauf hab ich mich selbst in eine andere verliebt. Daraus wurde zwar nichts. Doch eine Beziehung mit meiner Frau war nach alledem gar nicht mehr denkbar.
– Sie hatten sich gänzlich entfremdet, ja?
– So war es.
– Entfremdung ist Sünde.
– Das weiß ich. Aber wir schliefen zuletzt nur noch getrennt.
– Und Ihr geistiger Vater? Ich meine, konnte der Ihnen nicht helfen, die Familie zu retten?
– Seine Güte kennt so gar keine Grenzen. Er hat meiner Frau Kniefälle auferlegt, ließ sie barfuß auf Hirsekörnern stehen, aber … ich glaube, er hat meine Frau nicht sehr heftig gegeißelt. Er ist von Natur aus so unendlich gut, seine Güte baut auf christlicher Tugendschönheit, ist ganz von ihr durchdrungen und zugerichtet. Es gebe keine Sünde, die der Herrgott nicht zu vergeben imstande sei, so sagt er immer.
– So ist es.
– Wenn meine Frau ihre Sünde in der Klause von Optina gesühnt hat, sei ihr also vergeben, ja?
– Jawohl.
– Aber *ich* kann ihr nun mal nicht vergeben.
– Damit sündigen *Sie.*
– Wohl wahr. Das hilft aber alles nichts. Ich kann nicht.
– Soll ich Ihnen was sagen, Trofim? Mir scheint, Sie haben Ihre Frau einfach zu wenig gezüchtigt.
– Ich bin kein Freund von Auspeitschungen.

– Sie hätten Ihre Frau nicht aufs Polizeirevier führen dürfen und fremder Peitsche ausliefern, Sie hätten sie eigenhändig züchtigen sollen, so wie es sich ziemt. Mein Mann führt mich nie dorthin.
– Er züchtigt sie oft?
– Einmal die Woche. Immer samstags.
– Das ist nicht gerade wenig. Gibt es Gründe dafür?
– Ach wissen Sie … Eine Sünde findet sich immer. Aber nein, unter uns gesagt: Es gibt Gründe …
– Hoho! Sie sind ja sehr offenherzig!
– Sünde schmeckt süß, wie man sagt. Ich bin eine schwache Frau, und der Satan weiß seine Netze geschickt zu werfen.
– Das ist bekanntlich so. Wo keine Sünde ist, gibt es nichts zu bereuen.
– Wohl wahr!
– Aber, ehrlich gesagt, einmal pro Woche … das kommt mir schon ein bisschen viel vor!
– Ist nicht weiter schlimm. Gewohnheitssache.
– Ihr Körper, mit Verlaub, ist der es auch gewohnt?
– Ich bin hart im Nehmen. Und es gibt ja auch gute Mittelchen. Salben …
– Sie verübeln es ihm nicht?
– Wie sollte ich! Er schlägt mich, das heißt doch, er liebt mich! Außerdem ist er ja keiner von denen, die besoffen drauflosprügeln. Er züchtigt mit der Rute – ganz wie es das alte russische Brauchtum vorschreibt. Meine liebe alte Mutter beneidet mich darob: In den wirren Zeiten ihrer Jugend war es untersagt, sein Weib zu züchtigen, denn damals war Russland von Gott verlassen. Hätte dein seliger Vater mich damals allsamstäglich ausgepeitscht, lebten wir heute in einem Haus mit drei Etagen, spricht sie.
– Nein, im Grunde bin ich ja auch nicht gegen die Züchtigung, aber es will alles gut bedacht sein …

– Am besten ist, man handelt, wie es geschrieben steht, mein lieber Trofim. Wir Weiber haben uns unseren Männern unterzuordnen. Mein Mann ist einer von den gründlichen, bedachtsamen. Er weiß Maß zu halten. Und genauso züchtigt er auch: rechtens und ohne Hast.
– So, so … Ich bin erstaunt über Sie, Vera.
– Wieso? Weil mein lieber Mann mich nicht zum Büttel aufs Revier schleppt? Das finde nun wieder ich verwunderlich. Oho, jetzt geht's aber wirklich ordentlich voran. Wird ja auch Zeit! So könnte ich es noch bis zur Mittagspause schaffen.
– Das schaffen wir. Wenn Sie dabei sind, geht alles glatt. Apropos, wie angenehm glatt dieser Pelz ist … Lebendgebärende Pelze sind eben doch was Besonderes.
– Gefällt er Ihnen? Streicheln Sie ihn nur, das behagt ihm auch.
– So zart …
– Sehen Sie, er mag Sie.
– Mir kommt es so vor, als wären wir zwei schon eine Ewigkeit befreundet …
– Sagen Sie bloß!
– Lachen Sie mich nicht aus!
– Ich lache Sie nicht aus. Ich freue mich einfach.
– Bestimmt habe ich Sie schon mal getroffen. Wo arbeiten Sie?
– Bei *Dobrynja.*
– Als Schöpferin?
– Nein, als Ausführende.
– An den schlauen Maschinen?
– Genau. Den lieben Schlauen!
– Nie hätte ich gedacht, dass so eine schöne Frau sich mit den schlauen Dingern abgibt.
– Sie hatten wohl eine Hausfrau in mir vermutet? Nein, mit Kochlöffel und Feuerhaken habe ich es nicht so.

– Und wer steht bei Ihnen zu Hause am Herd?
– Da stehen sie zu mehreren. Die Mutter, die zwei Großmütter und eine Köchin. Und sonntags hilft das Gesinde.
– Schön, wenn man seine Verwandten noch hat.
– Sie wohl nicht?
– Mein Vater ist in Abchasien umgekommen, von einer georgischen Kugel getroffen, da war ich noch ein Kind. Und meine Mutter ist mit einem Chinesen durchgebrannt.
– Und hat Sie sitzen lassen?
– So ungefähr. Ich bin im Haus der Großmutter aufgewachsen und zum Manne geworden.
– Die war sicher nicht sehr streng zu Ihnen?
– Nicht gar zu sehr. Aber Strafen setzte es bei ihr auch. Sie konnte kräftig zuschlagen.
– Sie armes Waisenkind!
– Eigentlich bin ich ein fröhlicher Mensch.
– Das war bereits zu merken.
– Vera, wir sind gleich dran. Neun Leute nur noch vor uns! Die Zeit verging mit Ihnen wie im Fluge!
– Sagen Sie, kaufen Sie das Kremlstückwerk eigentlich für Ihr Töchterlein?
– Natürlich! Und Sie?
– Für meine Kinder.
– Sie haben …
– Drei.
– Das ist ja wunderbar. Anscheinend haben Sie einen begüterten Gatten. Das sieht man schon an dem Mantel.
– Nein, arm sind wir gottlob nicht. Mein Gemahl ist Kaufmann.
– Womit handelt er?
– Winters mit Kunstlicht und sommers mit Tretrollern.
– Ein einträgliches Geschäft.
– Man kann nicht klagen. Und Sie, womit verdienen Sie Ihr täglich Brot?

– Das erraten Sie nie.
– Kein Geschäftsmann, sondern Staatsdiener, denke ich mir.
– Weder noch.
– Ein Mann der Kirche also?
– Auch das nicht.
– Pächter?
– Nein.
– Fronbauer?
– Weit gefehlt!
– Etwa Schmarotzer?
– Sie denken schlecht über mich.
– Leiharbeiter?
– Vielen Dank, das fehlte noch!
– Söldner?
– Ich tu keinem was zuleide.
– Zeitverpflichtet?
– Gott bewahre.
– Bei Ihnen denkt man sich Knoten ins Hirn … Abgebrannt?
– Einstweilen nicht.
– Ja, was sind Sie dann?
– Ich bin Wunderheiler.
– Oh, wie großartig! Zaubern Sie?
– Auch das. Aber heute kommt es mir so vor, als hätten Sie mich verzaubert und nicht ich Sie. Und Ihre Wunderkräfte übersteigen die meinen.
– Empfangen Sie zu Hause oder gehen Sie zu den Leuten?
– Eher Letzteres.
– Schon lange?
– Von Kindesbeinen an. Großmama und Mama verstanden sich auch schon auf diese Kunst.
– Und die haben es an Sie weitergegeben?
– Genau. Die Oma war's.

– Und sagen Sie … Oh, es gibt schon wieder Gedränge … Was sagt man dazu! … Sehen Sie, da drängt sich einer vor!
– He, du Plattkopf, was hast du da vorne zu suchen?
– Schmeißt ihn raus, schmeißt ihn raus! Lasst ihn nicht rein, ihr guten Leut!
– Wir haben dahier gestanden!
– Niemals, du Spinner!
– Fass mich nicht an!
– Und ob ich dich anfasse! Verpiss dich!
– Großer Gott! Da kommen noch mehr geschlichen! Die haben hier nie gestanden!
– Mach dich nicht so breit!
– Ich und breitmachen? Ich werd dir gleich! Ha! Hast du gesehen?
– Meine Faust ist größer als deine. Da, riech mal!
– He, sagt mal!
– Das wirst du mir büßen!
– Biest, elendes …
– He-he, hört auf damit!
– Meine Herren, wollen Sie das einfach so mit ansehen?
– Jetzt rückt das ganze ranzige Dorf an! Lasst sie ja nicht rein!
– Die wollen anscheinend Saures! Gebt's ihnen!
– Hau ab!!
– Das kriegst du wieder!
– Verschwinde, sag ich dir!
– Ach, du faules Radieschen. Ich werd dir …
– Dem fick ich ins Knie, pass auf!
– Fick dich selber, Bojarenbrut!
– Bauerntölpel!
– Hach! Na warte!
– Ratte!
– Scheißkerl!
– Männer! Männer, zu Hilfe!

– Hört auf, Leute!
– Treten Sie zurück, in Gottes Namen!
– Verkäufer! Nichts mehr rausgeben! Hier ist 'ne Schlägerei im Gange!
– Habt ihr die Flüche gehört? Mit unerlaubten Wörtern! Ruft den Reviervorsteher an!
– Lass sie nicht durch!
– Du Aas!
– Also wirklich ...
– Ach so? Ach so?! Ach so?!!
– Schmeißt sie aus der Schlange! Die sollen zurück zu ihren Schweinen!
– Z-z-zack. Und? Willst du noch eine? Dann komm her!
– Na warte ...
– He, Drecksstück! Wohin? Wo-willst-du-hin??
– Zu Hilfe!!!
– Nichts mehr verkaufen! Stellen Sie den Verkauf ein!
– Sind das nicht Drecksäcke?
– Ha, da kommt der Wachtmeister.
– Nehmen Sie sie fest!
– Die Hundsfotte!
– Sie haben unanständige Wörter in den Mund genommen!
– PERMER BÜRGER! KEIN RADAU! NICHT DRÄNGELN! ANSTEHEN, WIE ES SICH GEHÖRT!
– Verscheuchen Sie die!
– Die sind von der Seite gekommen!
– Verbotene Wörter haben sie gerufen! Ich hab alles aufgeschrieben! Herr Reviervorsteher, es ist alles notiert!
– PERMER BÜRGER! KEINEN SKANDAL! KRAKEELER FÜHREN WIR AB AUFS REVIER!
– Rücken Sie nach, Verehrteste, halten Sie keine Maulaffen feil!

– Wieso denn, ich stehe doch hinter Ihnen!
– Nein, ich stand dort … na egal, wie rum.
– Stellt euch ordentlich an, Leute!
– Ja, wie denn, wo denn? Ach so!
– Herr Reviervorsteher, darf ich Meldung machen? Es sind unanständige Wörter gefallen.
– PERMER BÜRGER! RUHE UND ORDNUNG BEWAHREN!
– Vera!
– Ach, da sind Sie ja! Man hat uns auseinandergerissen!
– Kommen Sie her! Mach mal Platz, Spitzbart.
– O mein Gott!
– Ist der Mantel heil?
– Glücklicherweise!
– Und selber?
– Selber auch!
– Na, Gott sei Dank. Kommen Sie. Nach Ihnen! Und Sie da treten gefälligst zurück! Sie sind nach uns dran!
– So. Mir bitte alles, was es gibt.
– Wir haben nur noch Mauern.
– Wie? Keine Türme?
– Turmstückwerk ist aus.
– Aber wieso das denn?
– Nur noch Mauern, meine Dame. Wollen Sie die?
– Wozu hab ich denn dann angestanden … Warum haben Sie das nicht gesagt?
– Wollen Sie die Mauern haben oder nicht? Wenn nicht, treten Sie beiseite, Sie halten den Betrieb auf.
– Das ist eine Schweinerei!
– Vera, nehmen Sie die Mauern, nehmen Sie sie unbedingt!
– Jaja. Ich meine nur …
– Meine Dame! Ich sagte, zugreifen oder beiseitetreten!
– He, Leute, was soll die Trödelei da vorne!
– Gut … Dann geben Sie mir Mauern.

– Zwei Packungen pro Person.
– Mein Gott. Ist das ein Betrug!
– Geben Sie ihr wenigstens drei!
– Das darf ich nicht. Ich bekomme von Ihnen vier Silberrubel oder einen halben Goldrubel.
– Das ist eine Frechheit! Wozu hat man hier angestanden?
– Mir das Gleiche. Ich hab einen Goldrubel.
– Ihr Wechselgeld.
– HE! WIRST DU WOHL! WIRST DU WOHL! WER SCHLEICHT SICH DA EIN! ALLES ZURÜCK VON DER SCHLANGE!!
– Die haben unanständig geflucht!
– Kommen Sie. Gehen wir weg von hier.
– Hier ist kein Durchkommen.
– Erlauben Sie?
– Ich danke Ihnen … Gott, was für eine Gemeinheit!
– FERNBLEIBEN VON DER SCHLANGE, WAR GESAGT! ERSTATTEN SIE JETZT IHRE MELDUNG, MÜTTERCHEN.
– Aber gerne, mein Sohn.
– Kommen Sie hier lang …
– So eine Gemeinheit.
– Regen Sie sich nicht auf.
– Nein, wirklich, noch vorgestern haben sie's in der Blase verlautbart: Kremlstückwerk, Türme und Mauern zu verschiedenen Preisen, freie Auswahl! Und hier auf einmal: nichts als Mauern, friss oder stirb! Und dafür auch noch zwei Rubel!
– Die Türme haben sie an ihre Leute verteilt, klarer Fall.
– Aber das ist doch Beschiss! Wollen wir das nicht nach oben melden?
– Pure Zeitverschwendung.
– Ich hab drei Kinder! Soll ich die Packungen in Stücke reißen?

– Klar. Aufmachen und teilen.
– Aber die sind so hübsch verpackt! Und die Brüche glatt und ebenmäßig! Zwei Stücke! Die soll ich zerhacken?
– Na ja, warum nicht … Oder nein, warten Sie. Meine liebe Vera, nehmen Sie diese Packung von mir, aus Anlass unserer Bekanntschaft …
– Was fällt Ihnen ein! Das kommt nicht in Frage.
– Bloß keine Umstände. Ich hab eine Tochter. Für die reicht ein Paket.
– Nein, das geht doch nicht …
– Hier bitte. Es ist Ihres.
– Dann nehmen Sie wenigstens die zwei Rubel von mir.
– Auf gar keinen Fall!
– Aber Trofim, das kann ich nicht einfach so annehmen!
– Schon vergessen.
– Das ganz gewiss nicht. Ich stehe in Ihrer Schuld.
– Na gut. Wenn das so ist, dann versprechen Sie mir, dass ich Sie zu einem Tässchen Tee einladen darf.
– Jetzt leider nicht, ich muss schnell auf Arbeit.
– Heute Abend?
– Heute Abend … das ginge. Nach acht.
– Prima. Wo wohnen Sie denn?
– Da drüben, beim Fischmarkt.
– Ah, ganz in der Nähe. Eine Innenstadtpermerin!
– Sozusagen.
– Gut. Soll ich Sie abholen?
– Gott behüte! Mein Mann ist sehr eifersüchtig.
– Dann schlage ich ein Treffen im Kulitsch vor.
– Ein angenehmes Lokal.
– Um welche Zeit wäre es Ihnen genehm?
– Na, sagen wir … Viertel nach acht.
– Wunderbar! Vergessen Sie's auch nicht?
– Wie könnte ich! Als Ihre Schuldnerin.
– Wohltun bringt Zinsen!

– So kann man es auch sagen … Oh, schon zwei. Also, ich muss! Bis heute Abend, Trofim!
– Auf Wiedersehen, Vera!

DER BRIEF

Sei gegrüßt, meine beste, herzallerliebste, unendlich teure Schwester Sonja!

Es schreibt Dir Deine leibliche Schwester Praskowja.

Sechs Jahre ist es her, meine Liebe, dass Du bei uns ausgezogen bist, dem heimischen Nest entflattert, sechs Jahre schon müssen Deine Mama, Brüderchen Wanjuscha und ich armes Wesen ohne Dein liebreizendes Lächeln leben, ohne den Klang Deiner Stimme, wie ein Glöckchen aus Waldai so hell, ohne Dein gutes, mitfühlendes, wahrheitsliebendes, immerfrohes Herz und Dein zartes, reines, gottesfürchtiges Seelchen, ohne Deine schwesterlich-töchterliche Fürsorge, ohne Dein Gebet. Seit sechs Jahren beten wir ohne Dich des Morgens und des Abends, gehen ohne Dich zur Kirche, empfangen ohne Dich das heilige Abendmahl, legen ohne Dich vor Vater Juri die Beichte ab, feiern ohne Dich, liebe Sonni, die hohen Feste – doch schließen wir Dich selbstverständlich in unsere Familiengebete ein, beten heiß und inbrünstig für unser Sonnivögelein, unser blauflügeliges Täubchen, welches das Schicksal in eine ferne Gegend verschlagen, und noch dazu bete ich für Dich jeden Abend vor dem Einschlafen, wenn ich im Bett liege und an mein geliebtes Sonnilein denke. Drei Gebete spreche ich: ein Ave Maria – Gottesgebärerin und Jungfrau, freue dich –, sodann: Wer unter dem Schirm des Höchsten sitzt, und zuletzt den Reisesegen. Weil nämlich wir, Papa, Mama und ich, darauf hoffen, dass es Zso und Dir eines Tages im fernen Chabarowsk zu öd wird, und Ihr kehrt zurück ins heimische Iswarino.

Mein liebes Schwesterlein! Ich hätte nicht geglaubt und nicht geahnt, dass ein Leben ohne Dich so verzwickt und schwierig sein würde, wie es jetzt ist, nämlich ein ganz anderes, selbstständig und beflissen. Oder na ja, vielleicht ist es mit der Selbstständigkeit gar nicht weit her – es ist, als hätte man mich, das kleine Mädchen Praskowja, gepackt und in einen tiefen See geschmissen, der sich Leben nennt, und schwimmen hat das Mädchen Praskowja doch immer nur mit seinem lieben Schwesterchen gekonnt, Hand in Hand, was der Schwester genauso geholfen hat wie ihr selber. Zwar hatte das Mädchen Praskowja schwimmen gelernt, aber noch nie wirklich ausprobiert, und nun auf einmal schwamm sie im Wasser, trieb, trieb, trieb dahin wie ein Birkenspan, einstweilen ohne unterzugehen, aber die Angst ist geblieben, Sonnilein, und die Angst ist wie ein grauer Wolf, der immerzu aus dem dunklen Wald nach Dir glotzt, glotzt und glotzt, guckt einfach nicht weg, also paddelt unsere Praskowja vom Lande auf dem Ozeanmeer namens Leben herum, und das schon das siebte Jahr, und trotzdem fürchtet sie sich immer noch, ganz alleine auf dem großen Ozean, so sieht's aus, mein liebes Schwesterlein!

Wir zwei, Sonnilein, sind ja auch immer zusammen gewesen – schon als wir unsere Zeit nebeneinander im Schoße des lieben Mütterleins lagen und anschließend, nach wohlbehaltenem Erscheinen auf Gottes Erden, Seit an Seit in der Wiege, und als uns Vater Sofroni, Gott hab ihn selig, ins Becken getaucht hat und zum Leben in Christus getauft und wir dann aus seinen Händen auf silbernem Löffelchen die erste Kommunion empfingen, und wie wir dann heranwuchsen in Vaters und Mutters Obhut, wie wir im Garten unseres Hauses herumtobten, auf dem grünen, grünen Gras der Wiese unter blühenden Kirsch- und Apfelbäumen und bei den geliebten Stachelbeeren, aus denen Mama so köstliche Marmelade kocht, und wie wir dann in die Schule kamen, natürlich Banknachbarn waren, rechnen lernten und sich mit der schlauen Maschine zurechtfinden, wie wir um die Wette liefen, Versteck spielten, Blumen pflückten, Blätter sammelten und Schmetterlinge fingen, Vöglein in Kissen stickten, wie wir Vater und Mutter mit unseren guten Schulnoten beglückten … Auch als wir die Schule hinter uns hatten und ins heiratsfähige Alter kamen, waren wir noch zusammen, Sonjuschka: nähten gemeinsam die Aussteuer, gingen tanzen, warteten miteinander sehnsüchtig auf unsere Bräutigame. Und dann traf Dich als Erste, mein weißer Schwan, der Pfeil des wackeren Jünglings Zso Ge ins Herz, und er nahm Dich bei den weißen Händchen und trug Dich von dannen hinter die sieben Berge, ins ferne Chabarowsk. Zurück blieb in der Moskauer Provinz Dein Schwesterlein Praskowja, mutterseelenallein, jawohl!

Du bist von uns beiden die Hübschere, obwohl wir Zwillinge sind. Dich hat der Liebespfeil als Erste ins Herz getroffen. Und das ist ein Glück, Sonnilein! Ich freu mich so sehr für Dich, dass mir das Herz aufgeht und eine rote Blüte treibt aus schwesterlicher Liebe.

Sonja, sei nicht böse, dass ich mich hier so in Gefühlen ergehe. Das tue ich absichtlich, auf die literarische Art. Da ich doch auf Papier schreibe! Und meine schlaue Maschine hilft mir dabei. Du weißt doch, ich mag es, auf die fremde Art zu schreiben. Es gerät hübscher und geht mehr zu Herzen. Selber brächte ich ja nur Guten Tag und Auf Wiedersäähn zusammen. Und ich tue das alles doch nur, Sonni, damit Du dort möglichst oft einen Schluckauf kriegst meinetwegen – lebst ja dort sonst wie die Made im

Speck, schnäbelst und kuschelst auf chinesischem Laken mit deinem schönen Zso, futterst süßen Schweinebraten mit Ananas, trinkst unseren geliebten Pflaumenwein, und alles Übrige ist vergessen. Praskowja kann sich zu Hause die Augen ausheulen in ihr altes Kissen mit den Zwitschermeisen, wie ein Schlosshund heult sie.

Ein Scherz, natürlich.

Ich heule nicht.

Hier bei uns steht alles zum Besten, Schwesterherz, der Laden läuft: Der Stiefvater treibt Handel, Mutter hält das Haus in Ordnung, Wanka geht in seine Kirchgemeindeschule, Tresor kläfft, und ich liege auf der faulen Haut. Wenn ich nicht gerade bei den Ponomarjows bin, den Abramows, bei Raissa Milman oder bei Oserow, der nicht gescheit ist. Nichts Krasses ist mir widerfahren die letzte Zeit, nichts Erhebendes passiert. Die Geschwister Ponomarjow, Vera und Nadja, machen den chinesischen Soldaten weiterhin schöne Augen, Maria Abramowa hofft an der Frauenuniversität angenommen zu werden, Raissa kränkelt oft, etwas stimmt mit ihrer Bauchspeicheldrüse nicht, aber Genaues weiß kein Doktor zu sagen. Oserow ist völlig meschugge geworden: rennt überallhin mit seiner schlauen Maschine, verteilt »Geschenke«, äfft herum, dass einem schlecht wird. Neulich tauchte er zum Abiturfest an unserer Schule auf, vorher muss er irgendwas geschluckt haben, um Mut zu fassen, forderte eine Zehntklässlerin zum Tanz auf und hatte wie immer seine Maschine unterm Hemd an der Brust kleben, aus der er mitten im Tanzen plötzlich bunte Blasen steigen ließ mit allem möglichen Quatsch darin: Affen, Waldgeister und aller Tinnef. Die Zehntklässlerin hat laut gequietscht vor Schreck. Man hat ihn als Unruhestifter und Schweinigel abgeführt. Und dabei ist er kein Kind mehr! Zweiunddreißig ist das Rindvieh, und immer noch nichts als

Flausen im Kopf. Zu Lichtmess, stell dir vor, haben er, Rudakow und Aschkijanez sich in der Kneipe am Bahnhof zusammengerottet und irgendwelche Handwerksburschen überredet, eine Prügelei mit den Vietnamesen anzufangen. Die haben sie mit ihren Nunchakus empfangen, von denen Aschkijanez nun zwei Löcher im Kopf hat und Rudakow ein halb abgerissenes Ohr.

So geht's zu bei uns, Sonetschka, so schlägt und verträgt man sich.

An Hausbauneuigkeiten gibt es nur eine zu vermelden: Wir haben endlich eine zweite Terrasse angebaut. Sie ist schön lang und breit geraten, man könnte dort tanzen. So werden wir im Sommer auf der kleinen Terrasse frühstücken und auf die große Gäste zum Essen einladen können. Mama hat rundherum Flieder und Jasmin gesetzt und wilden Wein unter die Säulen gesteckt. Das wird hübsch werden! Zso und Du, wenn Ihr erst da seid, könnt Euch auf der neuen Terrasse unter Fliederzweigen küssen!

Aber davon abgesehen, mal ein klares Wort unter Töchtern: Hast Du sie eigentlich noch alle, Du Armleuchter? Auf einen Brief vom Schwesterlein zu antworten scheint für Dich, ich weiß nicht was, eine Riesenanstrengung zu sein! Öfter als einmal pro Monat fällt's Dir nicht ein, geruhst Du Dich nicht herabzulassen dazu. Und wenn Du schon mal schreibst, dann nur wie gezwungenermaßen, als lästige Pflicht: Grüß Dich, Praskowja, auf Wiedersehn, Praskowja, mit herzlichem Gruß. Was ist bloß in Dich gefahren? Es will mir einfach nicht in den Kopf! Die ersten drei Jahre immerhin hast Du ausführlich geschrieben, hast ordentlich was abgeladen. Und jetzt bloß noch: hallo und tschüss. Das finde ich komisch, Schwesterherz. Gar nicht wie zwischen nahen Verwandten. Früher, da haben wir doch voreinander ausgepackt bis ins Kleinste, uns alles erzählt, nichts ausgelassen – was einem so im Kopf rumging und was man auf dem Herzen hatte, da war keine Heimlichtuerei, es gab ja auch nichts zu verheimlichen, und wenn doch, dann taten wir es trotzdem nicht, das wäre ja auch noch schöner gewesen, unter Schwestern. Vor den anderen – gut, aber voreinander hatten wir keine Hemmungen. Aber jetzt stellst du Dich sonst wie an: hallo und tschüss, Schwester Praskowja. Hat die Liebe Dich denn so vernagelt, dass alle Verwandtschaftsgefühle flöten gegangen sind? Oder nimmt die Familie Dich so in Anspruch, dass keine Zeit mehr bleibt, irgendwas in die Tasten zu hauen? Sollte Letzteres der Fall sein, dann bist Du doppelt und dreifach ein Armleuchter. Im Falle von Ersterem … Versteh mich recht, Sonni, ich möchte mich nicht in Dein süßes Ananasleben drängeln, ich bin ein gescheites Mädchen und weiß, die Familie geht vor, so steht es ja auch ehern geschrieben als Gebot für alle Neuvermählten: »und das Weib soll an seinem Manne hangen«. Gesetz ist Gesetz. Das Familienleben ist ein Mysterium, es geht nur ihn und sie was an, wie Vater Juri bei Hochzeiten zu sagen pflegt, wenn er das Glas für die Jungvermählten erhebt. Ihr habt also Eure kleinen Geheimnisse, wer hätte sie nicht? Gut, dass Ihr sie habt! Zum Beispiel die Maria Abramowa, der hat ihre Schwester gesteckt, dass ihr Mann sie mehrfach zur sodomitischen Sünde genötigt habe, auch so was kommt vor. Diese Eure Geheimnisse muss ich nicht wissen, danach frage ich nicht, jede Familie hat ihre eigenen. Oder vielleicht habt Ihr gar keine – auch gut! Nicht darum geht es mir, Sonja. Ich erwarte keine Geheimnisse von dir, keine pikanten Einzelheiten aus Eurem Eheleben. Was ich erwarte, ist ein einfaches Gespräch von Herz zu Herz, Schwester zu Schwester, ein gutes, aufrichtiges, warmherziges Gespräch, so wie früher eben. Damit meine Schwester, entfleucht in dieses schlitzäugige Chabarowsk, wenigstens meinem Herzen wieder naherückt! Mehr verlange ich gar nicht! Was könnte ich mehr verlangen, da Du nun mal aus dem Haus bist, mein Liebes, der Liebe gefolgt und den eigenen Plänen und trefflichen Umständen, alles hat sich zum Besten gefügt. Lebt in Glück und Eintracht, ich freue mich für Euch und bete heiß und inniglich, dass Ihr vereint sein möget in Ewigkeit und keine Macht Euch scheidet und dass die Kinderlein endlich kommen, stets habe ich im Guten Eurer gedacht, Grüße an Euch geschickt in Gedanken, Euch geliebt aus der Ferne. Wie aber konntest Du Dein Schwesterlein so ganz und gar vergessen? Das ist schlecht, Sonetschka. Nicht die christliche Art.

Sei's drum, Gott mag Dein Richter sein. Ich denke, wenn der Liebesrausch vergangen sein wird, fürs Erste genug geherzt und liebkost ist, dann wirst du dem Schwesterlein wieder etwas zu schreiben haben, geradeheraus, von Herz zu Herz. In sechs Jahren könnte es doch sein, dass das Gemüt ein klein bisschen abkühlt und sich beruhigt, oder nicht? Kühl ab, Schwesterlein, kühle schnell, auf dass ich Dir wieder in den Sinn komme! Vielleicht fällt Dir ja was Lustiges ein aus unserem früheren Leben, davon gab's doch genügend, Kummer haben wir ja eigentlich nicht gekannt. Da fällt uns doch was ein, Sonnilein, oder etwa nicht? Weißt du noch, wie wir mal sozusagen Kicherwasser geschluckt hatten, und das ausgerechnet beim Baden in der Pachra, und dadurch beinahe ertrunken wären, zu Christi Verklärung? Hinterher hast Du abwechselnd geweint und gelacht und mit Gras nach mir geschmissen, und ich, ich musste dermaßen lachen, dass ich mir ins Höschen pinkelte! Und die Sache mit dem Hubschrauber: wie wir Saschka Mamulow verschaukelt haben, und er ist abends zu Boris Nikititsch gegangen und hat gepetzt, aber der hat ihn rausgeschmissen? Und weißt Du noch, der kleine Wowa: »An deinem Knie sitzt ein …

Hatschi!« Und die Torte mit Salz? Und wie Marfa einmal wild geworden ist, weißt Du das noch? Sie hatte Schweißperlen an der Nase, so wütend war sie! Und bei der Geschichtslehrerin, diesem Ekel, mussten wir auf Erbsen knien! »Großfürst Kalita juckte der Zeh, worauf er ihn kühlte mit Kekoukele*!« Erinnerst Du Dich noch an unseren guten Pjotr Christoforowitsch in Religion? Er unterrichtet nach wie vor, hat sich nicht vom Fleck gerührt, immer noch unbeweibt und kinderlos, der alte Hagestolz. Und siehst Du unsere Puppen noch vor Dir? Das Katerinchen lebt noch, kann sprechen und Barynja tanzen wie in alten Zeiten. Malwinchen hat den Geist aufgegeben, irgendwas mit der Hirnmasse. Kann gerade noch die Augen aufklappen und lächeln. Früher, weißt Du noch, wie sie flötete nach dem Teetrinken: »Xie-xie, hao-he-e-e!«** Aber beide liegen sie inzwischen in Omas Schublade, musst Du wissen, Malwinchen und auch Katerinchen, schlafen im Mottenpulversäckchen und träumen bunte Träume von Dir und mir.

Und – ha! – auf einmal, während ich diesen Brief an Dich schreibe, fällt mir wieder ein, wie wir miteinander den neuen Kreml begucken fuhren! Du fragst Dich, wie ich darauf komme? Das kann ich dir sagen! Während ich Tasta Klapperowna traktiere, lutsche ich an einer Zuckerkremlmauer, stell dir vor! Zu Weihnachten war unser Klein Wanja mit Sergej Woronzow und Nikita Batschej in Moskau auf dem Roten Platz. Und jeder brachte von da einen Zuckerkreml mit! Die Türme möchte Mama bis Ostern aufheben, um den Osterkuchen damit zu krönen, aber die Mauern hat sie in Stücke gebrochen und in die Zuckerdose gesteckt. Und jetzt süßen wir unseren Tee

* (chin.) Coca-Cola
** (chin.) Danke, schmeckt gu-u-ut!

nicht mit Kandis, sondern mit Kremlmauern! Und darum ist mir das eben wieder eingefallen. Irgendwie hatte ich es ganz vergessen, nun ist die Erinnerung wieder da, steht mir deutlich vor Augen wie ein Film im Kino. Du hast mich drauf gebracht, wer sonst! Weißt Du es denn selber auch noch? Ja? Wir waren beide gerade zwölf geworden, da brachte unser seliger Papa eines Morgens die Neuigkeit mit: Der Kreml sei letzte Nacht weiß getüncht worden, auf Befehl des Gossudaren! Es war ein Samstag, das weiß ich noch. Und tags darauf, am Sonntag, sind wir gleich nach Moskau gefahren. Weißt Du noch, wie Du in der Metro das zermatschte Eis am Boden liegen sahest und sagtest: »Das haben die Moskauer weggeschmissen!« Wieso die Moskauer?, hab ich mich damals gefragt. Und dann waren wir auf einmal eingekeilt in den Massen und kamen nur noch mit Trippelschrittchen vorwärts und kriegten es sogar ein bisschen mit der Angst: Was, wenn wir nie mehr da rauskommen? So viele Menschen hatte ich noch nie gesehen! Ist es in der Metro immer so voll?, hab ich unseren seligen Papa gefragt. Nein, antwortete er, das ist, weil außer uns auch noch andere den neuen Kreml gucken wollen. Schließlich sind wir Tretjakowskaja ausgestiegen, dort waren noch mehr Massen, großes Gedränge, Papa hielt uns bei den Händen, wir drückten uns an ihn. So gelangten wir hinaus auf die Uferpromenade. Und da sahen wir ihn, den weißen Kreml, weißt Du noch? Er stand am gegenüberliegenden Ufer der Moskwa. Schneeweiß! Das Volk ringsum rief ah! und oh!. Papa schlug ein Kreuz und verneigte sich vor dem Kreml. Und plötzlich kam die Sonne hinter einer großen Wolke hervorgerollt und sprühte Licht auf die weißen Kremlmauern – wie er da aufglänzte! Dass die Augen schmerzten! Das Bild sehe ich noch vor mir. Auch Dir taten vom Hinschauen die Augen weh, man hätte die Sonnenbrille mitnehmen sollen, sagtest Du. Da lachte der Papa über Dich und sagte: Töchterlein, Schönheit beguckt man sich ohne Sonnenbrille! Und dann hab ich genauer hingesehen und mich in diesen Kreml verguckt, mein Kopf füllte sich mit Licht, es war wie das göttliche Taborlicht, von dem Papa so gerne sprach. Ein großes Klingen und Gleißen im Kopf, und man möchte nie mehr wegsehen, die Augen schmerzen nicht mehr, ich gucke und gucke, nein, was für ein Weiß, es saugt den Blick geradezu an, strahlt in der Sonne, und im Kopf singen die Engel, welch ein Gefühl, ein Schwelgen, ein Behagen, der Himmel tiefblau, die Wolken haben sich verzogen, die Sonne knallt, der Kreml strahlt, die Augen kleben an, ich habe alles um mich her vergessen, schauen, nichts als schauen, und mir ist so wohl dabei, dass ich mich nicht rühren mag, meine Hand in Vaters Hand, und mein Herzenswunsch ist, dass alles so bleibt: dass auch Vater nix sagt und sich nicht bewegt, dass Du mich nicht zwickst, und die Leute ringsum mögen zu Säulen werden, ich will gucken und gucken und gucken und gucken, und ich hätte am liebsten ewig so gestanden und so lange geguckt, bis die Augen vor Müdigkeit zufielen, was sie aber nicht taten, tränten nicht einmal, wurden groß und rund und guckten, guckten, als wäre es das – sonst war nichts weiter nötig auf Erden, immer nur gucken, dastehen und gucken, Kremlgucken und stillstehen, gerade stehen und ordentlich, damit nichts aufgestört wird und durcheinanderkommt. Den weißen Kreml angucken, unverwandt, damit auch er stillsteht, sich nicht vom Fleck rührt, nicht von der Bildfläche verschwindet, dasteht an seinem richtigen, wichtigen Platz, für alle Zeiten und in Ewigkeit, am Ort der großen, guten Sache, zu der alle gekommen sind, sich versammelt haben, um alles gut und richtig zu machen, beieinander zu sein, eins zu sein mit der Welt, in der die Weichen gestellt werden in die richtige Richtung, für alle Zeiten, dass nur ja keiner dazwischenfunkt, damit dieser weiße Kreml da stehen bleibt an seinem Platz in aller Mitten und man ihn richtig begucken kann, sehenden Auges, sodass einem das Herz übergeht, dass die Seele erglänzt im goldenen Licht, dem Licht des Kreml, des großen, gewaltigen, das macht, dass es uns allen gut geht, so gut, dass kein Wunsch offenbleibt, es genügt, zu schauen und von Herzen froh zu sein, den weißen Kreml mit den Augen trinken, den weißen Kreml mit den Augen essen, mehr muss nicht sein, und alle rechtschaffenen Leute stehen dir bei, ehrlich und rechtschaffen stehen sie und freuen sich, stehen mit offenen Augen, guten Augen, und in allen kannst Du einen kleinen weißen Kreml sehen, Tausende Millionen von weißen Kremls in den Augen rechtschaffener Leute, derer, die es verstehen, auf rechte Art zu ehren und zu preisen, denn was sie tun, das tun sie gut, das tun sie richtig, eifrig betrachten sie unseren geliebten geheiligten weißen Kreml, und mehr braucht es nicht als die Gewissheit, dass er immer dort stehen wird, dass nichts dazwischenkommt, und schauen muss man still und leise damit kein Schauder aufkommt und keine Störung schauen ohne die Augen zu überanstrengen ruhig und gelassen schauen schauen schauen und alles wird gut gut und gelassen und den Menschen ein Wohlgefallen alle werden glücklich sein bis in alle Ewigkeit sofern sie es lernen den weißen Kreml anzuschauen wie es sich gehört anderes ist nicht nötig und überhaupt nicht wünschenswert nur schauen muss man und schauen schauen schauen dass nur ja keiner die Augen schließt alle Augen haben offen zu sein und zwar richtig offen dass man sieht es ist alles in ihnen in Ordnung und dass der weiße Kreml steht in ihnen allen und dass jedem ehrlichen Menschen das Herz übergeht vor Freude überall Entzücken und die rechte Art zu sehen und dass die Leute nur ja strammstehen keine Bewegung dann ist alles gut wie es sein soll und die Sonne geht nicht unter sie strahlt und der Kreml er strahlt und er glänzt in jedem Auge in jedem Augapfel ein weißer Kreml der da glänzt und strahlt und zwar so dass es den Leuten einleuchtet dass sie Bescheid wissen dass keine Fragen mehr aufkommen dass allen Menschen klar ist das ist das Glück und es geht nie vorbei solange man guckt nichts Arges zu gewärtigen solange man den Kreml anguckt keine dunklen Geheimnisse alles wird gut sein und sonnenklar alles wird strahlen im weißen Licht und allen wird es gut gehen stehen in scheuer Menge guttun und der große Kreml wird uns scheinen und wir sind alle glücklich ganz und gar wenn mal alles gut ist weißer Kreml helllichter Tag wenn unsresgleichen Kreml gucken kommt den ewigweißen dann wird alles gut so gut so werden dass wir alle Kreml gucken alle Augen werden offen sein weit offen und die Leute werden sehend sowie sie sich um uns scharen uns allen wird gut und wem die Augen aufgehen der sieht gleich den Kreml sehen und alles beruhigt sich sogleich und alle verlieben sich in den Kreml aber Hauptsache Aufstellung genommen und gleich den Kreml gesehen und dann stehen die Toten auf den weißen Kreml zu sehen und wir gehen auf den Schönen Platz den weißen Kreml zu sehen und alle sehen wir wie schön er ist wie gut der weiße Kreml und wird uns allen leuchten immerdar unser vortrefflicher weißer Kreml und wir alle werden ohne Sorgen sein so wir den weißen Kreml sehen und also gucken wir eifrig hin auf den weißen den überaus weißen Kreml und dann weinen wir still und küssen unseren weißen Kreml und alle sind von Herzen froh wenn sie den weißen Kreml sehen er steht da ja für alle Zeit unser goldköpfiger weißer Kreml und wir scharen uns um ihn unseren weißen Kreml zu behüten und sind für alle Zeit erlöst

denn der weiße Kreml ist mit uns wenn alle Leute beieinander sind und alle gehen Kreml gucken sind sie von allem Leid verschont wenn sie den weißen Kreml sehen und alle werden seelenruhig wenn wir den weißen Kreml sehn wir treten an in Reih und Glied wir woll'n den weißen Kreml sehn und alles schart sich fest um uns wir woll'n den weißen Kreml sehn und jedes Auge ist berührt vom weißen Kreml wunderschön seht er strahlt uns kräftig an der Kreml weiß und wunderschön und wir schaun im Überfluss Kreml weiß und wunderschön und es kann uns nichts passiern sehn wir den weißen Kreml stehn damit das Herz voll Wonne klopft müssen wir den Kreml sehn alle Menschen stehen still wenn sie den weißen Kreml sehn stillgestanden den weißen Kreml gucken und nie nie nie vergessen den goldspitzweißen Kreml –
Tut mir leid tut mir leid tut mir leid tut mir leid tut mir tut mir leid tut mir leid tut mir leid tut mir leid tut mir tut mir leid tut mir leid tut mir leid tut mir leid tut mir tut mir leid tut mir leid tut mir leid tut mir leid tut mir tut mir leid tut mir leid tut mir leid tut mir leid tut mir tut mir leid tut mir leid tut mir leid tut mir leid tut mir tut mir leid tut mir leid tut mir leid tut mir leid tut mir tut mir leid tut mir leid tut mir leid tut mir leid tut mir tut mir leid tut mir leid tut mir leid tut mir leid tut mir tut mir leid tut mir leid tut mir leid tut mir leid tut mir tut mir leid tut mir leid tut mir leid tut mir leid tut mir tut mir leid tut mir leid tut mir leid tut mir leid tut mir leid tut mir leid tut mir leid tut mir
Verzeiht mir um Himmels willen verzeiht mir um Himmels willen verzeiht mir um Himmels willen verzeiht mir um Himmels willen verzeiht mir um Himmels willen verzeiht mir um Himmels willen verzeiht mir um Himmels willen verzeiht mir um Himmels willen verzeiht mir um Himmels willen verzeiht mir um Himmels willen verzeiht

mir um Himmels willen verzeiht mir um Himmels willen verzeiht mir um Himmels willen verzeiht mir um Himmels willen verzeiht mir um Himmels willen verzeiht mir um Himmels willen verzeiht mir um Himmels willen verzeiht mir um Himmels willen verzeiht mir um Himmels willen verzeiht mir.
Ich tus nie wieder ich tus nie wieder.

DIE FABRIK

Afanassi Nossow, Meister in der Verpackungsabteilung, hielt sich im Raucherzimmer auf, als er die Sirene zur Mittagspause hörte.

»Dann wollen wir mal«, brummte er, zog hastig an der eben angerauchten Rodina und steckte sie in die große, metallene Urne auf hohem Dreibein, die mit Sand und Kippen bis obenhin gefüllt war.

Drei weitere Fabrikangestellte standen dabei: Maschineneinrichter Petrow, Auswerfer Dobrenko und der Gießereimeister Kossorotow.

»Nanu, Nossow, du scheinst ja ausgehungert zu sein!«, lachte Kossorotow.

»Der Hunger treibt den Wolf aus dem Wald«, sagte Nossow und spuckte in den Sand.

»... und in den Puff!«, ergänzte Petrow, ein Mann mit Schielaugen und großen Ohren, und bleckte die Zähne.

Nossow verließ das Raucherzimmer.

Er lief den hellen Korridor entlang, bog um die Ecke ins Treppenhaus, ging die Treppe hinunter und betrat das gerippte Band des mobilen Fußbodens.

»Schnell!«, kommandierte er, und der Fußboden steigerte seine Geschwindigkeit bis zum Grenzwert.

An den Wänden klebten lebende Plakate mit Arbeitern und Arbeiterinnen, die lachend ihr Werk verrichteten.

Der Fußboden brachte Nossow zügig in seine Abteilung. Er verließ das Band und schaute sich um. Weiter hinten in der riesigen, lichten Halle, zwischen Türmen aus zu Würfeln gefügten Goldpackungen, waren sechs Arbeiterinnen in hellblauen Kitteln zu erkennen.

»Sechs-dreizehn-acht-fünfzig. Vorschub stoppen!«, kommandierte Nossow laut, und alle sechs Förderbänder der Packerei blieben stehen.

Nossow lief durch den breiten Gang nach hinten.

Schnarrend schalteten sich die Packarme ab, die Frauen spannten die Verschlüsse und hängten die Arme in die grünen Ständer.

»Herr Nossow, die Schleifen sind schon wieder gleich alle!«, rief die Titowa.

»Ich kümmere mich!«, erwiderte Nossow und lief suchend durch den Gang.

»Herr Nossow, bei mir streikt der Kuli*!«, brüllte die alte Maksakowa und lachte anzüglich. »Der braucht neues Futter!«

Nossow rief im Gehen den Einrichter an, der für die Kulis zuständig war.

»Witja, komm nach dem Essen mal zu uns rüber. Hier hat sich einer aufgehängt.«

»Dem helfen wir auf die Sprünge«, sagte der Einrichter mit vollem Mund.

Die Arbeiterinnen kamen auf den Gang heraus. Nossow ging zu ihnen.

»Ihr müsst euch heute nicht beeilen. Halle eins steht!«, teilte er ihnen mit.

»Was ist los?«, fragte die Dolgich, während sie die weißen Handschuhe abstreifte.

»Anscheinend wieder ein Kurzer in der Schlauen.«

* Hilfsroboter

»Schonnewidder!«, wunderte sich die einfältige Misina.

»Lasst euch Zeit beim Tafeln«, sagte Nossow und unterdrückte ein Gähnen.

»Danke, Herr Wohltäter!«, griente die Maksakowa, ihre neuen Zähne entblößend, und winkte den Arbeiterinnen. »Mir nach, ihr Schönen!«

Die Frauen begaben sich zum Ausgang.

»Pogossowa«, rief Nossow eine von ihnen. »Hat es sich bei dir öfters verdreht?«

»Kam vor«, sagte die Pogossowa, innehaltend.

»Wart einen Moment.« Nossows Blick wanderte missmutig durch die Halle, dann nach oben.

Unter dem geschwungenen Hallendach aus weißer Plastik hing ein riesiges Zuckerkremlhologramm und drehte sich.

Die Pogossowa kam zurück. Zog sich die Handschuhe von den Fingern.

»Wie läuft es so?«, fragte Nossow.

»Nicht schlecht«, sagte die Pogossowa, eine junge Frau mit breiten Schultern und markanten Wangenknochen.

»Nicht schlecht, das sagt mir gar nichts. Ich frage dich, wie die Arbeit vorangeht.«

»Gut.«

»Das klingt schon anders. Dieses Verdrehen, passiert das häufig?«

»Kam vor«, wiederholte die Pogossowa und lächelte ihn an.

»Wart lieber nicht zu lange, wenn es wieder passiert!«, wies Nossow sie an. »Sowie es passiert, ruf mich an.«

»Klar doch«, lächelte die Pogossowa.

»Oder nein, nicht mich, ruf die Einrichter an.«

»Na klar.«

»Die Einrichter, die sind ja dazu da, dass man sie anruft. Verstanden?«

»Klar doch.«

»Bist ja nicht auf den Mund gefallen. Und wir packen hier keine Nudeln ein«, erklärte er, mit dem Kopf auf das Hologramm deutend. »Staatsauftrag. Das ganze Land schaut auf uns.«

»Klar doch«, lächelte die Pogossowa.

»Komm mit.«

Er machte kehrt und lief eilig den Gang entlang.

Die Pogossowa hatte keine Mühe, ihm zu folgen. Sie war einen Kopf größer als Nossow.

Sie verließen die Halle, stellten sich auf das Band.

»Schnell!«, befahl Nossow dem Band mit Groll in der Stimme.

Schnell trug das Band sie dahin.

»Warum gehen der Titowa eigentlich ständig die Schleifen aus?«, fragte er, ratlos die Schultern hebend. »Frisst sie die oder was?«

»Keine Ahnung«, erwiderte die Pogossowa und ordnete ihr unter dem blauen Kopftuch hervorquellendes blondes Haar.

»Warum habt ihr, die Misina, Omi und du, immer welche übrig, bloß die Titowa nicht?«

»Wahrscheinlich hat sie nicht genug Vorrat.«

»Wieso nicht genug? Ich geb euch doch allen gleich viel!«

»Keine Ahnung.«

»Wenn ihr keine Ahnung habt, wer soll dann eine Ahnung haben? Ich vielleicht?«

Die Pogossowa zuckte mit den breiten Schultern.

»Könnte es sein, dass sie klaut?«

»Keine Ahnung. Was soll sie mit den Dingern anfangen?«

»Weiß der Teufel!«

»Und wie die hier rausschaffen?«

»Gar nicht. Alles atomgesichert. Wo sollte sie sich die hinstecken.«

»Keine Ahnung.«

»Sch... auf die Titowa!« Nossow winkte innerlich ab, während er vom Band stieg.

Die Pogossowa folgte ihm.

Nossow ging auf eine kleine Tür mit der Aufschrift STÜCKWERK zu, legte den Schlüssel an. Die Tür fuhr zur Seite, Licht flammte auf. Nossow und die Pogossowa traten ein. Hinter ihnen schloss die Tür sich wieder. Sie waren in einem schlauchartigen, fensterlosen Raum, in dem bis unter die Decke Paletten mit zerbrochenen Zuckerkremln gestapelt waren. Nossow strebte durch den schmalen Gang, die Pogossowa ihm nach, wobei sie aufpassen musste, mit ihren breiten Schultern nicht die Zuckerbrocken von den Paletten zu streifen. Nossow bog ab, verschwand hinter einer Palettensäule. Die Pogossowa hinterher. Hier ging es nicht mehr weiter. Ringsum türmten sich Behältnisse mit Zuckerkremlbruch. In der Ecke lag eine Rolle durchsichtiger Folie.

»So«, sagte Nossow und stieg auf die Rolle. Drehte die Pogossowa mit dem Rücken zu sich.

Die Pogossowa raffte ihren blauen Rock und den weißen Unterrock, hielt beides mit einer Hand fest, dann beugte sie sich nach vorn und stützte sich gegen eine Palette. Legte die Wange auf den Zuckerbruch. Die Pogossowa hatte einen schönen, glatten, weißen Po. Nossow knöpfte sich die schwarze Hose auf, ließ die lange schwarze Unterhose herab. Sein dunkles Glied stand. Nossow besprühte es mit Verhütungsspray, Marke *Auf dem Posten*, und drang zügig in die Pogossowa ein.

»Oh!«, machte die und tat einen tiefen Seufzer.

»So«, brummte Nossow, umfasste die Pogossowa von hinten und begann sich ruckartig zu bewegen.

Die Pogossowa stand und sagte nichts.

»So … so … so …«, keuchte Nossow im Takt der Stöße.

Die schwarze Schildmütze auf seinem Kopf wackelte, rutschte ihm in den Nacken.

Pogossowas Zungenspitze streckte sich nach einem abgebrochenen Borowizki-Turm.

»So, so, so …«, brummte Nossow dumpf, seine Bewegungen wurden schneller.

Die Pogossowa leckte einmal über den Turm.

»Und … so, und … so, und so, und so!«, schnaufte Nossow.

Die Pogossowa leckte am Turm auf und ab. Ihre großen grünen Augen huschten ziellos über den Zuckerbruch.

»Und so und so und soo-o-o-ohhh!«, röchelte Nossow und zuckte, seine Hände krallten sich in die Pogossowa.

»Äh-m-m-m!«, machte die Pogossowa und verzog schmerzhaft das Gesicht, leckte aber weiter.

Nossow atmete schwer und ließ den Kopf auf Pogossowas Rücken sinken.

So verging eine Minute.

Derweil leckte die Pogossowa gelassen weiter an ihrem Zuckerturm.

»So.«

Nossow hob ächzend den Kopf, zog sich aus der Pogossowa zurück, ergriff Hosen und Unterhosen und stieg von der Rolle.

Die Pogossowa richtete sich auf und spreizte die Beine. Nossows Sperma lief aus ihr heraus, tropfte zu Boden. Die Pogossowa wartete geduldig. Schließlich wischte sie sich mit der Hand den Schoß aus, rieb sie anschließend an einer Zuckerbruchpalette trocken.

»So was aber auch«, stieß der erhitzte Nossow kopfschüttelnd hervor und knöpfte sich immer noch keuchend wieder zu.

Die Pogossowa drehte sich zu ihm um. Sah ihn an mit ihrem immer gleichen Lächeln.

Nossow zog den Gürtel straff und richtete die Mütze. Atmete noch einmal tief durch, strich sich über den Schnauzbart. Griff in seine Tasche, holte einen Silberrubel hervor. Hielt ihn der Pogossowa hin, die ihn nahm und in die Tasche ihres blauen Kittels steckte.

Nossow hüstelte.

»Dann wollen wir mal«, sagte er und lief den Gang zurück.

Die Pogossowa folgte ihm.

Sie verließen den Raum, Nossow schloss ab. Sie gingen durch den Korridor zum Band, das in die Kantine führte. Auf dem Band standen vereinzelt Arbeiter. Nossow und die Pogossowa stellten sich auf das Band. Lächelnd betrachtete Pogossowa die vorübergleitenden Plakate an der Wand.

»Ich hätte da noch eine Frage.«

»Was ist denn?«, fragte Nossow und sah sie mit zusammengekniffenen Augen an.

»Warum wird der Bruch nicht repariert, sondern gleich abgeschrieben?«

»Wie willst du den reparieren? Vollguss.«

»Aber wenn da bloß ein einziger kleiner Zacken abgebrochen ist von der Mauer, ich meine, deswegen gleich den ganzen Kreml abschreiben ...«

»Das gehört sich so.«

»Geht der Zacken denn so schwer anzukleben?«

Nossow setzte ein müdes Lächeln auf.

»Womit willst du den denn ankleben, dummes Häschen?«

»Na, auch mit Zucker.«

»Ausgeschlossen. Der Zucker wird bei einer ganz bestimmten Temperatur gegossen und dann sofort zum

Erstarren gebracht. Das lässt sich nicht rückgängig machen.«

»Ach so?«

»Ja.«

Die Pogossowa seufzte.

»Ich meine ja nur, schade um die schöne Arbeit. Einen ganzen Kreml wegschmeißen wegen einem einzigen kleinen Zahn.«

»Ein Kreml hat nun mal ganzheitlich zu sein.«

»Ganzheitlich?«

»Ganzheitlich.«

»Wieso das?«

»Wieso was? Das ist eine Staatsangelegenheit, Dummchen! Da darf es keinen noch so feinen Riss geben, keine noch so kleine Scharte! Makellos! Kapiert?«

»Klar doch«, sagte die Pogossowa und sah ihn an.

»Du kannst Fragen stellen! Dabei bist du doch kein Kind mehr. Wie alt bist du?«

»Achtzehn.«

»Achtzehn! Mit achtzehn hab ich schon bei der Fernartillerie gedient, da wusste ich schon, wo der Hammer hängt. Und du, du bist doch bestimmt schon den dritten Monat bei uns?«

»Den vierten.«

»Den vierten, na siehst du. Da müsstest du eigentlich schon wissen, wo es langgeht. Das kleine Einmaleins sozusagen.«

»Weiß ich ja auch. Mir tut's nur um den Zuckerbruch leid.«

Nossow lächelte wieder sein müdes Lächeln und schüttelte den Kopf.

»Fängst du schon wieder an? Ganz-heit-lich-keit! Klaro?«

»Klaro«, lächelte die Pogossowa.

Er schaute weg und winkte ab.

»Mit dir zu reden hat nicht viel Zweck. Lauf und iss was, Pogossowa.«

Die Pogossowa nickte.

Seufzend verließ Nossow das Band und steuerte schnellen Schrittes auf das Raucherzimmer von Abteilung eins zu.

Die Pogossowa fuhr weiter. Ihre großen grünen Augen blickten voraus.

KINO

»Kamera!«, raunte der Regisseur.

Er sprach leise, doch artikuliert – zumal seine Stimme von Lautsprechern verstärkt wurde, sodass sie durch den ganzen, von der tief stehenden Sonne durchfluteten Birkenhain schallte.

»Kamera läuft!«, erwiderte der Kameramann.

»Klappe!«, befahl der Regisseur nun etwas lauter.

Ein Mädchen im luftigen Sommerkleid, mit zwei langen Zöpfen, betätigte die Klappe und rief:

»Szene achtunddreißig, die dritte!«

»Iwan!«, kommandierte der Regisseur.

Ein junger Mann von attraktivem Äußeren, in beigefarbenem Nankinganzug, weißer Russenbluse mit besticktem Stehkragen und Chromlederstiefeln, ging zu einer Birke, kniete vor ihr nieder und umarmte sie, das Gesicht an den Stamm gedrückt.

»Verzeih, Mütterchen Russland, verzeih mir!«, sprach er mit brechender Stimme.

Der Regisseur hob den gestreckten Zeigefinger.

Kuckucksrufe tönten durch den Hain.

»Eins … zwei … drei … vier …«, begann der junge Mann sie zu zählen.

Der Regisseur zog den Zeigefinger ein. Der Kuckuck verstummte.

Der junge Mann setzte sich mit dem Rücken zur Birke,

lehnte sich an. Seufzte schwer. Fuhr sich mit der Hand über die Brust. Löste den obersten Hemdknopf mit schroffer Gebärde.

»O mein Gott … Will die liebe Heimatscholle mich wirklich noch vier weitere Jahre ertragen? Mich nähren, lieben … als ob nichts wäre?!«

Sein durch den Hain irrender Blick hielt plötzlich inne. Er schluckte.

»Wird ihr denn nicht heiß werden unter meinen Füßen?«

Er schlug die Hände vor das Gesicht – an jedem Ringfinger ein Ring. Schüttelte den Kopf. Ließ die Hände kraftlos wieder sinken.

»Nein, ich weiß«, seufzte er. »Das sähe dir nicht ähnlich, russische Erde. Du liebst uns Russen alle, ohne Unterschied. Die dich behüten ebenso wie die, die dich verraten.«

Der Regisseur hob die Hand – erst zur Faust geballt, dann jäh die Finger spreizend.

Hinter dem Stamm einer knorrigen alten Espe – ausgehöhlt und abgestorben, die einzige ihrer Art im ganzen Hain – trat ein hagerer Mann hervor: grau meliert mit Sonnenbrille, gestutztem Oberlippenbärtchen, kakaofarbenem Sakko, einem T-Shirt mit dem Aufdruck *Colorado 2028,* engen weißen Hosen, großen, klobigen Turnschuhen der Marke *Chamäleon* aus lebendgebärender Plastik sowie einem Spazierstöckchen.

»Wessenthalben bläst du Trübsal, Iwanuschka?«, sprach der Herr mit leichtem amerikanischen Akzent.

Der junge Mann zuckte so heftig zusammen, dass er schwankte, streckte wie zur Abwehr die Hände aus.

»Puh«, rief er. »Weiche! …«

»Kein Grund zum Fürchten! Es ist nur die meine Wenigkeit«, sprach der Herr und kam näher, tippte dem jungen Mann mit dem Stock an die Schulter.

Der kratzte sich die Brust und schnaufte.

»Teufel, hast du mich erschreckt!«

»Teufel? Der bin ich gewiss nicht!«

»Nein, schlimmer«, sagte der junge Mann, über die Schulter äugend.

Der Herr holte ein Zigarettenetui aus der Tasche. Klappte es auf, hielt es dem Jungen vor die Nase.

»Would you like a cigarette, my dear?«

»Mit dem Teufelskraut geb ich mich nicht mehr ab«, murmelte der junge Mann.

»Oha! Seit wann denn das?«

Der Junge bedachte den Amerikaner mit einem stechenden Blick.

»Seit heute.«

Der Amerikaner nahm die Sonnenbrille ab. Die beiden Männer sahen sich in die Augen. Es entstand eine lange, gespannte Pause, in der die Blicke einander standhielten.

Der Regisseur hob beide Daumen und schüttelte sie. »Ja! Ja! Ja!«, formten seine Lippen in stummer Begeisterung, dabei boxte er der neben ihm sitzenden Szenaristin gegen das Knie. Die, ohne den Blick vom Monitor zu wenden, ergriff die Faust des Regisseurs und küsste sie. Ein lautloses Rumoren der Anerkennung ging durch den ganzen Drehstab, der der Szene atemlos gefolgt war.

»Was hast du, Iwan?«, fragte der Amerikaner, während er das Zigarettenetui wieder einsteckte.

»Das kann ich dir sagen!«, stieß der Junge hervor und stand entschlossen auf.

Nun sah man, dass er größer als der Amerikaner war.

»Mit den Treffen mach ich Schluss jetzt«, stieß er rau hervor.

Die Augen des Amerikaners verengten sich zu einem Spalt.

»Aus welchem kühlen Grunde?«

»Aus dem Grund, dass ich nicht mehr für euch arbeiten will.«

Auf einmal kuckuckte es wieder aus dem Hain. Der Kameramann zuckte zusammen, zischte, spuckte aus. Die Szenaristin schloss vor Entsetzen die Augen. Der Regisseur schnellte von seinem Stuhl, schüttelte drohend die Faust. Seine Lippen malten einen Fluch.

»Sauerei!!«

Hektisches Treiben im Drehstab. Der Kuckucksruf verstummte.

Der Regisseur in seiner Wut biss sich auf die Unterlippe, richtete seine Brille, sank auf den Stuhl, schüttelte seufzend den Kopf. Die Szenaristin ebenso, ihr Kopfschütteln wollte gar nicht wieder aufhören, sie hielt die Hand vor den Mund gepresst.

»Sa-bo-ta-ge!«, zischte der Kameramann.

Der Amerikaner setzte die Sonnenbrille auf.

»Aber wieso denn? Zahlen wir dir womöglich zu wenig?«

»Euer Geld, das brauch ich nicht mehr. Dich falsche Schlange möcht ich nie mehr sehn. Hast mir schon bannig Blut ausgesaugt, mich eingespannt in dein schändliches Tun. Aber meine Seele, die hab ich euch Missetätern noch nicht verkauft! Damals nicht und heute nicht! Meine Seele ist frei! Heb dich hinweg, Satan! Da hast du deine Geschenke wieder!«

Der junge Mann riss sich die beiden Ringe von den Fingern und schleuderte sie dem Amerikaner vor die Füße.

»Und dass du es bloß nicht mehr wagst, mich zu behelligen, das sag ich dir und deiner ganzen Botschaft ein für alle Mal. Sonst meld ich es der Geheimen Kanzlei!«

Eine neue Pause entstand. Der Regisseur hatte sein Entzücken wiedergefunden, hielt die Daumen steil in die Höhe.

Der Amerikaner ging in die Hocke, suchte und fand die beiden Ringe im Moos.

»Um deine Seele ist's dir zu tun, Wanja, verstehe ich recht?«

»Jawohl!«, sagte der junge Mann, machte eine entschlossene Kehrtwendung und wollte gehen.

Doch der Stock des Amerikaners hakte sich in seine Schulter.

»Und als du das hier verzapftest, da war dir die Seele grad schnuppe, oder wie?«

Der Amerikaner hielt plötzlich eine kleine schlaue Maschine in seiner Hand und setzte sie in Gang. Über der Wiese entstand ein Hologramm: Der junge Mann in der Uniform eines Hauptmanns der russländischen Luftstreitkräfte schließt sich in einer Toilettenkabine ein, zieht etwas aus der Tasche und schiebt es schnell hinter das Becken. Darauf wartet er ein Weilchen ab, zieht die Spülung und verlässt pfeifend die Kabine. Was er da pfeift, ist die Romanze »Was tut es, ob ich leide oder lache …«.

»Ich glaube ja nicht, mein lieber Wanja, dass eure Geheime Kanzlei darob sonderlich erfreut sein wird.«

Den Amerikaner traf ein kurzer, hasserfüllter Blick.

»Keine Angst, ich zeig mich zuallererst selber an!«, sagte Iwan.

Der Amerikaner stutzte. Das Hologramm verschwand.

»Gleich geh ich zur Geheimen Kanzlei und beichte alles!«

»Und du meinst, man wird dir verzeihen?«

»Das müssen andere entscheiden. Hauptsache, ich zerreiße euer tückisches Spinnennetz! Wenigstens damit will ich der Heimat einen Dienst erweisen. Und vielleicht ist sie dann weniger sauer auf mich.«

Mit diesen Worten wollte Iwan von dannen ziehen.

»Weniger sauer? Auch über das da?«

Über der Wiese hing nun ein neues Hologramm: Hotelzimmer, kreischende amerikanische Jazzmusik, Iwan steht nackt und sturzbetrunken über einen Tisch gelehnt, der voller fremdländischer Speisen und Getränke ist, hält ein Nutellaglas in der Hand, pult mit den Fingern die Schokoladenmasse aus dem Glas und schleckt sie ab, während im Hintergrund ein schöner Mulatte, Zigarre zwischen den Zähnen, anal mit ihm verkehrt. Die Schulter des Mulatten trägt die typische Tätowierung amerikanischer Fallschirmjäger: einen Totenkopf am Fallschirm.

Iwan sah das Hologramm und stand wie vom Donner gerührt.

»My sweet russian boy!«, sprach der Mulatte mit lüsternem Lachen und blies dem holografischen Iwan Zigarrenrauch in den Nacken.

Durch das Hologramm ging ein Flackern. Die Szenaristin zuckte, doch der Regisseur fasste sie beim Handgelenk.

»Nein, nein«, flüsterte er mit erhobenem Zeigefinger, »das muss so sein.«

Iwan glotzte mit irrem Blick auf das Hologramm.

»Willst du dieses auch beichten?«, fragte der Amerikaner, ganz nahe an ihn herantretend.

Iwan stand und rührte sich nicht.

Der Amerikaner gab ihm einen Stoß. Iwan fiel wie ein Sack ins Gras. Der Amerikaner schaltete das Hologramm ab, kauerte sich neben den jungen Mann, streichelte ihn.

»Mach keine Dummheiten, Wanja. Es gibt keinen Weg zurück für dich.«

Er zog das Zigarettenetui wieder hervor und entnahm ihm eine Zigarette, die er Iwan zwischen die Lippen steckte und anzündete.

»Ich und du, wir hängen am selben Schnürchen. Allein der Tod kann es zerreißen. Und sterben möchtest du doch nicht so bald, oder?«

Iwan setzte sich auf, starrte zu Boden. Der Amerikaner rauchte nun auch. Ließ die Ringe auf seiner Handfläche hüpfen.

»Du bist jung. Hast noch alles vor dir. Und so darfst du mit unseren Geschenken nicht umgehen, hörst du? Das sind doch keine Glasperlen.«

Er steckte die Ringe zurück an Iwans kraftlose Finger.

»Außerdem habe ich dir noch etwas Hübsches mitgebracht.«

Lächelnd zog der Amerikaner ein goldenes Brillantringlein aus der Tasche und schob es Iwan über den kleinen Finger.

»Jetzt hast du zu dem Saphir und dem Mondstein auch noch einen Brillanten am Patschhändchen strahlen. Und der Brillant, musst du wissen, mein lieber Iwan, ist der edelste aller Steine. Er ist gewissermaßen gar kein Erdenstein, sondern ein herabgefallener Splitter vom Himmelsgewölbe. Freu dich daran!«

Mit diesen Worten hob der Amerikaner Iwans Hand vor dessen Gesicht.

Iwan sog gierig an seiner Zigarette, sprang auf und ging los. Geräuschlos fuhr die Kamera auf ihrer Laufschiene hinter ihm her.

Der Amerikaner lief auf gleicher Höhe, fasste Iwan um die Taille.

»Und noch was«, sagte er, zog einen ledernen Geldbeutel aus der Tasche, wog ihn auf der flachen Hand. »Hundert Goldrubel.«

Abrupt blieb Iwan stehen.

Der Regisseur war aufgesprungen, nestelte in starker Erregung an seiner Brille, hob die geballte Faust.

»Hundert goldene, Wanja!«, sprach der Amerikaner, ergriff Iwans Hand und legte den Beutel hinein.

Iwan tat noch einen gierigen Zug und warf die Zigarette weg.

»Was braucht ihr?«, fragte er mit belegter Stimme.

Der Amerikaner fixierte ihn aufmerksam durch seine dunkle Brille.

»Was wir brauchen, Wanja, ist die Geheimkombination, die Zugang zum internen Funkverkehr eurer Flugzeugtransporter mit den Atomsprengköpfen verschafft. Die diese merkwürdigen Manöver über der Nordgrenze eures Reiches fliegen.«

Iwan ließ sich ins Gras fallen. Schüttelte heftig den Kopf.

»Nein. Das tue ich nicht. Auf gar keinen Fall.«

Der Amerikaner ließ ein leises Lachen hören, legte Iwan die Hand auf den Kopf und sprach, mit einem verschlagenen Blick in Richtung der untergehenden Sonne:

»Du wirst. Und zwar genau so, wie ich es dir sage.«

Es folgte eine quälend lange Pause.

»Im Kasten!«, brüllte der Regisseur und rannte auf die Darsteller zu.

»Im Kasten! Hurra, wir haben's im Kasten!«, jubelte er und fiel ihnen um den Hals.

Die Szenaristin schlug erst einmal ein schwungvolles Kreuz, dann eilte sie ihm hinterher.

»Im Kasten, Mensch! Verdammt noch mal ...« Der Regisseur küsste seine Akteure ab, drückte und zwickte sie. »Es ist im Kasten, meine Lieben! Ihr Helden!«

Die Szenaristin im knallengen Kleid, groß und kantig, mit ewigem Kindergesicht, trat hinzu, umarmte »Iwan«, schmiegte sich an ihn.

»Gott sei Dank ... Mir wollte das Herz im Leibe zerspringen ...«

»War es denn zufriedenstellend?«, fragte der »Amerikaner«, die Brille abnehmend, in nüchternem Ton.

Der Regisseur boxte ihn gegen die Schulter.

»Ob es zufriedenstellend war? Du bist ein Genie!«

»Was mich betrifft – ich hab was im Stiefel, das juckt wie verrückt!« Iwan lachte erleichtert und fuhr sich mit der Hand in den Stiefel. »Irgendein verdammtes Viech ist mir da reingekrochen und kitzelt, aber wie!«

»Mann, Alter!«, rief der Regisseur und umarmte seinen »Iwan«.

»War wohl nicht ganz schlecht?«

»Es war optimal. Optimal!«

»Und den Sonnenuntergang haben wir auch!«, sagte der Kameramann, ein untersetzter, graubärtiger Profi.

»Nicht zu fassen! Auch das noch! Hurra!«

Der Regisseur drehte aufgekratzt den rasierten Kopf hin und her, ruckelte immer wieder an seiner Brille. »Da, schaut! In einer Minute ist er weg! Dann wäre Sense gewesen. Wir aber haben ihn, Scheiße noch mal!«

»Jegor, ich bitte dich inständig, lass das Fluchen sein!«, mahnte die Szenaristin, bevor sie ihm um den Hals fiel.

Der Regisseur griff die Szenaristin bei den eckigen Schultern, schüttelte sie.

»Aber wir haben ihn, den Untergang, begreifst du denn nicht, Awdotja? Das war dermaßen knapp!«

»Anderthalb Minuten!«, bestätigte die Kameraassistentin.

»Da hörst du's! Anderthalb Minuten! Dann wär's vorbei gewesen!«

»Gebt mir doch endlich mal einen Stuhl, dass ich den Stiefel loswerde!«, brüllte »Iwan«.

»Einen Stuhl auf den Dreh!«, brüllte die Kameraassistentin.

»Und der Kuckuck hätt's uns um ein Haar verschissen,

wie?«, lachte der »Amerikaner« und zündete sich eine Zigarette an.

»Ach ja, richtig.« Das Gesicht des Regisseurs verdüsterte sich. »Schafft mir den Geräuschemacher her!«

»Bin schon da, Meister Jegor!«

Ein ärmlich gekleideter, buckliger junger Mann kam geeilt. »Bitte um Nachsicht, dass mir das eine Mal was danebenging ...«

»Das eine Mal!«, brüllte der Regisseur, sein Gesicht wurde rot. »Einmal ist keinmal, wie? Einmal Arschficken macht noch nicht schwul? Mach, dass du wegkommst! Morgen hast du frei, dass du's weißt!«

»Verzeiht mir, der Teufel hat mich geritten!«

»Schieb's bloß nicht auf den! Verschwinde!«

Der Regisseur drängte ihn beiseite und sah sich um.

»So. Genug für heute!«

»Darf man zu Tisch bitten, Jegor Michailowitsch?«, wollte eine füllige Frau wissen.

»Man darf nicht nur, man muss!«

»He-errschaften! Es ist an-ge-rich-tet!«, rief sie, die Hände wie einen Trichter um den Mund gelegt.

Der Regisseur winkte den Darstellern, klatschte ein paarmal in die Hände.

»Schluss jetzt. Hopp, hopp ins Zelt!«

Alles strömte vom Drehplatz in das grüne Zelt, das weiter hinten unter Birken errichtet war. Dort standen Tisch und Stühle, die Schauspieler ließen sich nieder, zwei Maskenbildnerinnen gingen daran, sie abzuschminken und umzukleiden. Der Regisseur zog eine Flasche schottischen Whisky aus der Tasche – *Dewar's*, zwölf Jahre gelagert – und schenkte hastig in eine Reihe Plastikbecher aus.

»Schnell-schnell-schnell ...«

»Jegor Michailowitsch, wollen Sie schon was sehen?«, fragte ein Kameraassistent, ins Zelt hereinschauend.

»Später!«, brüllte der Regisseur, die Whiskyflasche vor ihm abschirmend. »Tanja! Dass mir hier keiner reinkommt!«

Die Szenaristin nahm ihm die Flasche aus der Hand.

»Gib sie mir. Da ist sie sicher.«

Sie schob den Whisky in ihre Tasche und diese unter den Tisch, entnahm dem Kühlschrank eine Flasche russischen Korn und stellte sie in die Mitte.

»Sind Bartträger genehm?«, fragte der Kameramann, den Kopf hereinsteckend.

»Georgijewitsch! Wo bleibst du denn!«

Der Regisseur streckte ihm einen Becher hin.

Auch die anderen, mit Ausnahme der Maskenbildnerinnen, nahmen sich einen.

»Auf uns!«, verkündete der Regisseur, die Brille zurechtrückend.

Alle tranken. Der Regisseur zog eine Packung Rodina hervor und riss sie auf. Etliche Hände bedienten sich.

»Das hätten wir also!«, sagte der Regisseur nach dem ersten Zug.

»Ich hatte, ehrlich gesagt, nicht geglaubt, dass wir das heute in den Kasten kriegen«, sagte die Szenaristin, die gleichfalls gierig an ihrer Zigarette saugte.

»Ich auch nicht!«, lachte der Kameramann.

»Und ich hab's irgendwie gewusst, stellt euch vor!«, sagte »Iwan«.

»Die dritte Klappe!«, sagte der Regisseur, dem das Blut in den runden Kopf stieg. »Es ist immer wieder rätselhaft. Immer ist es die dritte, die hinhaut, verdammt noch mal. Das muss doch was bedeuten!«

»Die Heilige Dreifaltigkeit«, sagte der Kameramann und kraulte sich bedächtig den Bart.

»Ach, ich denke, das ist eher Schicksal, Jegoruschka!«, lachte die Szenaristin.

»Awdotja, mein Augenstern!«, sagte der Regisseur und griff nach ihrem langen Arm. »Leute, lasst uns trinken auf diese großartige Frau! Wie schon Jean Gabin sagte: Das Drehbuch macht den Film, das Drehbuch und nix sonst!«

»Da bin ich anderer Meinung«, widersprach der Kameramann.

»Anderer Meinung«, äffte der Regisseur ihn nach. »Was du nicht sagst. Schenk lieber ein!«

Der Kameramann beugte sich unter den Tisch nach dem Whisky.

»Dürfte ich lieber einen Wodka haben?«, fragte der »Amerikaner«, der sich mit einer feuchten Papierserviette das Gesicht wischte.

»Aber natürlich!«

Die Szenaristin goss ihm einen Wodka ein.

Die anderen bekamen Whisky nachgeschenkt.

Eine der Maskenbildnerinnen nahm den leeren Whiskybecher des Amerikaners zur Hand, roch daran, leckte.

»Höchlich merkwürdig, wie das riecht.«

Der Regisseur hob seinen Becher.

»Auf dich, Awdotja!«

Alle tranken.

Der Regisseur atmete geräuschvoll aus und sog im nächsten Moment an seiner Zigarette.

»Die Idee mit dem Tisch und das alles … Genial, kann ich nur sagen!«

»Ich hab Sodbrennen von dem Nutella«, lachte Iwan. »Wie können die bloß so einen Dreck essen!«

»Die Arschfickerei wird nicht durchgehen, schätze ich mal«, sagte der Kameramann und stieß schnaufend Rauch aus.

»Unke doch nicht, Mann!«, brüllte der Regisseur.

»Darüber sollten wir jetzt nicht nachgrübeln, Wasja«,

sagte die Szenaristin begütigend und legte die Hand auf die Schulter des Kameramanns.

»Ich grüble ja gar nicht, ich sage nur.«

»Ob sie es durchgehen lassen oder nicht, wer will das voraussehen«, stellte der Regisseur fest, während er den restlichen Whisky ausschenkte. »Ich bin nicht Yeti Fedi, das ist klar. Aber ich darf mir doch wohl auch einmal eine entschiedene Äußerung herausnehmen. Das ist doch mein gutes Recht, oder etwa nicht? Und das wissen die da oben sehr wohl!«

»Natürlich ...«

Alles nickte und pflichtete ihm bei.

»Ihr habt euch jedenfalls heute selber übertroffen, Jungs!«, sagte der Regisseur und klopfte den Darstellern die Schultern. »Auf euch!«

Alle tranken.

»Uff! Ich bin, scheint's, schon ein bisschen besoffen«, sagte der Regisseur und grinste blöde.

»Du bist müde, Jegoruschka, das ist es«, sagte die Szenaristin und legte den Arm um ihn. »Steig in den Tank und schlaf ein bisschen.«

»Nein-nein.«

Der Regisseur leckte sich die Lippen, rückte die Brille zurecht und überlegte.

»Weißt du was, Georgi, schauen wir doch lieber gleich mal, was wir da gedreht haben.«

»Von mir aus«, sagte der Kameramann und zuckte die breiten Schultern.

Der Regisseur legte seinen Arm um ihn, und sie verließen gemeinsam das Zelt.

»Ich will auch mitgucken«, sagte »Iwan«, die Zigarette ausdrückend, und stand auf.

»Und wo du bist, da will ich sein, trullahopp, trullahopp, hopp, hopp!«, trällerte der »Amerikaner« und klatschte sich dazu einen geschickten Trommelwirbel auf die Knie.

Sie gingen hinaus. Nach ihnen auch die Maskenbildnerinnen.

Einzig die Szenaristin blieb im Zelt. Die Zigarette in der einen, den Whisky in der anderen Hand, abwechselnd rauchend und nippend, lief sie in dem kleinen quadratischen Raum erregt hin und her. Blieb zuletzt vor dem Kühlschrank stehen. Auf ihm lag der Deckel einer Duralight-Schachtel. Die Szenaristin hob ihn an. Ein Zuckerkreml verbarg sich darunter. Der Drehstab hatte ihn schon kräftig dezimiert. Die Szenaristin brach die Kuppelkreuze von der Erzengelkathedrale ab und warf sie in ihren Whiskybecher. Versetzte den Becher in kreiselnde Bewegung und trank den Inhalt mit einem Schluck.

Pfeifend atmete sie aus und, den schmalen Handrücken vor den Mund gepresst, wieder ein. Warf den Becher auf den Zeltboden, trat mit dem Stöckel darauf.

»Der Sieg ist unser!«

Und im Stelzschritt verließ sie das Zelt.

UNDERGROUND

An der Station Beljajewo kämpfte sich Arina mit vielen anderen aus der U-Bahn und trieb im trägen Menschenstrom in Richtung Ausgang. Passierte die Reihe metallener Drehkreuze, stieß mit der Schulter die zerkratzte Glastür mit der Aufschrift *Ausgang* auf und fand sich im Fußgängertunnel wieder, der schummrig, schmutzig und kaum weniger voll mit Menschen war: Leute, die von der Arbeit heimkehrten, kauernde Bettler in den Ecken, Abgebrannte, die sich mit ihren orangenen Bechern dazwischendrängten und münzenklappernd ihr »Barmherzigkeit und kein Opfer!« psalmodierten; dazu die schmachtenden Gesänge der Nautilusse mit ihren wohlgestutzten Bärten, fliegende Händler mit heißen Broten und der lebenden Abendausgabe der *Auferstehung*, zwei betrunkene Landstreicher, die sich mit einem grell gekleideten und geschminkten Chinesen in den Haaren hatten, ein zottiger Straßenköter kläffte. Arina drängte zur Treppe, deren Stufen voller Müll waren – nur hinaus aus der stinkenden Unterführung! Begierig sog sie die frische Frühlingsluft ein.

Oben war Moskau, der zwölfte Mai. Die Uhr über dem großen *U* zeigte 18:21.

Arina zog ihr Kopftuch gerade und zupfte an ihrem Kattunkleid, fühlte nach, ob Geldbörse, Transportmarke und Fernspreche noch in der Gürteltasche steckten. Alles noch da. Arina seufzte erleichtert und lief eilig an den Buden und Marktständen vorbei zur Konstantin-Leontjew-Straße.

Für ihre neunzehn Jahre sah Arina noch recht jung aus, ein großes, mageres Mädchen mit ruhigen, freundlichen, klugen braunen Augen im nicht sonderlich hübschen Gesicht.

Mit Mühe drängte sie sich durch die Schlangen vor den vier üblichen Lebensmittelständen, schlug einen Bogen um die Ansammlung von Usbeken, die mit allerlei Armaturteilen in den Händen neben vier riesigen Containern hockten, an deren Frontseite das lebende Bild eines die Sonne verschlingenden Drachens nebst der Aufschrift *Chuangwei** prangte, lief an der Garküche vorbei und kam an das erst unlängst abgefackelte fünfstöckige Gebäude der Handelsgenossenschaft Buslai. Unübersehbar an der rußgeschwärzten Fassade das Bekennerzeichen der Opritschniki: Hundekopf und Besen im roten Kreis.

Arina lief um das Haus herum, von dem immer noch ein stark brandiger Geruch ausging, unter ihren Halbschuhen knackten Glasscherben und verkohlte Holzscheite. Nun konnte sie schon die Leontjew-Straße mit ihren Siebengeschossern sehen und ging darauf zu. Auf dem Hof von Nummer 3 saß ein graubärtiger Messerschleifer und rauchte, neben sich auf einem Dreibein die Schleifbank. Arina ging hin.

»Schleifen Sie auch kleine Scheren, Väterchen?«, fragte sie ihn.

»Ich schleife alles, mein schönes Kind.«

Arina entnahm ihrer Börse eine kleine Nagelschere und reichte sie dem Alten. Der dreht die Schere kurz in seinen hornigen Fingern.

* (chin.) Gardinen

»Acht Kopeken«, bestimmte er.

»Gut«, sagte Arina und nickte.

Der Schleifer spannte die Schere in seine Bank und schaltete ein. Rot blitzende Laserstrahlen fuhren zischend über die Scherenklingen.

Derweil schüttelte Arina etwas Kleingeld aus ihrer Börse in die hohle Hand, bis sie einen Fünfer und drei einzelne Kopeken gefunden hatte, die sie dem Alten zusteckte.

»Seien Sie bedankt, Väterchen.«

»Gott behüte dich, mein Töchterlein.«

Der Alte nahm das Geld in Empfang und gab Arina die heiße Schere zurück. Sie verstaute sie in ihrer Börse und diese am Gürtel.

»Grüß dich, Alter«, hörte sie neben sich sagen.

»Grüß dich, Junger!«, kam die Antwort vom Alten.

Ein junger Mann stand neben ihr, der wie ein Handwerksbursche aussah.

»Meine Liebste schickt mich: Sie möchte eine kleine Schere angeschliffen haben. Bin ich da bei dir richtig?«

»Und ob!«

»Was nimmst du dafür?«

»Acht Kopeken.«

»Bisschen viel ... Na, was soll man machen.«

Der Bursche fuhr mit der Hand in seine Tasche.

Puterrot vor Aufregung ging Arina weiter. Sah vor sich die lange Gebäudefront, lief die Haustüren ab, bis sie bei Nummer 1 angelangt war. An der Wechselsprechanlage drückte sie den Knopf mit der 8. Sofort meldete sich eine weibliche Stimme.

»Ja, bitte?«

»Ich komme wegen der Anzeige«, sagte Arina, ihre Aufregung niederkämpfend. »Ich hätte gern Blumenpflanzen.«

»Kommen Sie rein.«

Die Tür surrte. Arina trat in den düsteren, dreckigen Hausflur und entdeckte gleich im Erdgeschoss die Tür mit der Nummer 8. Sie öffnete sich, eine ältere Frau schaute durch den Spalt.

»Was für Pflanzen möchten Sie?«

»Dahlien.«

»Kommen Sie.«

Arina betrat die Wohnung, die kaum beleuchtet und bescheiden eingerichtet, aber sauber war. Die Frau geleitete Arina in ein Zimmer, bis unter die Decke voll mit alten Büchern.

»Was kann ich für Sie tun?«, fragte die Frau, Arina gegenüberstehend.

Sie war recht dünn. Im blassen Gesicht ein Ausdruck von Ruhe und Gefasstheit, mit einer Spur Melancholie. Sie trug ein langes, hochgeschlossenes dunkelgrünes Kleid und altmodische Schuhe.

»Ich komme von Porfiri Iwanowitsch«, tat Arina kund, die immer noch in großer Aufregung war. Ihre Augen hingen an der altertümlichen Brosche, die die Frau auf der Brust trug.

»Und wer sind Sie?«, fragte die Frau.

»Ich heiße Arina Lobodina. Mein Vater war Untersekretär im Bezirkslandamt. Vor zwei Jahren wurde er verhaftet und hat sich im Gefängnis erhängt. Meine Mutter und die Brüder wurden nach Mariinsk verbannt. Da sind sie schon ein ganzes Jahr.«

»Ukas acht, Paragraph sechsundzwanzig?«, fragte ein kleiner Mann mit langem, angegrautem Haar und schmalem, bartlosem Gesicht, der lautlos aus einem Bücherschrank getreten war.

»Ja«, antwortete Arina ohne zu zögern, dabei versuchte sie die Fassung zu bewahren. »Das war, als die Säuberungswelle durch die Landämter ging. Bei uns in Bolschewo wurden achtzehn Häuser niedergebrannt.«

Der Mann musterte Arina mit einem forschenden Blick. »Mariinsk, wo liegt das?«

»Bei Tschulym.«

»Aha«, nickte der Mann und fuhr sich mit der Zunge über die trockenen, rauen Lippen. »Das kenne ich nicht. Hast du sie schon mal besucht?«

»Ja, zweimal. Beim dritten Mal durfte ich nicht. Auf dem Bahnhof haben mich die Wackeren Burschen gleich wieder in den Gegenzug gesetzt, ich bekam eine Schlange an den Rücken geklebt.«

Die Frau und der Mann wechselten einen einverständigen Blick.

»Als was arbeiten Sie?«, wollte die Frau wissen.

Arina zog die Fernspreche aus der Gürteltasche, schaltete ein und rief ihr Arbeitszeugnis auf: ein kleines Hologramm, in dem alle bisherigen Arbeitsstellen mit jeweiliger Beschäftigungsdauer aufgelistet waren.

»Gipserin bei den *Sagorjansker Klippen*«, las der Mann vor. »Wurden Sie auch abgefackelt?«

»Gleich nach der Verhaftung von Papa«, bestätigte Arina. »In unserem Aufgang haben sie zwei Etagen in Brand gesteckt und im Nachbaraufgang drei.«

»Und wo wohnen Sie jetzt?«, fragte die Frau. Dabei ging sie zum Fenster, lupfte den zugezogenen Vorhang mit lebendem Lilienblütenmuster und spähte hinaus.

»Entweder bei der Großmutter in Schtscholkowo oder in Sagorjansk im Wohnheim.«

»Und wie gerieten Sie an Porfiri Iwanowitsch?«, fragte der Mann, während er eine Packung Rodina hervorzog und sich eine Zigarette anzündete.

»Abgebrannte aus meiner Bekanntschaft haben mir auf dem Markt davon erzählt und die Quelle gesteckt.«

Der Mann nickte wieder und tat einen konzentrierten Zug.

»Dann bekomme ich einen neuen Rubel von Ihnen.«

Arina zog den Rubel aus der Gürteltasche, den sie für diesen Zweck hineingesteckt hatte: zweite Prägung, mit dem Profil des Gossudaren. Sie reichte ihn dem Mann, der ihn in die Tasche steckte.

Es klingelte an der Tür. Der Mann hob warnend den Zeigefinger. Die Frau ging öffnen.

»Guten Tag, wir kommen ... äh ... wegen der Blumenpflanzen«, hörte Arina sagen.

Es war die Stimme des Handwerksburschen, der nach ihr seine Schere zum Schleifen gegeben hatte. Der Mann zog die Tür des Bücherschranks auf und bedeutete Arina zu folgen. Durch den Schrank traten sie in einen Nachbarraum, von dem wiederum sie in den Flur zurückkamen. Dort war niemand mehr, die Frau hatte den jungen Mann offenbar zielstrebig ins Bibliothekszimmer geführt. Der Gastgeber öffnete die Wohnungstür.

»Du steigst hoch bis zum Dachboden und klopfst zweimal sachte an die Tür. Wenn sie dir aufmachen, sagst du: Eiweiß. Klar?«

Arina nickte und ging aus der Wohnung. Sie fuhr mit dem alten, unsauberen Fahrstuhl bis in den sechsten Stock, stieg aus, sah sich um und ging nach hinten zur Bodentreppe, die von einer dicken Schicht Kippen bedeckt war und wo es übel roch. Bedächtig setzte sie ihre Schritte und gelangte zur mit Stahlblech verkleideten Bodentür. Sie krümmte den Finger und klopfte zaghaft an: einmal, zweimal. Die Tür ging sofort lautlos auf.

»Eiweiß«, sprach Arina das Wort.

Ein breitschultriger, rauschebärtiger Mann nickte wortlos und trat beiseite, um sie einzulassen. Der Boden war geräumig und nur spärlich beleuchtet.

»Gehen Sie nach hinten durch«, wies der Bärtige sie an.

Arina ging über den Beton, dessen Fugen mit Teer vergossen waren, bis sie eine Anzahl Leute auf dem nackten Boden sitzen sah. Sie gesellte sich zu ihnen. Die Leute starrten sie an.

»Nummer fünfundzwanzig«, sagte eine dicke Frau mit einer Narbe im Gesicht. »Setz dich zu uns, Kind.«

Arina sah flüchtig in die Runde und ließ sich wortlos neben einem Mann mit kahl rasiertem Schädel nieder.

»Warum so spät?«, fragte der Mann mürrisch.

»Ich ... weiß nicht«, brachte Arina achselzuckend hervor.

»Dein erstes Mal?«, fragte ein Mädchen, das hinter ihr hockte.

»Ja!«, sagte Arina, sich umwendend.

»Sie ist neu«, sagte das Mädchen dem Mann wie zur Erklärung.

»Neu oder alt, was tut das«, brummelte der und sagte nichts weiter.

Danach sprach eine Weile keiner mehr. Arina betrachtete die Sitzenden genauer. Die meisten waren schlecht oder zumindest einfach gekleidet, schienen aber nicht den allerärmsten Schichten anzugehören.

Abgebrannte!, kam ihr der Verdacht.

Kurz darauf trat auch der Handwerksbursche ein.

»Nummer sechsundzwanzig«, konstatierte die Dicke und nickte ihm zu. »Setz dich, mein Schwälbchen.«

Der junge Mann setzte sich in Arinas Nähe. Arina blickte ihn an. Er zwinkerte ihr zu, blieb aber ernst.

Ein paar Minuten vergingen, dann kamen noch zwei hinzu: ein hinkender Alter mit Krücke am Arm einer jungen Frau.

»Quorum!«, verkündete der Bärtige, der ihnen gefolgt war. Es kam Bewegung in die Runde.

Der Bärtige und das Mädchen halfen dem alten Mann, sich niederzulassen. Keuchend streckte er die Beine aus und legte seine Krücke darüber.

»Dann mal ran an den Speck, Nadeschda«, sagte der Bärtige und nahm neben dem Alten Platz.

Die dicke Frau mit der Narbe zog einen flachen, kleinen Metallkoffer zwischen ihren Beinen hervor, klappte ihn auf und erhob sich. Arina bemerkte die englische Aufschrift am Koffer: *VENGEANS – 28.*

Die Frau entnahm dem Koffer eine Pille, die sie dem neben ihr sitzenden Mann vor die Nase hielt.

»Mund auf, Schwälbchen.«

Bereitwillig klappte der junge Mann den Mund auf, und die Frau legte ihm die Pille auf die Zunge.

Eine alte Frau mit wackelndem Kopf, die neben ihm saß, hielt den Mund schon offen und die Zunge herausgestreckt.

»Wohl bekommt's, Omilein«, sagte Nadeschda und legte eine Pille darauf.

Einer nach dem anderen öffnete den Mund und schob die Zunge heraus. Nadeschda machte die Runde mit dem aufgeklappten Koffer in der Schwebe, holte die Pillen hervor und platzierte sie auf den Zungen.

»Da habt ihr, mein Lieben, lasst es euch schmecken, meine Guten …«

Schließlich kam Arina an die Reihe. Sie öffnete den Mund, streckte die Zunge heraus, beobachtete, wie die Frau eine Pille aus dem Koffer nahm. Das Innere des Koffers sah aus wie eine Bienenwabe. Die Frau brach eine Zelle auf, pulte die Pille hervor. Es mochten genau 28 Zellen sein, fiel Arina ein.

»Nur zu, Töchterlein!«

Nadeschda legte die Pille auf Arinas Zungenspitze und wandte sich dem Alten zu.

Arina zog die Zunge mitsamt der Pille in ihre Mundhöhle zurück. Die Pille begann sofort zu schmelzen, was sehr angenehm war. Ein kühler, frischer Geschmack machte sich breit. Die schmelzende Pille kühlte die Zunge und kitzelte am Gaumen. Arina lutschte, sog behutsam Luft ein und schaute, wie es den anderen erging, die ihre Pillen eingenommen hatten. Alle saßen deutlich entspannter als zuvor. Manche schmatzten behaglich. Gerade legte die Frau die vorletzte Pille dem Bärtigen und die letzte sich selbst in den Mund, worauf sie den Koffer mit überraschender Vehemenz in eine Ecke schmiss. Der Bärtige hielt beide Daumen in die Höhe. Nadeschda ließ sich plump neben ihm fallen, umarmte ihn, klatschte übermütig die Hand auf seine Schulter.

Der unweit von Arina sitzende alte Mann stöhnte und wiegte sein weißes Haupt. Seligkeit malte sich in seinem Gesicht, das gleich viel jünger schien: Die Brauen hatten sich gehoben, die Lider halb gesenkt, die saugenden Lippen zu einem Lächeln verzogen. Unversehens spürte Arina, wie eine angenehme Starre ihren Körper ergriff, und ihr wurde klar, dass sie den Blick von diesem lächelnden Greisengesicht nicht würde wenden können, auch wenn sie es gewollt hätte. Das Gesicht verjüngte sich zusehends, die Runzeln glätteten sich, die Haut wurde rosig und straff.

Welch ein schönes Gesicht!, dachte Arina begeistert. Welch schöne Augen!

Die Augen des Mannes waren dunkler geworden. Und sein Gesicht überzog sich jetzt mit braunem Fell. War das göttlich! Arina stockte der Atem vor Entzücken. Der Alte klappte den Rachen auf und ließ ein dumpfes Knurren hören, fletschte die gelben alten Hauer.

Arina kniff die Augen zusammen, so hin und weg war sie. Ihr Herz pochte ohrenbetäubend. Sie riss die Augen wieder auf. Und fiel schwer auf ihre vier Pfoten. Vor ihr erstreckte sich im Mondlicht ein weiter Platz. Im Vordergrund eine Kathedrale mit goldenen Kuppeln, weiter hinten noch mehrere davon. Arina witterte. Es gab jede Menge fremde, scharfe, beunruhigende Gerüche. Arina tat ein paar plumpe, zögerliche Schritte, ließ die Krallen über das Pflaster schurren. Verharrte wieder. Hob die Schnauze zum Himmel. Da waren die Sterne, da war ein großer runder Mond – alles, wie man es kannte. Steinerne weiße Zinnen gaben dem Himmel einen Saum. Auch den Geruch des Himmels kannte Arina. Er beruhigte und bestärkte sie. Als Arina den Kopf wieder senkte, sah sie vor sich den Alten und die zwei Jungen. Sie kamen eben hinter der Kathedrale hervor auf den Platz gelaufen. Arina brummte kurz zur Begrüßung. Die Jungen antworteten ebenso, der Alte witterte in die frostige Nachtluft, sog sie ein und geräuschvoll wieder aus. Noch mehr Junge und Alte kamen aus der Grünanlage mit den vom Schnee überpulverten Tannenbäumen getrottet. Arina lief ihnen entgegen. Jeder Schritt war ein Genuss. Sie spürte ihren zottigen, viele Pud schweren Körper, stark und seiner selbst gewiss. Der wollige Pelz und die Speckschicht darunter schützten ihn zuverlässig vor dem krachenden Frost, der ihr die Tränen in die Äuglein trieb. Sie lief quer über den Platz. Dort standen Alte und Junge schon beisammen. Arina lief zu einem der Alten, sog vorsichtig, ohne ihn zu berühren, die Luft rings um seine Schnauze ein. Der Alte knurrte friedlich. Arina stupste ihre Nase gegen seine bereifte Schnauze. Der Alte riss den Rachen auf und brummte vernehmlicher, zeigte die abgeschliffenen gelben Zähne. Da stupste einer der Jungen Arina ans Hinterteil. Sie fuhr herum und gab ihm mit der Tatze einen leichten Schlag. Der Junge prallte zurück, derweil schnappte ein Mädchen, kurz aufbrummend auch sie, leicht und friedfertig nach Arinas Schulter. Arina antwortete mit einem Scheinangriff nach deren Fuß. Allgemeines Beschnüffeln, freundschaftliches Brummen. Zwei Junge erhoben sich auf die Hinterbeine und kabbelten miteinander. Die Alte in ihrer Nähe knurrte dumpf, packte den einen beim Schenkel. Zwei Alte kreiselten umeinander, beschnüffelten sich unaufgeregt. Bald war der ganze Platz voll von ihresgleichen. Und auf einmal hielten alle still. Auch Arina verharrte. Ihr schien, gleich müsse etwas sehr Wichtiges passieren. Alles reckte die Hälse und schnupperte in die kalte Luft. Und plötzlich erklang ein Ton. Ein Glockenton, dem weitere folgten: hallende Schläge auf schweres Metall, das in dem hohen, weißen Turm verborgen sein musste, der die Zinnenmauer überragte. Bommm, bommm, bommm, dröhnte es durch die frostige Nachtluft. Alles lauschte diesen Tönen. Auch Arina, reglos, horchte. Jeder Schlag klang ihr in den Zottelohren, hallte wider in den kräftigen Knochen ihres starken, massigen Körpers. Diese Schläge *verhießen* etwas – ein freudiges Ereignis, um dessentwillen sie sich hier versammelt hatten. Durch den Tränenschleier vor ihren Augen sah Arina die Turmspitze, von der die Schläge herabhallten. Dort glänzte im Mondlicht ein goldener doppelköpfiger Adler. Bomm, Bomm, Bomm, tönte der Turm. Irgendwann der letzte Schlag. Immer noch rührte sich keiner. Sechs Alte saßen auf den Hinterpfoten und begannen zu brummen. Dieses Gebrumm der Alten konnte nur eines bedeuten: Zeit zum Aufbruch! Nun fielen auch die übrigen ein, Arina mit ihnen, mit allen. Aufbruch! Aufbruch!, so ging ein Lauffeuer über den Platz. Aus dem Brummen wurde ein Brüllen. Und alles hetzte los. Arina unter ihresgleichen, in der Meute, stieß sich ab vom kalten Pflasterstein. Da wusste sie im Herzen schon, wohin die Hatz ging. Im Bogen um die Kathedrale herum rasten sie auf ein anderes

Gebäude zu. Die schweren Türen verschlossen. Aber wie hätten sie dem grimmigen Begehren standhalten können? Der zottige Ansturm riss die Türen aus den Angeln, ergoss sich über die marmornen Treppen. Im wilden Haufen brach Arina in die warmen Gemächer ein. Die flauschigen Tatzen schlitterten über den Marmor, die Krallen schlugen sich in die Teppiche. Schnaubend und fauchend drängte der braune Strom in die herrliche Suite. Das alte Parkett krachte unter den mächtigen Pranken. Vasen kippten und fielen, Marmorskulpturen schwankten, Kronleuchter und Kandelaber klirrten. Und da gellte auch schon eine Menschenstimme durch die Finsternis, ein ahnungsvoller Schreckensschrei. Die da schrie, war die Gossudarin. Arinas großes Herz antwortete mit einem rieselnden Schauder, süßem Frohlocken. Sie stürzte vorwärts, wollte die anderen von der Spitze verdrängen. Aber das ließen sie, die Starken und Mächtigen, beileibe nicht zu, keine Chance! Im Nu waren die Flüchtenden eingeholt, überrannt, auf den Teppich niedergeworfen. Ein Heulen und Kreischen hob an, es krachten die Knochen des Gossudaren und der Gossudarin und ihrer lieben Kinderlein. Fauchend und um sich schlagend schob Arina ihre Schnauze zwischen die Starken und Zottigen, gelangte tatsächlich an einen der hilflos zuckenden, süß duftenden, unbehaarten Leiber heran. Schlug die Zähne hinein, zerrte, brach die zarten Knochen. Riss einen Fetzen Fleisch ab und wurde sogleich von anderen gierigen Schlündern beiseitegedrängt. Mit rot schäumenden Lefzen schlang sie das noch zuckende Gewebe, verschluckte sich daran, und während sie noch würgte, erspähte ihr Auge hinter dem braunen Gewusel in der Dunkelheit einen kleinen Menschen, der dabei war, durch das Fenster zu entschlüpfen. Wie ein aufgescheuchter Vogel zuckte durch Arinas kleines Hirn der Gedanke: hinterher! Und sie warf sich gegen den braunen Strom, zurück zur Marmortreppe, von wo sie gekommen war. Fegte durch die Flucht der Gemächer, kugelte die glatten Stufen hinab, sprang vom letzten Treppenabsatz hinaus in die frostklare Nacht. Stand, Nase in den Wind, Ohren gespitzt. Und ahnte mehr, als sie es hörte, das Trappeln winziger Füße. Nahm die Spur auf. Flink und geschwinde wieselte das Kind über den menschenleeren Platz, das Entsetzen machte ihm Beine. Arina hetzte tollpatschig hinterher, kam ins Hecheln. Und plötzlich war der kleine Mensch weg. Arina brauchte nur kurz zu schnuppern, und sie wusste: Er hatte sich versteckt. Die Spur führte, wenn auch abgehackt, zu einer der Kanonen: der größten und ältesten. Arina hatte einen Verdacht. Sie robbte näher. Stellte sich auf die Hinterpfoten, spähte in den schwarzen Schlund des Kanonenrohrs. Und richtig: Aus der Finsternis schlug ihr der süße Odem des kleinen Gossudarenstammhalters entgegen. Arina zwängte die Schnauze in das Rohr, ließ das Gebiss klacken – vergebens; der Kleine hatte sich ganz nach unten verkrochen. Fauchend vor Ungeduld, stemmte sich Arina mit dem Rücken gegen die Kanone, drückte mit aller Kraft. Schwer war die Große Kanone des Imperators, doch Arinas Gier und Ingrimm waren stärker: Die Kanone wankte und kippte. Der kleine Stammhalter kam aus dem Rohr gerutscht, sprang auf die Füße und wollte davon. Doch nach fünf Schrittchen war die Flucht zu Ende. Arinas scharfe Klaue schlug zu, zerschmetterte die Wirbel, er stürzte. Und klack!, schlossen sich Arinas Hauer um den warmen kleinen Hals. Nur noch ein Röcheln entwich der Kehle des Stammhalters. Bebend vor Glück und Verlangen, begann Arina den Stammhalter aufzufressen. Köpfte ihn wie ein Ei. Knochen knirschten, wertloses Blut spritzte auf den Asphalt. Hastig schlang Arina das warme Fleisch, dass es kollerte im Wanst. Bäche von Tränen liefen ihr aus den Augen vor Glück und Befriedigung, Arina konnte gar nichts mehr sehen. Doch sie roch und sie schmeckte die duftigen jungen Knorpel, das zarte Gekröse, die blasige Wärme des kleinen Herzes …

Rülpsend wühlte Arina zuletzt mit der Nase in dem, was vom Statthalter übrig war: zerfetzte Höschen in einer Lache von dampfendem Blut. Aber etwas steckte noch in dieser Hose. Schwer im Rausch vom vielen, hastigen Schlingen, fetzte sie mit den Klauen an den Hosen herum, blinzelte, starrte: Zwischen den Fetzen lag da ein weißer Brocken. Geruch unbekannt. Süß! Arina schaute näher hin, und ihr fiel auf, dass der Brocken aussah wie der weiße Turm, aus dem das Geläute gedrungen war. Sogar das Vögelchen mit den zwei Köpfen obenauf stimmte überein. Arina fuhr mit der Zunge über das kleine Ebenbild. Es schmeckte süß. Doch war das nicht die Süße von dampfendem Blut, nein: Das hier war anders, war neu. Arina schnappte danach, bis sie es zwischen den Zähnen fühlte. Es knirschte. Arina schluckte, leckte sich die Lefzen. Dann wollte sie loslaufen und wusste nach dem ersten Schritt: Sie hatte sich überfressen. War kaum noch zu gehen imstande. Der Fleischrausch hatte ihre Sinne betäubt … Und da kam auch schon der Alte getrabt. Witternd. Leckte das Blut vom Bordstein, reckte Arina die Schnauze entgegen. Seine Augen bettelten um Fleisch. Sie war sich unschlüssig, ob sie dem Alten eine Kleinigkeit auswürgen sollte. Ach nein, doch lieber nicht. Schade um das schöne Fleisch …

Arina schlug die Augen auf. Sah das Gesicht des Alten vor sich im Profil. Mit geschlossenen Augen lag der Alte rücklings auf dem Beton und schnarchte. Arina hob den Kopf. Ringsumher saßen oder lagen Menschen und schienen gerade zu erwachen. Sie glotzte sie an. Der Alte hustete und stöhnte, begann sich ächzend zu erheben. Der Bärtige schrie auf und zuckte im Schlaf, bevor er keuchend erwachte und zu schimpfen begann. Auch Nadeschda berappelte sich brummelnd.

Arina gewahrte sich seitlich verkrümmt auf dem Boden liegend, die Stellung war unbequem. Sie setzte sich auf, streckte sich. Ihr Kopf war schwer, im Mund ein unangenehmer Geschmack, es schwindelte sie ein wenig. Einer nach dem anderen erhoben sich die Leute und gingen weg. Man sprach nicht miteinander, Arina fühlte sich scheel angeblickt. Kaum stand sie auf den Füßen, verzog sie das Gesicht: Ihr rechtes Bein schien vollkommen taub. Sie humpelte zur Wand, lehnte sich an. Der Alte setzte sich hustend auf. Das Mädchen, das ihn hergebracht hatte, saß schon neben ihm, kämmte sich das lange Haar. Dann half sie dem alten Mann aufzustehen. Auf die Krücke und das Mädchen gestützt, kam er auf die Füße. Musste wieder husten, spuckte auf den Boden. Arina löste sich von der Wand und humpelte zum Ausgang. Der Kopf war leer und schwer, doch die Seele davon unbenommen ruhig und leicht. Arina verließ den Dachboden, lief die Treppe hinab zu den Fahrstühlen. Dort standen ein paar von denen, die auf dem Boden gewesen waren, und warteten; manche waren auch schon zu Fuß nach unten unterwegs. Keiner sagte etwas, auch Arina schwieg und hatte keine Lust zu reden. Dem Fahrstuhl am nächsten, die Stirn anlehnend, stand die Alte mit dem Wackelkopf. Die Fahrstühle trafen gleichzeitig ein, die Leute drängten hinein, bis die Kabinen gedrängt voll waren. Die Fahrstühle fuhren davon, Arina blieb allein zurück. Von oben kam der alte Mann, auf seine Krücke gestützt und auf den Arm des Mädchens. Als er endlich vor Arina stand, kam der Fahrstuhl wieder. Der Alte und das Mädchen sowie Arina traten ein, das Mädchen drückte den Parterreknopf. Der

Fahrstuhl fuhr los. Schweigend sah der Alte Arina an, mit vorwurfsvollem Blick. Sie schaute weg. Als der Fahrstuhl hielt, musste Arina sich urplötzlich übergeben.

»Du hast das Nesthäkchen gefressen«, sagte der Alte und grinste schief.

Er zog ein Taschentuch aus der Tasche und hielt es ihr hin. Arina schüttelte den Kopf und nahm ihr eigenes aus dem Gürtel, wischte sich den Mund.

»Sei das nächste Mal nicht so gierig«, mahnte der Alte. »Gib anderen was ab. Nur nichts überstürzen. Klar?«

Arina nickte keuchend.

»Nicht nur dir ist Leid geschehen.«

Der Alte zwinkerte ihr zu und humpelte aus dem Fahrstuhl. Das Mädchen, ihm nach, stützte ihn von hinten.

Als Arina wieder Luft bekam, tat sie einen großen Schritt über ihr Erbrochenes hinweg, in dem sich die Pelmeni abzeichneten, die sie heute nach der Frühschicht in der Kantine der Sagorjansker Gipserei zu sich genommen hatte, und verließ den Fahrstuhl.

Draußen dunkelte es schon.

Arina zückte ihre Fernspreche, um nachzuschauen, wie spät es war: beinahe neun. Auf der Bank, wo der Messerschleifer gesessen hatte, hockten jetzt zwei Burschen mit ihren Freundinnen. Der eine hielt eine weiche Balalaika auf dem Schoß und spielte »Hätt' ich Berge von Gold«, die angetütelten Mädchen sangen dazu, es hörte sich grässlich an. Ein Stück weiter hinten, unter den Pappeln, hockten die Penner des Viertels mit den Nautilussen zusammen und soffen.

Arina richtete ihr Kopftuch und lief zielsicher in Richtung Fußgängertunnel, wo sich der rot leuchtende Buchstabe *U* aus der schwärzlich grauen Luft abhob.

DAS FREUDENHAUS

Ein Julisonnenuntergang wie Quittengelee tropfte und schlierte in die stickige Luft des Moskauer Stadtteils Samoskworetschje, der lechzend in seinem Staub lag, als der nagelneue blutfarbene Merin von Ochlop, seines Zeichens Opritschnik in den Diensten des Gossudaren, angerauscht kam, der die Straße wie üblich mit dem »Gossudarenröhren« genannten Ultraschallsignal freifegte, scharf von der lärmigen Pjatnizkaja Uliza in den lauschigen Wischnjakowski Pereulok abbog und vor einer kleinen gelb-rosa getünchten Villa mit weißem Säulenportal, Milchglasfenstern und Rotlichtern über dem Vordach zum Stehen kam.

Still und beschaulich ist der Wischnjakowski Pereulok um diese Stunde.

Ochlop, das Schwergewicht, hat die gläserne Kanzel seines Merins noch nicht ganz aufgefahren, da kommt schon ein weiß gekleideter Tatare aus der Tür gesprungen und zu ihm geeilt.

»Der Herr Opritschnik, bitte schön, ergebenst!«

Auf den Opritschnik, Diener des Gossudaren, hat man hier schon sehnlichst gewartet. Die Kanzel des Merins fährt auf, ohne zu ruckeln, die Sicherheitsgurte klicken leise beim Entriegeln. Ächzend wälzt Ochlop seinen sieben Pud schweren Leib aus dem tief liegenden Wagen.

»Bitte, der Herr, bitte schön!«

Der Tatara greift dem Opritschnik devot unter den brokatenen Ellbogen, schwänzelt, züngelt wie eine weiße Natter.

Behäbig entsteigt Ochlop dem Merin. Sein Aufzug entspricht den sommerlichen Gepflogenheiten der Opritschnina: dünne Brokatjacke in Rot und Silber, gegürtet mit silbernem Riemen, der das hölzerne Pistolenholster und das Messer in kupferner Scheide trägt, eng anliegende Beinkleider von roter Seide, Halbstiefel aus Saffianleder. Der Schopf des Opritschniks ist frisch gekraust und mit Goldstaub bepudert, und am feisten Ohrläppchen vor der mit Rouge behauchten Wange schwingt das Goldglöcklein. Ochlops Gesicht ist massig und herb, es macht etwas her.

»Deck den Kopf zu«, schnauft er, und sein dicklicher Finger, den ein Platinring mit schwarzem Saphir ziert, deutet auf den gefleckten Doggenkopf, der an der Stoßstange vom Merin hängt und, dem Geruch nach zu urteilen und der geschrumpelten fliederblauen Zungenspitze, schon ein wenig von Fäulnis angegangen scheint, auch wenn Ochlops fleißige Pferdeknechte, die Zwillinge Matwej und Danila, ihn auf dem Gutshof erst heute Morgen 5:17 Uhr vom tiefgefrorenen Hundekörper getrennt und angebracht haben, noch bevor die Sonne über den Horizont stieg und den Gutsherrn zu wecken vermochte mit mutwilligem Stich eines speichendünnen Strahles ins offen stehende Schlafzimmerfenster, durch den Spalt zwischen den Kattunvorhängen – dem furchterweckend schnarchenden Ochlop geradenwegs ins trübe, halb geschlossene Titanenauge …

»Wird gemacht!«

In des Türstehers flinken Händen erscheint eine raschelnde schwarze Plastiktüte und schluckt den spitzohrigen Hundekopf.

Ochlop nutzt die Zeit, da die Kanzel des Merins sich wieder schließt, um Atem zu schöpfen, dann dreht er sich brüsk um und geht – schaukelnder Wanst, gerunzelte Hängebrauen, die fleischigen Lippen vorgestülpt – auf das Haus zu. Unter den kupfernen Beschlägen seiner Stiefelsohlen knirscht der Kies, er erklimmt die Stufen zur Tür. Der weiß schlängelnde Tatare kommt gerannt, überholt ihn beflissen, reißt die Tür vor ihm auf.

»Bitte, der Herr erlauben, bitte schön …«

Ochlop tritt, mit den Brokatschultern die prächtigen Türbalken streifend, ein.

Im Foyer ist alles rot: Decke, Wände, Sessel, Teppiche, das Kleid des Mädchens hinter dem purpurnen Sicherheitstresen auch. Selbst das Kronleuchtergehänge schillert himbeerfarben.

»Guten Ta-a-a-ag!«, schmettert die Maid, neigt das fein frisierte Köpfchen und zieht die rot geschminkten Lippen breit.

»Zum Gruß!«, schnauft Ochlop, den silbernen Waffengürtel abschnallend und auf den Tresen vor das Mädchen hinknallend, dass es scheppert.

»Schön, Euch gesund und bei Kräften wiederzusehen!«, flötet die Kleine und nimmt den Gürtel entgegen.

»Wo isse?«, stößt Ochlop kurzatmig hervor, zieht ein feines Batisttuch aus dem Ärmel und reibt sich damit das Dreifachkinn.

»Die Oberkommandierende ist schon auf dem Weg!«, tut das Mädchen mit schelmisch blitzenden Augen kund.

Und Ochlop hat noch nicht sein »Gutti!« ausgesprochen, ein Wort, das er liebt, als die schweren karminroten Vorhänge rascheln und eine kleine, schmale, nicht mehr ganz junge weibliche Person in himmelblauer Husarenuniform zum Vorschein bringen.

»Mein Wohltäter! Mein Seelchen!«

»Mein blaues Frettchen!«, ruft Ochlop, und seine fetten Lippenwülste schwimmen auseinander, sodass zwei Reihen kräftiger neuer Zähne blank liegen.

»Du mein Langersehnter!«, ruft die Oberkommandierende und küsst erst Ochlops Ring, reckt dann das spitze blaue Mündchen nach oben, stellt sich auf die Spitzen ihrer Husarenstiefelchen.

»Ein Gruß der tapferen Husarin!«, erwidert Ochlop und setzt einen Kuss auf das Lippenblau.

»Mein Teuerster, sei gegrüßt!«, erwidert die Husarin sporenklirrend.

»Was hab ich mich gelangweilt ohne dich.«

»Und unsereins erst!«

Die Husarin legt den kleinen Arm ein Stück um Ochlops Hüfte und drängt ihn aus dem Foyer.

»Wir haben Neuzugänge! Keine Mädchen, sondern Himbeeren mit Sahne!«

»Aber du weißt doch, ich mag die guten alten!«

»Die sind auch noch da. Alte und Neue!«

Arm in Arm wechseln Gast und Hausherrin in den Salon. Dort spielt leise Musik, Kerzen brennen, und zwölf Jungfern in Häubchen und Sarafanen sitzen züchtig, die Augen niedergeschlagen, auf ihren Stühlen.

»Tritt näher, lieber Gast, fühl dich wie zu Hause«, lädt die Chefin ein, und ihre Sporen klingeln.

Die Jungfern stehen auf und verneigen sich tief.

»Hallo, ihr Süßen!«, lacht Ochlop.

»Heil Euch, Iwan Wladimirowitsch!«, erwidern die Jungfern im Chor.

»Unsere Stütchen stehen auf dem Schlauch ohne dich, Iwan, du mächtige Sonne!«, sagt die Husarin und streichelt Ochlops mächtige Hand. »Die niedlichen Jungfern dörren und darben!«

Ochlop lässt seinen Bauch wackeln.

»Das glaub ich nicht! Tu nicht so, als ließe sich die Adels- und Bojarenbrut nie bei euch blicken!«

»Jeden hab ich von der Schwelle gejagt, allen die Tür gewiesen um deinetwillen, mein Herr!«

»Du schätzt also die Opritschniki ganz besonders, ja?«

»Wie sollte ich nicht? Die Diener des Gossudaren! Mutter Russland ruht auf euern Schultern!«

»Na prima. Dann leg mal los!«

Die Mädchenoberkommandierende geht den Kreis ab und führt vor.

»Anfiska, das Fötzelchen. Tanetschka, das Stößelchen. Galinka, das Rupfelchen. Polinka, das Beerli. Lenotschka, das Schäumeli. ... Die kennst du alle schon, mein Wohltäter.«

»Und ob!«

»Aber die hier, Anetschka und Agaschenka, die kennst du noch nicht, denn die sind ganz frisch.«

»Nein, die kenn ich nicht. Zeig her!«

Die Husarin führt die zwei Hübschen heran, hebt die wunderhübschen Schöße ihrer Sarafane. Darunter sind sie blutjung, wohlgebaut und überhaupt so, dass einem das Wasser im Mund zusammenläuft.

»Schau sie dir an, mein Herr und Gebieter! Ist das nichts?«

Ochlob schaut mit blutunterlaufenen Augen. Schaut auf die schlanken Beinchen, die glatten Kniechen, die nur ganz zart bewachsenen Hügelchen, die makellosen Näbelchen.

»Liebreizend, zart und äußerst begabt!«, preist die Hausherrin ihre Ware.

»Nicht übel!«, stößt Ochlop durch die Zähne.

»Alsdann haben wir Irotschka, das Büchschen, und Nataschenka, das Füchschen, und das hier ist Irotschka Nummer zwo, mit einem saftig Löchlein, die ist auch neu, aus Saratow. Milch und Blut!«

Und sie führt Irotschka aus Saratow heran. Schürzt ihren Sarafan. Milchweiß ist das Mädelchen und stramm, großäugig, pausbäckig, eine wahre Pracht. Die Herrin wendet sie hin und her.

»Da staunst du, nicht wahr, mein Lieber. Was für ein Popochen! Popochen? Ha, was sag ich! Ein Milchbrötchen ist das!«

Irotschkas Po ist breit und weiß wie Schnee. Die Herrin zieht die Backen auseinander.

»Schau genau hin, mein Lieber. Siehst du das Saftröschen?«

»Ich sehe es.«

»Wenn du die nimmst, das vergisst du dein Lebtag nicht!«

»Ich nehme sie«, freut sich Ochlop und ist schon dabei, den weißen Po mit den Augen zu kosen, während die Husarin, mit erfahrenem Blick, schnell gewahr wird, wie dem Manne das Blut in den Rüssel seines Gemächtes schießt, wie es sich regt in den seidenen Hosen, wie es sich erhebt, das pralle Horn.

»Schon bist du Feuer und Flamme, mein Herr und Gebieter, wusst ich's doch!«, spricht sie und lässt ihr flinkes Händchen zärtlich hinfahren über das, was unter der Seide sich rührt, »seht ihr, meine Hübschen, ihr Herzchen, der Herr Opritschnik ist für euch entbrannt!«

Die Mädchen, leise kichernd, blinzeln einander ausgelassen zu.

»Weißt du was? Gib mir Tanetschka und Lenotschka und das kleine Saftröschen als Garnierung.«

»Dein Wunsch ist Befehl, mein Wohltäter.«

»Was trinkt ihr, meine Süßen?«, ruft Ochlop, Lenotschka und Tanetschka an sich ziehend.

»Ich Schampampi!«, ruft Lenotschka und kneift Ochlop in den Bauch.

»Mir lila Brause mit Rum-bumm-bumm!«, ruft Tanetschka und streicht ihm über den mächtigen Opritschnikarsch.

»Und du?«, fragt Ochlop und greift sich Irotschka beim zarten Kinn.

»Ich weiß noch nicht … Ich überlege noch.«

»Nanu? So unschlüssig?«

Die Oberkommandierende fasst Irotschka um die drallen Schultern und sagt: »Sie ist noch neu, Wohltäter. Nimm's ihr nicht übel!«

»Gut, das kriegen wir hin. Also, mein neues Püppchen, dann führ mich mal!«

Auch wenn Irotschka, das saftig Löchlein, noch neu ist – das weiß sie schon, was es bedeutet: *führ mich mal.* Sie knöpft den Latz an des Opritschniks Hosen auf und lässt das Tier frei. Ein mächtiges Tier, was Ochlop da zwischen den Beinen hat! Von kunstfertigen Meistern der chinesischen Medizin saniert, verlängert, versteift, mit vier Knorpelimplantaten, Hyperglasfiberspitze, Reliefüberzug, Fleischmuskulatur und beweglichem Tattoo: Eine Herde wilder Pferde fegt dahin auf des Opritschniks Gemächt!

Und Irotschka greift zu und zieht Ochlop am Gemächt ins Separee. Und die Mägdelein stimmen ein Lied an, das geht so:

Komm nur mit, du lieber Freund!
Komm nur mit, du lieber Freund!
Wir wollen dich verwöhnen,
Der schönsten Spiele frönen.

Den weißen Schwan liebkosen wir,
Den Falken, strahlend schönes Tier!
Blanken Augs und zarter Hand!

Lippen, außer Rand und Band,
Wollen Liebe sche-henken!

Die dralle Maid führt den Opritschnik am Gemächt. Tanetschka und Lenotschka stoßen von hinten. So ziehen sie über den Flur, folgen den beiden in das himmelblaue Liebesnest. Von allen Gemächern – dem himmelblauen, dem zitronengelben, dem smaragd- und dem resedafarbenen – ist dieses Ochlop das liebste.

Und kaum geht die Tür zum blauen Zimmer auf, da wird er von der ganzen *Rasselbande* drinnen willkommen geheißen, es erklingt ein Lebehoch:

»Heil euch, o Iwan Wladimirowitsch!«

Ochlop fällt ein in seine geliebte Kemenate. Ist sogleich umringt von all dem elektrischen Zinnober: Kullernackedeis, Lachsäcke, Ulknudeln, Kratzbürsten und Schwippschwengel. Und sie kennen ihren Großen Ochlop, oh, wie gut sie ihn kennen! Des Opritschniks Vorlieben, seine kleinen Launen und Lasterchen sind in ihren klugen Köpfchen bestens aufgehoben.

Dieses elektrische Affentheater kreischt, kräht und kichert gar begehrlich. Also holt Ochlop aus der linken Hosentasche eine Handvoll nahrhafter *Körnlein* – das Neueste vom Neuen, in leuchtendem Blau. Die wirft er den Elektrischen vor. Sie fangen sie auf, schnappen danach, schlucken und schlürfen.

»Da-a-a-anke!«, krähen sie artig im Chor.

Darauf zieht Ochlop aus der rechten Hosentasche einen Zuckerglockenturm. Es ist der Große Iwan, ein Stück Zuckerkreml. Wirft ihn der Narretei hin. Er wird aufgefangen, gehätschelt und betätschelt, ein Tanz geht daraus hervor. Allerlei Tabletts werden hereingetragen – darauf der Champagner und die lila Limonade mit Rum für die Mädchen, Moosbeermet für den hohen Gast. Lenotschka und Tanetschka süffeln Champagner und lila Brause, Ochlop schlürft seinen Med aus dem kristallenen Pokal.

Und Irotschka, das saftig Löchlein, hält das Gemächt des Opritschniks in Händen, guckt und grient.

»Was glotzt du? Trink gefälligst mit!«, grunzt Ochlop, packt sie am weißen Hals und flößt ihr den kräftigen Met ein. Irotschka schluckt und verschluckt sich. Ochlops fleischfressende Lippenwülste saugen sich fest am zarten roten Mündchen von Irotschka mit dem Milchpopo, nehmen eine Zwangseinflößung vor. Daraufhin schlottert Irotschka am ganzen Leib, ihr beben die Brüste, doch Ochlops Gemächt lässt sie nicht fahren.

Lenotschka und Tanetschka finden das lustig. Sie nutzen die Gelegenheit, Irotschka ins Popochen zu zwicken. Die Elektrischen quieken und blöken dazu.

»Entkleidung!«, gibt der Opritschnik die Parole aus.

Prompt lassen die Elektrischen ihren Zinnober abschwellen und tanzen in Zeitlupe. Ochlop nimmt im Sessel Platz, mit Pokal und ragendem Gemächt.

Gedämpfte Musik erklingt. Die Mädchen lassen sich Zeit beim Entkleiden, wiegen sich zur Musik, zwinkern und blinkern. Endlich sind sie nackt und rücken Ochlop tänzelnd und posierend auf den Pelz. Umgarnen ihn mit den Händen, bekosen ihn mit den Lippen. Ziehen ihn aus.

»Abgang!«

Die Mädchen fassen den nackten Ochlop unter den Armen und führen ihn zum riesig breiten, mit himmelblauer Seide bezogenen Bett.

»Abkrach!«

Die Mädchen werfen den Opritschnik um. Befingern ihn zärtlich, züngeln sich in die schweißigen Höhlen seines breitfleischigen Leibes hinein. Ochlob ächzt vor Behagen und maunzt, sein schweres Gemächt zittert.

»Mörser!«

Aus dem Pulk der Rasselbande wird ein kupferner Mörser samt Stößel gereicht. Dahinein legen die Elektrischen den Zuckerglockenturm und stößeln ihn zügig zu Puderzucker. Unter ausgiebigen Verbeugungen wird der Mörser voll Puder an die Mädchen weitergereicht, die Ochlops Gemächt mit dem Zucker einpudern. Dazu bimmelt das Glöckchen in Ochlops Ohr wie das Geläut vom Großen Iwan. Der Opritschnik lächelt selig.

»Pfählen!«

Nun setzten sich Lenotschka und Tanetschka abwechselnd auf das bezuckerte Gemächt, und es beginnt die süße Fron: Tanetschka und Lenotschka reiten juchzend auf dem Spieß, Irotschka kitzelt derweil die Nüsse des Opritschniks und lernt eine Menge hinzu. Auch in die Rasselbande kommt neues Leben; sie schleicht sich an, umspinnt den großen Leib, probiert sich gleichfalls am Knuddeln – zurückhaltend, versteht sich, man will ja nicht stören.

So wird Ochlop allmählich zum *Äußersten* getrieben. Das Teiggesicht puterrot, die Lippen schier platzend vom Blut:

»Ebbe!!«

Da hüpft Tanetschka flugs vom Horn, da wälzt sich Lenotschka geschwinde vom Brustkorb. Das Gemächt wird vierhändig angepackt, Irotschka tut das Ihre an den Nüssen. So helfen die Mädchen dem sämigen Opritschnikschmand, aus dem Rüsselhorn zu schießen. Ochlop brüllt wie ein Bär, schlägt aus mit den klotzigen Beinen, tritt den Maiden in den Hintern – und sein Gemächt feuert trübe Flocken in die Luft, die Mädchen stöhnen mitfühlend, die elektrischen Frohnaturen jubeln.

»Ruhe im Karton …«, haucht Ochlop.

Alles ringsum hält den Atem an. Musik zur Beruhigung erklingt. Kurze Zeit vergeht, dann erteilt der Opritschnik schon das nächste Kommando.

»Elixier!«

Und Tanetschka träufelt ihm die tibetischen Erquickungstropfen in die Luke, bringt den Pokal mit dem Met herbei. Ochlop trinkt, ein Gläschen zum Nachspülen und auf den Weg, schmatzt dicklippig, atmet durch aus voller Hügelbrust, kommt zu sich. Auch die Mädels nehmen einen hübschen Schluck. Und der unsichtbare Sänger ist mit dem zweiten Lied noch nicht zu Ende, da zeigt der Rüssel zwischen Ochlops Beinen neues Leben.

Die beschwipsten Jungfern klatschen in die Hände, die Rasselbande baldowert.

»Lutschen!«, fordert Ochlop streng.

Drei Mägdelein beugen sich zum Rüssel, umschnäbeln ihn, polieren mit den Zungen. Das Gemächt des Opritschniks feiert seine Wiederauferstehung. Und nun hat Ochlop auf die milchhäutige Irotschka ein Auge.

»Die da!«

Die Freundinnen rüsten Irotschka zum Aufsitzen auf den süßen Pfahl: führen ihr ein Entspannungspillchen ein, schieben es tief in den Popo, aufs Röslein kommt eine rosa Salbe, damit dem Befehl leichter Folge zu leisten sein möge. Sodann wird Irotschka bei den weißen Ärmchen gehoben und gehalten, es wird Maß genommen, aufgesetzt und vorsichtig niedergedrückt.

Irotschkas saftig Röslein wird auf Ochlops Gemächt gepflanzt.

Doch aller quacksalberischen Vorsorge zum Trotz bricht ein tiefes Stöhnen zwischen Irotschkas Lippen hervor: Gar gewaltig ist dieses Gemächt und so überaus umfänglich, viel zu knollig, viel zu lümmelig für die Jungfer zart. Irotschka stöhnt, kämpft mit den Tränen, beißt sich die roten Lippen wund. Ihre Gehilfinnen halten sie und beschweren sanft die rundlichen Schultern, auf dass das Popochen tiefer rutsche. Aus Irotschkas Mund bricht ein Schrei.

»Gewöhn dich dran!«, brummt Ochlop und grinst.

»Ge-wöhn-dich-dran! Ge-wöhn-dich-dran!«, skandieren die Mädchen und suchen Irotschka in ein schwingendes Auf und Ab zu versetzen.

»Gewö-ö-ö-öhn! Dich dra-a-a-an!«, echot die elektrische Rasselbande.

»Au-u-u-a-ah!«, schreit Irotschka.

Ihr weißes Popochen wird aufgetrieben, gnadenlos aufgekeilt. Ochlop schnaubt wie ein Hengst, schwabbelt als wie ein Seelöwe auf dem himmelblauen Laken. Lässt die kieksende Irotschka hüpfen. Die will nichts wie runter von dem klebrigen Pfahl, aber das lassen die Gespielinnen nicht zu, halten sie fest, zerren sie an den weißen Tittchen wieder nach unten.

»Dran-ge-wöh-nen! Dran-ge-wöh-nen!«

Und dem Weißfischlein aus Saratow bleibt nichts weiter übrig, als sich zu befleißigen und dran zu gewöhnen. Und hast du nicht gesehn, hat sie. Schreit nicht mehr, stöhnt nur noch. Reitet auf dem Gemächt über Stock und Stein. Und das Stöhnen, das ihren Lippen entfährt, ist nicht Schmerz, sondern Wollust. Und Irotschka kommt so in Fahrt, dass es ihr selbst auf einmal kommt. Sie juchzt, es schüttelt sie wie eine Fallsüchtige, sie presst ihre Tittchen, und:

»A-a-a-a—mmmmmmmh-a-a-a-!«

Da kann auch Ochlop nicht mehr an sich halten, es reißt ihn mit:

»U-u-u-a-a-a-achrrrr—ja-a-a-ahh!«

Tanetschka und Lenotschka gucken sich verwundert an und glucksen.

»Das Dö-ö-öschen!«

Und die Rasselbande kriegt sich gar nicht wieder ein:

»Wie sü-ü-ü-ü-üß!!!«

Ochlop klatscht den Mädchen auf den Po, zwickt sie

und knurrt. Irotschka jault auf ihrem Pfahl. Die Mädchen finden es gut.

So vergeht die Zeit …

Irgendwann um Mitternacht verlässt Ochlop schwankend und stolpernd das Freudenhaus. Die Mädchen, züchtig bekleidet in Sarafan und Haube, geleiten ihn singend:

»Willst, kühner Falke du, uns nun verla-has-sen?!«

Und auch die Husarin ist dabei, streicht verstohlen über den seidigen Hügel, wo das Gemächt den Schlaf des Gerechten schlummert:

»Vergiss uns nur nicht!«

Der schlängelnde Tatare hilft Ochlop in den Merin.

»Gute Fahrt!«

Der Merin zwinkert mit rotem Auge und fährt brummend von dannen.

Die Mädchen winken ihm nach mit ihren Tüchelein.

»Heil euch, Opritschnik, Diener des Gossudaren!«

CHLJUPINO

Schon wieder muhte die Kuh, ließ den schwarz-weißen Kopf pendeln und peitschte Sascha mit ihrem dreckigen Schwanz.

»Lass das, elendes Luder!«, rief Sascha und stieß der Kuh das Knie in den nicht sehr straffen Ranzen. »Bist schon ein Dreckstück. Dass der Schinder dich hole …«

Sascha rieb die Zitzen mit Tronipul ein, bevor sie geschickt die *Margerite* ansetzte und einschaltete. Das Gerät brummte leise, die Kuh muhte und schlug mit dem Schwanz um sich.

»Halt still, blöde Kuh! Stillhalten! Spinnst du?« Sascha packte das Tier beim Rist, bohrte das Knie in die Seite.

Die Kuh muhte unzufrieden.

»Bleib doch stehn, du dummes Tier. Dotscha, Dotschenka, meine gute, was hast du denn?« Sascha strich ein paarmal über den warmen Kuhrücken.

Immer noch muhte die Kuh, ihr Atem ging schwer.

»Tut doch gar nicht weh, was murrst du?«, sprach Sascha und streichelte die Kuh.

Die Kuh muhte schwach, ihr Atem ging rasselnd, unruhig stampfte sie mit den Füßen im schmatzenden, mit Stroh abgedeckten Mist. Die drei anderen, schon gemolkenen Tiere standen daneben und mampften Heu.

»So ist's gut …«

Sascha schaute unter die Kuh, richtete den mit Mist beschmierten Schlauch der *Margerite,* in dem man die Milch pulsieren sah. Richtete sich wieder auf, rieb sich mit dem Jackenärmel den Schweiß von der Stirn.

»So ist's gut«, wiederholte sie.

Die *Margerite* piepste ihr »Ende!« und schaltete sich ab.

»Na. Das ist ja gar nichts.«

Sascha ging in die Hocke und nahm die *Margerite* vom Euter. »Mein Gott, ob dieser Frühling bald mal aufhört?«

Die *Margerite* im Griff, den Schlauch hinter sich herziehend, ging sie über den höckrigen Bodenbelag zur Tür. Die Kuh muhte.

»Ach Gott, ja.«

Sascha hatte das Heu vergessen.

Sie hängte die *Margerite,* aus der Milch tropfte, an den Verschlag und ging zum Heusack, lud Heu auf die Forke, brachte es herüber, legte es vor der Kuh ab. Stellte die Forke an die Wand, griff eine Handvoll grobes Salz aus dem Henkelkorb, streute es über das Heu.

»Friss …«

Sie klatschte der Kuh die Hand gegen die Flanke, ergriff die *Margerite,* wickelte den Schlauch auf, fasste den Wickel und ging aus dem Stall, die filzbeschlagene Tür mithilfe des Pflocks hinter sich verschließend.

Auf dem Hof hinterm Haus war es morastig. Vom grauen Morgenhimmel fiel feuchter Schnee in vereinzelten großen Flocken. Freundchen, der Hofhund, streckte seine zottige Schnauze aus der Hütte, sah Sascha mit griesgrämigem Blick hinterher. Sie wickelte den schmutzigen Schlauch auf, der sich quer über den Hof vom Stall zum Haus zog. Dort öffnete Sascha die Hintertür, zerrte das Schlauchknäuel in den kärglich erleuchteten Flur und ließ es sogleich in ein gefülltes Wasserfass plumpsen; die *Margerite* hakte sie an den Rand. Zog die dreckigen Stiefel von den Füßen. In Wollsocken ging sie zur Stubentür, durch die sich das saubere Ende des Schlauches zog, öffnete und trat ein.

In der Stube war es sauber, warm und hell – über dem Tisch brannte eine Tageslichtlampe. Im großen russischen Ofen prasselte das Holz. Neben dem Ofen standen in Krippen zwei Kälber. Sowie sie Sascha sahen, blökten sie gellend. Die graue Katze kam von ihrem Liegeplatz auf dem Ofen gesprungen, wischte Sascha um die Beine, rieb sich daran. Sascha stieß sie sachte beiseite.

»Lass sein!«

Sie zog die Wattejacke aus und hängte sie an den Haken neben der Tür. Fuhr in die alten, ausgebesserten Filzschuhe. Spülte sich am Waschbecken den Schmutz von den Händen, wischte sie an einem schmutzigen Handtuch trocken. Schöpfte eine Kelle Wasser aus dem Bottich auf der Bank, trank gierig.

»Oi … das tut gut …«, keuchte sie.

Sie schaute in den Ofen. Richtete mit dem Schürhaken die brennenden Scheite. Ging zu dem in der Ecke stehenden Separator, drückte einen Knopf, schaute auf die Anzeige.

»Das ist ja wirklich gar nichts.«

Sie zapfte Milch aus dem Hahn in zwei Einliterflaschen, setzte Gummisauger auf und hielt sie den Kälbern hin. Die begannen zu nuckeln. Ihre dunkellila Augen blickten konzentriert.

»Morgen kommt ihr zurück zu euern Müttern, dass ihrs wisst«, verkündete Sascha. »Sonst scheißt und pisst ihr Kosmonauten mir hier die Bude voll …«

Die Kälber nuckelten und schmatzten, reckten die Hälse. Die Katze kam wieder, rieb sich an Saschas Bein. Während Sascha wartete, dass die Kälber fertig wurden, überlegte sie, wie sie diesmal mit der Sahne verfahren sollte.

»Sechs Schachteln sollten es werden, dann krieg ich eine Packung zusammen. Sechs sind es bestimmt ... oder doch nur fünf ... Aber nein, sechs, sechs wäre gut, dann könnte ich sie heute noch abschicken ... Sonst ginge es erst wieder Montag ... Und ob da ein Auto kommt, fragt sich noch ... Bin mal gespannt, ob sechs rauskommen ... Könnte knapp werden ...«

Als die Flaschen bis auf eine Neige leer genuckelt waren, nahm Sascha sie den Kälbern weg, zog die Sauger ab und goss die Reste für die Katze ins Schälchen.

»Da hast du, Klette!«

Miauend flitzte die Katze zum Schälchen und begann hastig zu schlecken.

»Na gut ...«

Sascha spülte am Becken die Flaschen und stellte sie zurück auf das Bord.

Sie schüttete einen Becher Buchweizen in einen kleinen gusseisernen Topf, gab Wasser hinzu, eine Prise Salz und einen Löffel Butterschmalz, setzte den rußigen gusseisernen Deckel auf, packte den Topf mit der kleinen Topfgabel und schob ihn in die Röhre. In einem größeren Topf mit Wasser lagen die am Vorabend geschälten und geschnittenen Kartoffeln, Möhren und zwei Stangen Lauch. Sascha ging hinaus auf den Flur und in die Vorratskammer, wo sie eine Büchse chinesisches Schmalzfleisch holte. Die schnitt sie mit dem Büchsenöffner auf und leerte sie in den großen Topf. Dazu kamen Lorbeerblätter und Salz. Dann packte sie den Topf mit der großen Topfgabel und schob ihn gleichfalls in die Röhre. Mit dem Schürhaken ordnete sie die heruntergebrannten Scheite.

»Gut ...«

Sie schaltete den Separator ein. Er begann zu surren.

Sascha riss eine neue Packung Becher auf, zog sechs aus der Silberfolie, dazu sechs Deckel mit lebendem Bild:

Rotbunte Kuh zwinkert gut gelaunt mit großem schwarzen Auge und schüttelt so heftig den Kopf, dass eine rote Buchstabengirlande herausgeschleudert wird: *SAHNE AUS CHLJUPINO 15%.*

Sascha stellte die Becher auf dem Schemel bereit und wartete, bis der Separator zu schleudern aufhörte, piepste und grün blinkte.

»Dann wollen wir mal!«

Sascha stellte den ersten Becher unter den Trichter und drückte den roten Knopf. Der Becher füllte sich mit Sahne. Sascha schob den nächsten unter. Die Sahne kroch als weißer Wurm aus dem Trichter.

»Komm, bitte sei so lieb ...«, bettelte Sascha, während sie die Becher abfüllte.

Als der fünfte voll war, rückte sie den sechsten unter den Strahl.

»Lieber Gott im Himmel, dein Wille geschehe ...«, betete sie.

Surrend füllte der Separator auch den sechsten Becher.

»Na, Gott sei Dank!«, jubelte Sascha erleichtert und rückte ein geschliffenes Trinkglas unter den Trichter.

Der Separator füllte es zur Hälfte, dann schaltete er sich ab.

»Fein gemacht, mein Bester!«

Sascha küsste die halbrunde Metallhaube des Separators und schaltete um auf *Ablassen.* Im durchsichtigen Schlauch, der zur Tür lief, sah man den trüben Abzutsch gluckern. Sascha nahm die *Pistole* und versiegelte die sechs Becher mit blausilberner Folie, setzte die Deckel auf, stapelte sie vor der Brust und trug sie nach nebenan in die Vorratskammer.

»Gut.«

In der Kammer quer über dem Sauerkrautfass lag ein Plastikbrett, darauf ein Karton, von dessen Seite dieselbe

Kuh blinkerte. Sascha klappte den Karton auf. In ihm standen Sahnebecherchen dicht an dicht. Für genau sechs war noch Platz. Sascha packte sie dazu, verschloss den Karton, zog ein breites Klebeband darum und stempelte den Code auf sowie das Datum: *19.03.2028.*

»Das hätten wir!«

Sascha kehrte in die Stube zurück, nahm die Fernspreche vom Tisch, schaltete ein und wählte.

Die Fernspreche piepte, und ein winziges unscharfes Hologramm sprang hervor: Ein Bursche mit verschlafenem Gesicht hob den Kopf vom Kissen.

»Wass'n los?«

»Du schläfst?«, fragte Sascha verwundert.

»Ach, du bist's«. Der Bursche räkelte sich grinsend und gähnend. »Ich war gestern aus. Mit den Anikins.«

»Na, dir geht's ja gut ... Wann fährst du mal wieder in die Stadt?«

»Muss leider heute.«

»Ach?«

»Hm.«

»Nimmst du einen Karton von mir mit?«

»Einen Karton? Von mir aus.«

»Wann kommst du vorbei?«

»Na, sagen wir ... Wie spät ist es jetzt? Ach, schon neun ... Verdammt ...«

»Stimmt, neun.«

»Um zehn muss ich da sein. Bin gleich bei dir, Sascha.«

»Na dann bis gleich.«

Sascha löschte das Hologramm, schaltete die Fernspreche ab. Sah in den Ofen, rührte mit dem Schürhaken in der Holzkohle, schob sie näher zu den Töpfen. In der orangenen Glut brannte noch hartnäckig ein einsames Scheit.

»Komm her, du Schlingel ...«

Sascha kratzte das Scheit aus der Röhre heraus auf das

Ofenblech, verschloss das gähnende Ofenloch mit dem eisernen Schirm, langte nach oben, schloss die Klappe im Rohr.

Sie zog die Filzschuhe aus und fuhr in die Stiefel, packte mit der schmiedeeisernen Feuerzange das immer noch brennende und blakende Holzscheit, ging damit auf den Flur, nach hinten zur Tür und hinaus auf die Vortreppe, von wo sie das Scheit in das Gemüsebeet schleuderte. Dort lagen noch Reste von schmutzigem Schnee.

»Und tschüss.«

Das Scheit zischte.

Sascha schaute von der Treppe zu den wenigen anderen Häusern des Dorfes hinüber. Menschen waren keine zu sehen. Bei den Kopylows rauchte der Schornstein, beim Hauptmann, bei Motte und beim Gockel auch. Vor Gudilichas schiefer Hütte liefen Hühner umher und ein Schwein. Über dem nahen Wald kreiste ein Schwarm Krähen.

Sascha ging die Stufen hinunter, über die Wegplatten am Gemüsegarten vorbei zum Holzstoß, um den Stoß herum zum Klo. Drinnen war es duster und roch nach angetauter Scheiße. Sascha raffte den Rock, zog die Gamaschen in die Kniekehlen und die wollenen Schlüpfer. Der Strahl ihres Urins verursachte ein murmelndes Geräusch. Sascha zog ein Stück der gevierteilten Zeitung *Rus* vom Nagel, hielt es in Augenhöhe, las die abgerissene Titelzeile: *...RRAGENDE BILANZEN.* Darunter prangte das Porträt von Minister Nedr mit dem akkuraten Bärtchen. Die Zeitung wurde in der Kreisstadt gedruckt, nicht alle Bilder waren lebend, wie das bei einer gleichartigen Zeitung aus der Hauptstadt der Fall gewesen wäre.

Nach dem Urinieren wischte Sascha sich mit dem Bild des Ministers zwischen den Beinen trocken, stand auf, zog Unterhose und Gamaschen hoch und verließ das Klo. Eine Elster flatterte ungestüm über sie hinweg. Sascha packte sich eine Ladung Holz vom Stoß auf den Arm und trug sie, die Füße vorsichtig auf die im Schlamm versackenden Platten setzend, zum Haus. Dort angekommen, nahm sie die Stufen, stieß die Tür mit der rechten Hüfte auf und lief durch den Flur in die Stube, wo sie das Holz gegen den Ofen fallen ließ, drei dünnere Scheite aussuchte und sie zum Trocknen auf den Ofen legte. Sie streifte die Jacke ab, zog die Stiefel aus und die Filzschuhe wieder an, warf einen Blick auf die Kälber. Die lagen satt im Stroh und käuten mit ihren komischen kleinen Mäulern wieder. Sascha nahm das Glas mit dem Rest der geschleuderten Sahne, dazu einen großen Löffel und setzte sich auf die Fensterbank. Den Blick durch die wuchernden Geranien nach draußen gerichtet, löffelte sie das Glas aus.

In dieser Zeit ereignete sich vor dem Fenster nichts.

Sascha stellte das leere Glas auf die Tischkante, leckte den Löffel ab, steckte ihn hinein. Die Katze rieb sich schon wieder an ihrem Bein, Sascha stieß sie weg.

»Du hast doch gerade erst was gekriegt!«

Freundchen auf dem Hinterhof bellte. Das Brummen eines Motorrads war zu hören. Da kam Wanja gefahren, wie Sascha durch die Geranien sehen konnte.

Sie erhob sich von der Bank und ging vor die Tür. Wanja hielt wie üblich am Gartenzaun. Er stellte den Motor ab und stieg von dem dreirädrigen Krad mit dem großen silbernen Verdeck und der Aufschrift *HÜHNERWELT.*

»Bist ja schnell aufgebrochen!«, sagte Sascha lächelnd und fasste sich um die Ellbogen – eine feuchte Windböe ließ sie erschauern.

»Wer keinen Pelz hat, muss ihn nicht erst bürsten«, sagte Wanja und ließ beim Lächeln seine kleinen rauchgelben Zähne sehen.

Er öffnete die Klappe seines Verdecks und kam, breitbeinig durch den schmatzenden Schlamm watend, auf Sascha zu.

»Ich hatte gedacht, du fährst Montag.«

»Nein. Muß nicht sein.«

Er kam die Stufen herauf, stellte sich dicht neben Sascha und sah ihr, in einem fort lächelnd, in die Augen.

»Da hab ich, scheint's, Glück gehabt«, sagte sie, dem Blick ausweichend, öffnete die Tür und ließ ihn in den Flur ein.

»Das kannst du laut sagen.«

Geschäftig betrat Wanja die Vorratskammer, ergriff den verklebten Karton und trug ihn zum Motorrad. Sascha folgte ihm.

»Erst dacht ich, es reicht nicht, aber dann wars genug, da war ich aber froh, mein Gott.«

»Haben die Kälber alles weggeschlabbert oder wie?«

»Das nicht, aber die Milch taugt nicht viel, ist halt so im Frühling.«

»Ah ja, der Frühling, das kennt man.«

Wanja schob den Karton ins Verdeck von seinem Krad und klappte die schmutzstarrende Tür zu. Wischte sich die Hände an der Wattejacke, schaute Sascha in die Augen.

»Hättest du ein Gläschen Tee für mich?«, fragte er.

Sascha lächelte verwundert.

»Tee?«

»Mutter hat den Ofen noch nicht angeheizt, und der Generator ist verreckt. Kein Diesel.«

»Klar kriegst du einen Tee.«

Sascha ging zur Treppe, hielt dabei flüchtig nach den Seiten Ausschau.

Wanja kam hinterher. Betrat hinter Sascha die Stube, setzte die Mütze ab, bekreuzigte sich in Richtung der Ikonen, hängte die Mütze an den Haken, strich sich das spärliche, verfilzte Haar glatt. Während Sascha Wasser in den

Sieder füllte, setzte er sich an den Tisch, legte die wettergebräunten Hände mit den großen buckligen Nägeln locker zur Faust geballt vor sich hin und blickte im Raum umher.

»Vor 'ner Woche erst hatt ich zwei Kanister angeschleppt. Und heute seh ich – kein Tropfen mehr.«

»Ihr lebt ja üppig.« Sascha stellte ein Krüglein vor ihn auf den Tisch, legte einen Teebeutel hinein und setzte sich ihm gegenüber.

»Mutter guckt alleweil in die Blase. Die Serie mit dem Waisenkind.«

»Alewtina?«

»Genau.«

Wanja blickte Sascha an. Sie seufzte und sah aus dem Fenster.

»Ich guck bloß Nachrichten, und das auch nich jeden Tag«, sagte sie.

»Ich guck gleich gar nich.«

»Das ist das Beste.«

Sascha sah wieder aus dem Fenster. Die Wanduhr piepte: 9:30.

»Kommste nich zu spät?«, fragte sie, zur Uhr sehend.

»Ach was!« Wanja winkte ab. »Die warten. Sind froh, dass sie 'nen Esel wie mich gefunden haben.«

Im Sieder kochte es. Sascha stand auf, brachte das Wasser herüber, goss ein.

»Trinkst du keinen?«

»Hab schon.«

Iwan zog einen in Papier verpackten kleinen Gegenstand aus der Tasche und wickelte ihn aus.

»Schau, ich hab uns was mitgebracht.«

Wanja faltete das Papier ganz auseinander. Darin lag ein Zuckerkremlturm: der Kutafja.

»Ja sag mal!« Sascha stellte den Sieder auf dem Tisch ab, nahm den Turm in die Hand. »Wo hast du den her?«

»Hat der Schwager angeschleppt.«

»Hübsch.«

»Tja. Davon verstehn sie was ... Gib das Messer.« Wanja blickte Sascha ins Gesicht.

Sascha zog den schmalen Tischkasten auf, holte ein langes Küchenmesser mit abgewetztem Holzgriff hervor und reichte es Wanja. Der nahm ihr den Turm aus der Hand, legte ihn auf seine flache Linke, schwang das Messer und hieb den Turm in zwei Hälften. Die eine reichte er Sascha und streute sich die abgesprengten Zuckerkrümel in den Mund.

»Setz dich und trink auch noch einen.«

Sascha goss sich heißes Wasser ins Glas, warf einen Teebeutel hinein, setzte sich und rührte mit dem Löffel um. Wanja tunkte seine Turmhälfte in den Tee, lutschte, biss ab. Trank Tee nach. Sascha tunkte ihre Hälfte ein, lutschte, trank. Schaute aus dem Fenster. Wanja knabberte am Zucker und schaute Sascha in die Augen.

»Der Schwager hat in Medyn 'ne neue Schote über die Schwiegertochter vom Gossudaren gehört«, sagte er und schlürfte vernehmlich seinen Tee.

»Die Nastja?«

»Genau. Im Kreml, da gibts ein wunderhübsch Mägdelein, das führt drei Pud Scheiße auf dem Kopf spazieren. Wenn sie sich verbeugt, bricht ein halbes Pfund ab. Und wenn sie den Pfau macht ...«

»... wachsen zweie nach.«

»Ach. Den kennst du schon?«, lachte Wanja.

»Ja.«

»Den Pfau macht ... Is doch witzig, oder?«, lachte Wanja und kniff das Auge zusammen.

»Na ja. Warum auch nicht? Soll sie den Pfau machen. Muss ja keine Kuh melken, denk ich.«

»Nee, das bestimmt nich. Für die melken andere.«

»Melken und tun und machen.«

»Na, genau.«

Sie schwiegen ein Weilchen und schlürften ihren Tee. Plötzlich fing die auf dem Tisch liegende Fernspreche zu klingeln an. Es erschien ein winziges, unscharfes Hologramm: das Gesicht einer Alten mit Kopftuch.

»Hallowerischda?«, fragte die Alte, die Augen angestrengt zusammenkneifend.

»Holla, die Waldfee«, scherzte Sascha, das Glas an den Lippen. »Wen wollen Sie sprechen?«

»Naschtaschja.«

»Nastasja, das bin ich nicht«, lachte Sascha.

»Nastasja, die sitzt im Kreml«, fügte Wanja hinzu.

Sascha und Wanja lachten herzlich. Die Alte verschwand.

»Wieso stellst du dir eigentlich keinen Regenbogen hin?«, fragte Wanja.

»Wofür zum Kuckuck brauch ich so was?«

»Na, weil ... Is schön groß. Sieht man besser.«

»Geht auch so.«

Sascha sah aus dem Fenster, lutschte Zucker und schlürfte Tee. Wanja blickte hin und wieder zu ihr hinüber. Im Dorf bellten zwei Hunde. Freundchen knurrte erst und fiel dann ein. Als die Hunde genug gebellt hatten, verstummten sie. Freundchen winselte und jaulte, dann war auch er wieder still. Ein Flugzeug flog vorüber.

Schweigend tranken sie ihren Tee und verspeisten den Turm.

»Na gut«, sagte Wanja und rieb sich das Knie. »Dann werd ich mal wieder.«

»Willst du los?«, fragte Sascha und stand auf.

»Ich muss«, sagte er lächelnd. »Vielen Dank für den Tee.«

»Bitte.«

Wanja stand auf und ging zur Tür, nahm die Mütze vom Haken, setzte sie auf, schob sie in den Nacken. Öffnete die Tür, tat einen Schritt in den schummrigen Flur hinaus, Sascha kam hinterher. Plötzlich drehte Wanja sich um, umarmte sie ungelenk. Sascha stand steif.

»Findest du, dass ich ein geiler Bock bin?«, fragte er.

»Ich finde gar nichts«, antwortete Sascha und seufzte.

Wanja versuchte sie zu küssen, doch sie wandte den Kopf ab. Er fasste sie bei der Wange.

»Biste sauer?«, fragte er.

»Nich doch.«

»Was denn?«

»Nix.«

So standen sie eine Weile, Wanjas Hand an Saschas Wange. Freundchen auf dem Hinterhof knurrte.

»Sascha.«

»Was is?«

»Soll ich heute kommen?«

»Wie du magst.«

Wieder versuchte Wanja sie zu küssen. Wieder drehte Sascha sich weg.

»Was iss denn ...« Er streichelte ihre Wange. »Was haste?«

»Nix.«

»Iss was mit Fjodor?«

»I wo.«

»Ruft er noch an?«

»Ja.«

Wanja seufzte schwer.

»Fahr jetzt. Kommst sonst zu spät«, sagte Sascha.

Er strich ihr über die Wange.

»Dann bis heute Abend?«

»Wie du magst.«

Er lächelte ihr im Dunkeln zu, wandte sich ab, richtete seine Mütze.

»Gut«, sagte er.

Drehte sich um und ging hinaus auf die Treppe. Die Tür schloss sich hinter ihm. Sascha verharrte im Flur. Trat vor die kleine Tür zur Vorratskammer, legte die Hand auf den Riegel. Hörte Wanja husten und zum Motorrad gehen. Dann startete er. Freundchen fing an zu bellen. Sascha zog den Riegel nach oben. Das Motorrad fuhr davon. Freundchen hörte auf zu bellen. Sascha schob den Riegel nach links.

In der Stube muhte kläglich ein Kalb.

UNGNADE

Herbstnebel, blind und morgengrau, belagerte die Ränder der Jaroslawler Trasse. Die Flüssiguhr am Armaturenbrett tropfte auf Punkt *8:16.* Im selben Augenblick flammte ein kopekengroßer Sonnenkreis auf – daran zu erinnern, dass in diesem Moment irgendwo ostwärts, rechter Hand der dahinschießenden Böschung, jenseits der Nebelbänke, hinter der hie und da von löchrigen Kiefern durchstochenen schimmlig-aschgrauen Wolkenfront, hinter den in Trauerkeilen abziehenden Vögelschwärmen, hinter den Regenschleiern, die echte, die lebendige russische Sonne aufging. Und ein neuer Tag anbrach: der 23. Oktober 2028.

Besser, er bräche gar nicht erst an!, dachte Komjaga, während er eine Zigarette hervorzog. Doch schon im nächsten Moment schalt er sich laut solch kleinmütiger Gedanken:

»Genug gebarmt! Ein Opritschnik stirbt nicht vor dem Tod.«

Wie der Alte in schicksalsschweren Minuten zu sagen pflegte. Das war sein Spruch. Und er hatte geholfen. Ob er ihn wohl auch jetzt in den Mund nahm, da es für ihn ums Ganze ging? Oder zog er es vor zu schweigen? Die schicksalsschwere Minute zog sich jedenfalls hin in zähen, salzigen Tropfen, wurde lang und länger, blähte sich zur Schicksalsstunde. Und war der Stundenkelch voll, lief er über, und auf die Stunde folgte ein Tag, ein Schicksalstag, der rollte heran, schwappte über ihn wie eine Meereswoge. Die einen umriss, mit sich schleifte, zu schlucken drohte … Konnte einer das Maul aufmachen, wenn er unter einer haushohen salzigen Welle stand?

Und ob man überhaupt dazu kommt, das ist noch die Frage, dachte Komjaga.

Er hielt die Zigarette ans Armaturenbrett, eine kalte Flamme sprang hervor und entzündete sie. Komjaga sog den beruhigenden Rauch ein, ließ ihn durch den Schnauzbart wieder hervorströmen. Und drehte das fügsame Lenkrad nach rechts, fuhr ab von der Trasse. Passierte mehrere ringförmige Abfahrten. Reger Morgenverkehr. Vorbei an Hochhäusern, dann kamen Wälder, Siedlungen dazwischen. Minderbemitteltes Bürgertum: Hundegebell hinter schiefen Zäunen, räudige Katzen an sperrweit offenen Toren, Hähne mit mickrigen Stimmen zwischen Klettenbüschen. Neuerlich ein Abzweig nach links, durch Birkenwald, vorbei an verwüsteten Höfen, Brandstätten, drei rostigen chinesischen Traktoren – dann unversehens ein *neues* Dörfchen, gutsherrlich solide, und anschließend gleich noch eins, dahinter ein junger Kiefernforst und noch dahinter ein alter, sodann ein Acker, gepflügt, noch einer und noch einer, die Straße zog eine schnörkelige Schleife um einen Teich mit Enten und einem einzelnen Ganter, dann kam ein Wachturm, Buschholz, offensichtlich frisch gestutzt, und schließlich ein gediegener grüner Zaun, der Staat machte, mit einer Lichtschranke obenauf, festes Tor, fünf Meter breit.

Komjaga bremste.

Über dem Tor flackerte das grüne Sicherheitsauge. Der rote Merin eines Opritschniks in den Diensten des Gossudaren antwortete mit drei blauen Funkenblitzen. Das Tor ruckte, die Flügel fuhren auseinander. Und weiter rollte der Merin, einen schnurgeraden laubübersäten Weg entlang, durch dunstverhangenen Wald, dicht und unberührt, jahrhundertealt. Eine Werst weiter rückten die Eichen auseinander, und eine Lindenallee fing an, eine Orangerie mit blitzenden Scheiben tauchte auf und ein Springbrunnen, umstanden von weißen Marmorfiguren und beschnittenem Wacholder: Kegeln, Kugeln und Pyramiden, dann eine weite, immergrüne Rasenfläche mit zahllosen Granattrichtern sowie einer alten Eiche, von einem Volltreffer gnadenlos gespalten – und dahinter kam sie als weiß-rosa Hufeisen herangeschwebt in aller Pracht und Herrlichkeit, die Hausburg des Kirill Iwanowitsch Kubassow: Ex-Potentat, Favorit des Gossudaren und nunmehr, seit drei Monaten und acht Tagen schon, geächtet.

Komjaga fuhr am Paradeeingang vor, stellte den 400-PS-Motor ab, die gläserne Kanzel schob sich auf. Der Opritschnik war seinem treuen Gefährt noch nicht entstiegen, da kam der Haushofmeister die Treppen herabgetrippelt.

»Seid willkommen, Andrej Danilowitsch! Hocherfreut, gnädiger Herr!«

Der Hofmeister war betagt, aber rüstig. Mit seiner gold-olivgrünen Livree, den üppigen grauen Koteletten und dem geschniegelten Lärvchen machte er etwas her.

»Grüß dich, Potap«, erwiderte Komjaga finster und warf die Kippe weg.

»Wir hatten lange nicht mehr die Ehre, hab ich recht? Eine ganze Ewigkeit!«, stellte der Hofmeister fest und wackelte mit dem großen Kopf. »Erlaubt, dass ich Euer Wägelchen in die Garage bugsieren lasse.«

»Ich komme nur kurz«, sagte Komjaga und zupfte an seinem schwarzen Kaftan.

»Aber das Hundeköpfchen sollten wir vor den Krähen in Sicherheit bringen, die zerpicken es Euch im Nu!«

»Na gut, schaff ihn weg.«

Komjagas spähender Blick ging die Fassade des Hauses entlang, er strich sich den ansehnlichen Bart und begann die breite Freitreppe hinaufzuschreiten.

»Filka!«, blaffte der Diener im Befehlston in seine Gürtelfernspreche, während er Komjaga hinterhereilte. »Schaff den Wagen des Herrn Opritschnik rein!«

Derweil befleißigte er sich, mit einem Batisttuch den Staub von Komjagas Rücken zu wedeln.

»Dieses Krähengezücht breitet sich aus heutzutage, man macht sich keinen Begriff. Schwarze Wolken! Kreisen und scheißen, scheißen und kreisen ...«

»Wo kommen die auf einmal her?«, fragte Komjaga und konnte ein nervöses Gähnen nicht unterdrücken.

»Von den vielen unbestellten Feldern, Andrej Danilowitsch. Woher sonst, dero Gnaden? Bis nach Bolschewo rüber liegt doch alles brach! Die Bojaren haben keine Wintersaat ausbringen lassen, weil sie auf das neue Lastengesetz lauern. Am liebsten soll der Gossudar ihnen erlauben, ihre Anteile hemmungslos auszugliedern oder zu verpfänden, so hätten sie's gern. Nur die Erbbauern und die Chinesen haben ausgesät dieses Jahr. So siehts aus bei uns auf dem Lande!«

Das neue Lastengesetz, ach ja, dachte Komjaga trübselig und richtete seine von schlafloser Nacht angestrengten Augen auf die Tür aus Panzerglas, die lautlos vor ihm aufging. Der alte Schlamassel. Als ob wir jetzt keine anderen Sorgen hätten!

Die Tür tat sich auf, und augenblicklich erstrahlte die riesige Eingangshalle im vollen Licht: die gewundenen Säulen, der Kronleuchter in Form einer ägyptischen Palme, die geschnitzte Decke, der Mosaikfußboden, die lebenden weißen Marmorlöwen und die zwei hünenhaften Türsteher in den gleichen olivgoldenen Livreen, wie Potap sie trug.

»Wo steckt der Hausherr?«, fragte Komjaga, den Kaftan und die Mütze – schwarzer Velour, Zobelbesatz – in Potaps Arme werfend.

Darunter trug er die rote Brokatjacke. Am Gürtel die Insignien der Opritschnina: Messer in kupferner Scheide, Pistole im hölzernen Holster. Geübt fuhr er sich mit der flachen Hand über das Haar, ohne den goldbepuderten Lockenschopf in der Mitte zu berühren.

Die Marmorlöwen brüllten, Komjaga schenkte ihnen ein unfrohes Augenzwinkern. Schon wieder riss ihm ein Gähnen den Mund auf.

»Wo steckt er denn nun, unser Kirill?«, fragte er.

»Im Wasser. Der Herr belieben zu schwimmen.«

Potap hatte die Garderobe des Opritschniks dem buckligen Kleiderkämmerer übergeben und trippelte an Komjaga vorbei über den Marmor. »Seit reichlich einem Monat, o Wunder, hat unser Patron, Gott schenk ihm Gesundheit, das Morgenschwimmen im kalten Wasser wieder lieb gewonnen!«

Er schwimmt, der Fettsack!, dachte Komjaga neidisch, finster die Brauen hebend. Die Erde bebt, die Welt geht zugrunde, und hier wird lustig geplanscht.

Komjaga folgte dem Haushofmeister durch die Suiten, seine beschlagenen Stiefelsohlen klapperten über das kunstvolle Parkett. Einen Saal nach dem anderen durchschritten sie, es ging eine Treppe hinab, und dann standen sie vor dem Schwimmbad: eine große Halle mit Fresken, künstlichen Wellen, Felsen am Rand, Marmorfiguren dazwischen. Drei Nackte tummelten sich im Wasser, schwammen gegen die Wellen an: der Bojare Kubassow und seine zwei Kebsen, die Schwestern Am und Net.

»Andrej!«, rief der Bojare mit donnernder Bassstimme, wie er den Eintretenden bemerkte.

»Kirill!«, erwiderte Komjaga, hob die Rechte, legte sie ehrerbietig an die Brokatbrust und verneigte sich.

»Andrej!«

Kubassow versuchte den Opritschnik mit Wasser zu bespritzen, zielte aber zu kurz. Komjaga quittierte es mit einem müden Lächeln.

»Kirill.«

»Komm ins Wasser!«, lud der Bojare ein. Sein dicker Leib schaukelte auf dem Kamm eine Welle.

»Das ist mir zu kühl«, sagte Komjaga mit einem raschen Blick auf das Thermometer.

»Fünfzehn Grad! Spring rein, das erfrischt!« Kubassow spritzte schon wieder; diesmal traf er.

»Nein, mein Lieber.« Komjaga wischte die Tropfen vom Brokat.

»Ach, du alter Schmock!«, lachte Kubassow. »Achtung, Tauchstation!«, rief er den Mädchen zu.

Alle drei tauchten ab. Unter Wasser sah man Am und Net im Kleinformat die dicken Bojarenbeine umklammern und den runden Leib des Potentaten wie eine Seemine vorwärtsstoßen, dabei strampelten sie emsig. Während sie dergestalt die ganze fünfzig Arschin lange Bahn zurücklegten, hatte Komjaga Zeit, sich in einen Korbstuhl zu setzen, das Zigarettenetui hervorzuziehen und eine Zigarette anzuzünden.

»H-h-huf-f-f!«

Kubassow tauchte auf und legte sich heftig japsend auf die nächste Welle. Am und Net stützten ihn.

»O Mann … o Mannomann!«, hechelte Kubassow.

»Wusste gar nicht, dass du ein Tiefseetaucher bist«, bemerkte Komjaga mit müdem Lächeln.

»Mann, tut das gut …« Kubassow hielt sich ein Nasenloch zu und rotzte geräuschvoll ins Wasser. Am und Net beeilten sich, ihm das Gesicht auszuwischen.

»Schluss! Ans Ufer!«, kommandierte er.

Die Kebsen lenkten und stupsten ihn in Richtung Ausstieg, wo er seine zehn Pud aus dem Wasser zerrte. Am und Net gaben Auftrieb mit Püffen gegen das gigantische Gesäß.

»Ans Ufer, ans Ufer«, summte der Bojare vor sich hin.

Wanka, der Badejunge, sprang herbei, griff ihm unter den mächtigen Arm und streckte ihm einen roten Bademantel aus lebendgebärendem Frottee hin.

»Verschwinde!«, blaffte Kubassow ihn an, trat ihm seinen nassen Elefantenfuß in den Hintern. Wanka verzog sich.

Am und Net, den Wellen entstiegen, hüllten den Bojaren in den Bademantel.

»Boah!«, brummte Kubassow, während er zu Komjaga herüberkam. »Was für eine Wohltat ...«

Komjaga erhob sich.

»Na? Grüß dich, Opritschnik«, grinste Kubassow ihn an, das feuchte Gesicht hochrot und aufgedunsen.

»Grüß dich, Bojare«, lächelte Komjaga zurück, die Hand mit der Zigarette zur Seite nehmend, um sein Gegenüber zu umarmen.

Kubassow jedoch, immer noch grinsend, zögerte. Und verpasste Komjaga urplötzlich, mit kurzem, schnellem Schwung eine saftige Ohrfeige. Es schallte durch das ganze Schwimmbad, hallte zurück von den Mosaikwänden. Und wie gerufen von diesem Geräusch, erschienen im Gegenlicht die dunklen Gestalten der Leibwächter.

Komjaga war zurückgeprallt, die Zigarette aus seinen Fingern gerutscht. Verdattert griff er sich mit der linken Hand an die Wange – so als müsste er prüfen, ob sie noch da war.

Kubassow trat so dicht an Komjaga heran, dass er mit dem Bauch anstieß. Sein massiges Gesicht war auf einmal drohend und undurchdringlich, die Lippen ein harter Strich.

»Was willst du hier?«, fragte er dumpf.

»Kirill …«, setzte Komjaga an.

»Was willst du hier?!«, brüllte Kubassow, packte Komjaga bei den Schultern und rüttelte ihn.

Das goldene Glöckchen im Ohr des Opritschniks klingelte hell. Doch auch dieser vertraute Ton konnte Komjaga nicht aus seiner Versteinerung lösen.

»Kirill … Kirill …« Er runzelte verdutzt die dichten Brauen. »Kirill!«

»Wer bist du?! Wer?«, brüllte Kubassow und hörte nicht auf, ihn zu schütteln.

»Ich … Komjaga.«

»Wer, verdammt noch mal? Antworte!«

»Komjaga.«

»Wer? Ich höre nichts«, brüllte der Bojare und schüttelte ihn.

»Ich bin dein Freund!!«, entfuhr es Komjaga so heftig, dass Kubassow innehielt.

Komjaga stieß die Hände von sich. Der Opritschnik war leichenblass geworden, nur die linke Gesichtshälfte glühte rot wie Feuer.

»Dein Freund bin ich! Andrej!«

Kubassow funkelte Komjaga aus zornigen Äuglein an.

»Was willst du hier?«, wisperte er.

»Der Alte ist verhaftet.«

Kubassow musterte ihn. Sein aufgedunsenes Gesicht wurde konzentriert, die Äuglein schmal. Er leckte sich über die feuchten Lippen. Dann packte er Komjaga jäh beim Arm, drehte sich um und zerrte ihn hinter sich her.

»Mitkommen!«

Komjaga stolperte hinterdrein.

»Verhaftet stimmt nicht ganz«, raunte er. »Festgesetzt

zur Klärung eines Sachverhalts, für vierundzwanzig Stunden. Potyka ist zum Anführer der Opritschnina ernannt. Der Gossudar scheint sie dem jüngeren Flügel in die Hände zu legen, das ist gut so ...«

»Komm, komm!«, zerrte Kubassow ihn weiter.

Sie verließen das Schwimmbad. Kubassow zog Komjaga zu den Fahrstühlen.

»Unser Gossudar kann das selbstverständlich am besten einschätzen«, fuhr Komjaga mit einem Seitenblick auf die Wächter mit den Maschinenpistolen zu räsonieren fort.

Kubassow trat, Komjaga mit sich zerrend, in den verspiegelten Fahrstuhl, drückte auf den Knopf mit der 3. Der Fahrstuhl setzte sich aufwärts in Bewegung. Komjaga sah auf sein Spiegelbild.

»Potyka, der hat früher zum linken Flügel gehört, aber jetzt hat es ihn ...«

»Ein wahrer Schwitzkasten!« Kubassow lachte dröhnend, mit dem Finger auf sein Spiegelbild zeigend. »Und wo Schweiß ist, da ist auch Blut. Blut und Tränen. Nicht?«

Komjaga blickte finster in den Spiegel, Kubassow in die Augen.

Der Fahrstuhl hielt. Kubassow eilte hinaus, Komjagas Handgelenk im Klammergriff.

»Hier lang. In den ewigen Unterschlupf ...«

Vor dem Fahrstuhl standen vier Wächter in Schwarz mit Maschinenpistolen. Weiter hinten befand sich das große persönliche Kabinett des Bojaren. Die drei Fenster mit außenverspiegeltem Panzerglas, in jedes eine Schnellfeuerkanone montiert. Zwei waren mit Schützen besetzt. Vor der mittleren, unbesetzten stand ein schwerer Ledersessel.

»Hierher!« Kubassow dirigierte Komjaga zum Tisch.

Auf dem Tisch lag ein großer Spiegel, und auf diesem waren fein säuberlich, in engem Abstand, mehrere Dutzend Kokainlinien gezogen. Eine beschlagene Karaffe mit Wodka stand daneben.

Ach ja, dachte Komjaga bekümmert. Alles wie gehabt.

Und laut sagte er: »Kirill, was ich dich fragen wollte ...«

»Mach schon!«, fiel ihm Kubassow ins Wort, stieß ihn vor den Tisch. Nahm selbst ein goldenes Röhrchen zur Hand, beugte sich über den Spiegel und zog sich geschickt je eine Linie in die Nasenlöcher.

Sogleich trat einer der Wächter heran und füllte ein Gläschen mit Wodka. Kubassow schniefte kurz, kippte das Gläschen im Gehen, atmete keuchend aus und zog sogleich die dritte Linie, dann schmiss er das Röhrchen auf den Spiegel, und sein dicker Zeigefinger wies Komjaga herrisch zur Tat. Mit einem unlustigen Seufzer ergriff Komjaga das Röhrchen, sog bedächtig erst die eine, dann die zweite Linie ein, richtete sich auf. Der Leibwächter brachte den Wodka. Komjaga trank und atmete erleichtert aus. Doch Kubassows dicker Zeigefinger klopfte fordernd auf den Spiegel.

»Ein Schemel steht auf drei Beinen! Drei!«

Gezwungenermaßen beugte Komjaga sich noch einmal hinab und verleibte sich einen dritten Streifen ein. Kubassow lachte laut und herzlich, tätschelte ihm den Rücken und rief, den erhobenen Zeigefinger schüttelnd:

»Und das alles nur, weil kein Erdgas mehr da ist. Die verdammten Schlitzaugen haben es restlos abgezapft!«

Komjaga hatte sich wieder aufgerichtet. Er zückte sein Taschentuch, putzte sich die Nase. Kubassow packte ihn an der Brokatjacke.

»Das Fass braucht einen neuen Reifen! Andere Saiten müssen aufgezogen werden im Lande! Darum geht's ihm, nicht war? Das verstehst du doch?«

Komjagas Brauen schnellten in die Höhe.

»Natürlich verstehe ich das, Kirill Iwanowitsch, wie

könnte ich nicht? Unser Gossudar hat Großes im Sinn, und das ist gut so …«

»Unser Gossudar ist eine stinkende Kanalratte«, versetzte Kubassow mit säuerlichem Grinsen, und sein aufgedunsenes Gesicht kam dem von Komjaga ganz nahe. »Sollten wir ihn nicht auf die Schädelstätte zerren und vierteilen? Oder, sagen wir, sechsteilen? Oder meinetwegen neunzigteilen? Und den Hunden vorwerfen, dass die sich gütlich an ihm tun? Alles, was recht ist. Alles, was echt ist. Alles, was groß ist. Alles, was los ist.«

Komjaga schwieg.

»Da!« Kubassow deutete auf die Kanonen an den Fenstern. »Meine drei Grazien. Ich liebe sie.«

»Kirill«, sprach Komjaga betont ruhig, »ich weiß, dass der Gossudar heute Nacht bei dir angerufen hat.«

»Stimmt! Das hat er.« Der Bojare nickte lebhaft und griente. »Er wollte mir sein Zarenreich aufschwatzen.«

»Kirill, ganz im Ernst …«

»Ihm *war* es ernst! Er würde demnächst mit der Monomach-Mütze hier aufkreuzen, hat er gesagt. Zur Krönung. Mitsamt dem Patriarchen. Und weißt du was: Ich hab eingewilligt. Obwohl, Komjaga, wenn ich ganz ehrlich sein soll: Diese Scheißmütze ist eine Last. Und was für eine! Aber ich habe trotzdem zugesagt! Was hätte ich anderes tun sollen? Die kommen also alle demnächst zum Essen. Bin schon bei den Vorbereitungen. Schau her, Komjaga …«

Kubassow ging zum mittleren Fenster, nahm im Sessel Platz, entsicherte die Kanone und feuerte eine kurze Salve nach unten auf den Rasenplatz. Man sah drei Detonationspilze lautlos wachsen und wieder in sich zusammenfallen.

»Lasst euch nur blicken, ihr Rattenkönige!«, höhnte Kubassow.

»Hör zu, Kirill …«

»Du hast gefälligst *mir* zuzuhören!«, brüllte Kubassow und versetzte ihm einen schnellen Nierenschlag. »Für dich ist nämlich kein Platz mehr da. Was kommst du hier angeschissen? Meinst du, ich sage dir, bei wem du dich einschleimen sollst?«

»Lass mich doch mal …«

»Oder brauchst du ein bisschen Liebe? Liebe heilt alle Wunden …«

»Kirill …«

»Liebe, Komjaga! Liebe! Das ist es doch, oder?«

»Kirill …«

»Liebe kann die Welt retten, Komjaga. Nur die Liebe!«

»Jetzt hör mich an, Kirill!« Komjaga wurde lauter. »Schon morgen wird dieses Land ein anderes sein. Morgen ist es zu spät! Der Gossudar bindet gerade einen neuen Besen. Mit reichlich eisernen Ruten darin. Du kannst dich hier nicht ewig verschanzen. Zeit ist kostbar! Was hat der Gossudar dir gesagt?«

Kubassow legte den Finger vor den großen schmallippigen Mund.

»Psst! … Pass mal auf.«

Er ging auf Zehenspitzen zum Tisch, zog die Lade auf, holte eine große schwarze Mauserpistole hervor, spannte den Abzug, zielte blitzschnell auf Komjagas Stirn und schoss. Das Hirn spritzte ihm aus dem Hinterkopf auf den Teppich. Komjaga taumelte zurück und schlug der Länge nach hin. Die Leibwächter und die Schützen an den Kanonen zuckten mit keiner Wimper.

Kubassow betrachtete den auf dem Teppich liegenden Opritschnik. Klaubte die Patronenhülse vom Spiegel, drehte sie zwischen den dicken Fingern, roch daran. Stellte sie auf den Spiegel zurück. Seine Augen wanderten durch den Raum und blieben an dem Zuckerkreml hängen, der auf einer halbhohen Marmorsäule in der Ecke stand. Er hob die Waffe, schoss auf den Kreml. Zuckersplitter flogen.

»Da siehst du«, sprach Kubassow seufzend und legte die Mauser auf den Tisch. »Nichts wird vergessen. Nicht im Schlaf noch beim Trinken und Essen. Amen.«

Gemächlich schlenderte er zum Fenster. Stand davor, schaute hinaus mit gerunzelter Stirn. Ein Krähenschwarm kreiste über dem Rasen, ließ sich auf die frischen, schwarzen Krater nieder.

»Und verrücke nicht die vorigen Grenzen«, sprach Kubassow gesetzt und brach in ein leises, hämisches Lachen aus.